临终慰问师

云爱 著

江苏凤凰文艺出版社
JIANGSU PHOENIX LITERATURE AND ART PUBLISHING, LTD

“

原来人在生老病死面前是多么渺小和脆弱。

病魔不会理会TA曾经是个什么样的人，

做着什么样的工作，

拿着十万年薪还是百万年薪，

是打工族还是大老板……

”

目录

Chapter 1 久别重逢

第一天上班，邹静森迟了个大到。

她作为土生土长的云城人，竟从未去过云城的郊区。

活了二十七年，她第一次去郊区，在看上去弯弯绕绕、错综复杂的路上迷了大半天。

好不容易找到周北川和她形容过的“世外桃源”花园时，她才想起她有这个男人的手机号码，她怎么就忘了打电话让他来接一下。

也许是和周北川相遇的那个晚上，她脑子进水了，几天过去仍然没好。

周北川的这座“世外桃源”花园地理位置实在够隐秘，没有人带路确实容易迷路，而且花园外面看上去就是一块烂地，一般人不会想到往里面再走十分钟能看到这么美的建筑物。

接近中午的时间，花园里静悄悄的，仿佛没有一点儿人的行迹。

邹静森吓得大气也不敢喘一口，不停吞咽着口水排解心中乌云一样压着的烦躁跟不安。

放眼看去，花园里还有几栋相距不远的欧式小别墅，邹静森不知道上哪里找周北川，只好掏出手机给他打了电话。

邹静森在最里面的别墅三楼里找到周北川。

此时，她和周北川才第二次见面，而第一次见面又是在夜晚。邹静森这才从头到脚打量这个救了她且还给她一份工作的男人。

邹静森在云城的一家六星级大酒店里工作过几年，从普通的前台一直做到高级主管，拿过年薪一百万的薪酬，她见过各种各样的土豪、富豪，或者是暴发户，但好像从未见过像周北川这样的。

他的头发有点儿长，长至脖颈，有时候还会扎起来。他本人很瘦很白，穿白色衣服显得很仙，人太瘦的缘故，袖子宽松，风一吹微微摆荡着，就像是仙侠剧里扮演女主师父的男主角，他此刻坐在椅子上优雅地品着味道香浓醇厚的爱尔兰咖啡。他修长的双腿随意交叠着，窗外的阳光把他半边身体照得发光明亮，尤其是手腕和指节雪白透明，明明是男子，却长得比女子还要妖娆美丽。

这人的身上涌动着一股不食人间烟火的气息。

邹静森感觉心脏的位置被人拿东西撞了一下，发出闷闷一声响。

“邹小姐，你今天第一天上班，好像迟到了三个小时。”然而，美好的画面突然碎裂，邹静森发现周北川一旦开口，腹黑个性展露无遗，“三个小时哎！如果我们的某个客户不幸地在这三个小时里去世，他又因为等不到你去给他做临终慰问而遗憾死去，你摸摸看自己的良心……”说罢，周北川已经放下咖啡杯，站起身，如大仙一般速度飞快地凌波移步，一眨眼来到邹静森的面前，顺势抓起她的手，按在她左心房的位置上。

这家伙……这是在吃我豆腐？邹静森面露愠色。

“你试想一下那个画面？”邹静森还感觉到周北川边说边往她耳边吹了气，她顿时耳后根烧红了大片，“你到时候肯定会觉得很愧疚！”

“我知道了！”邹静森连忙退后几步，好离这个妖孽男远一些，“老板，我明天肯定不会迟到了。”

“你明天自然不会迟到，因为你必须从今天开始搬进花园，和我们同吃同住。”

“什么？”邹静森忍不住炸毛了，她曾经是风光无限、前途无量的百万年薪管理人才，早就忘掉集体宿舍生活是什么鬼样了。

“我，我能不答应吗？”

“no！”周北川嘴角弯上一道，声音温柔如沾了大片蜜糖，让人耳根子酥麻麻的，“还有，我们这里实行军事化管理的集体生活，每天早上五点要起来集合，唱国歌升旗，轮流发表生活感言，然后绕着花园跑步十圈；七点半吃早饭，八点以后开始正式工作，中午有一小时的吃饭时间，半小时午休……对了，不要看午休时间这么短，要是睡多了人反而会睡得没精神，半小时足够了；一般是下午六点下班，但通常也有加班的情况，说不准的。”

周北川一口气说完，邹静森已经是一脸凌乱的表情。

时间拨回到三天前的晚上。

邹静森想要在那个晚上了结自己的生命——一万个寻死的人有一万种想死的理由，邹静森也有她寻死的理由，只是不能跟别人说而已。

云城的河岸在白天看来平平无奇，一旦到了晚上就会张灯结彩，各种灯光能把河面照得缤纷灿烂，当地人都喜欢饭后来这边散步谈心，这里也是最受情侣欢迎的恋爱圣地。

那一晚，邹静森从晚上七点多坐在河岸边上，一直坐到十一点多，她看着许多人来了，停留了很久，最后又都走了。河岸两边的各种灯光也都熄灭了，只剩下她一个。她一个人喝了许多啤酒，可她越喝反而越清醒，想装成喝多了失足掉下河岸的假象也做不到。

最后，她很平静地从地上站起来，身体面向河岸，脑子里飞速地闪过这二十七年里还能想起来的大大小小的事情。

直到一个名字如流星一般划过她的脑海——她莫名其妙地想起唐河。

十年过去了，她曾经深爱过也伤害过的少年，现在应该长成肩膀宽厚的男人了，只是不知道他现在怎么样了。

邹静森怕是也没机会知道了。

她想起他少年时总是装得一脸酷，其实心里善良柔软得要命，每天中午放学，即使自己赶不上吃饭，也会跑到学校外面给五六只流浪猫狗喂食。他们当年在一起时，邹静森还问他为什么对这些流浪动物这么好，他笑得一脸阳光，眼角眉梢都是掩藏不住的笑意："因为小动物没有人类那么复杂，如果你一心一意地对它们好，它们也会对你好，而且不会害你。"邹静森还记得，当初可是她死皮赖脸地倒追唐河，风雨无阻地给他送了一年的早饭，唐河始终不为所动，反而是她有一次在下倾盆大雨时跑到外面去照顾那些无家可归的小动物，被随后跑来的唐河发现，他像是发现了这个女孩不为人知的一面，以为她跟别人不一样，有爱心，也善良，而且选择了他，就会一直陪在他身边。

可是到了最后，还是邹静森先离开的他……

下一秒，她闭上眼睛，眼泪如珍珠般从眼角滑落，她微微颤抖着张开双手，对着平静的黑色的河面一跃而下。

死亡的感觉是怎样的？

邹静森不知道，但她能感觉到，接近死亡时，身体本能地发起一波又一波强烈的挣扎和逃离，没有人会在好端端的时候想要寻死，想死的人都有各种各样的不幸。

冰冷的河水从四面八方迅速灌入她单薄的身体，她努力不让自己挣扎，但又控制不住自己的身体，她的身体响起紧急求救信号，手脚四肢甚至是发丝都在向她汇报同一个信息：邹静森，你还不能死！你不能死！

时间一分一秒地溜走，水下几秒漫长得仿若人的小半生，直到一双大手从邹静森的身后袭来，男人的长发像海藻般恣肆飞扬，水下看却像是怪物的触须一样。

当时邹静森已没多少知觉，根本不知道自己是怎么被见义勇为的周北川捞上岸的。她也不知道，周北川把她救起来后看她气息微弱，勉为其难地对她做了人工呼吸……

邹静森一边吐水一边睁开眼，她看着周北川湿漉漉的一张脸，脑袋一片空白，过了两秒才想到一个词语，叫“大难不死”。

“你没事吧？河水那么冷，冷得刺骨！你也敢跳下去？”

邹静森没反应过来自己真的没死成，眼神空洞地盯着周北川被水打得湿透的身影。

“你怎么不说话？吓坏了？”周北川轻轻笑了一下，“实不相瞒，我救下许多和你一样要寻死的人，他们很多都成了我的员工，帮我做事。”周北川确实没说谎，他救过许多人，很多人被救后没有感激他，反而狠狠地责骂他多管闲事，但是，像这种被救以后傻愣愣的一句话、一个表情都没有的，他还真的很少见到。

周北川半眯着眼看她。

邹静森慢慢回过神，深褐色的眼珠缓慢地转动了两圈。

“那你是因为什么事情要寻死？失恋？失业？家里重要的亲人去世了？”周北川的声音有一种蛊惑的魅力，邹静森知道他对自己没有任何恶意，但也不想告诉他真话。

“反正，就是想死呗。”她的声音听起来透着一股深深的无力感。

“要不也帮我做事吧？”周北川好心地问。

“我今天刚辞掉了百万年薪的工作。”她以为这么说，周北川就不敢请她。

“So what？”周北川反而不屑地笑出声来，“我可以保证我给你介绍的工作，比你那些年薪百万千万的工作更有意义。

“你既然都不怕死，并且死过一回了，难道不想做点对这个世界有贡献的事情吗？”

后来，邹静森也不知道她为什么答应了，现在想起来，肯定是脑子进水的缘故——她确实投河自尽又死不成啊！

邹静森从回忆中跳回现实，周北川已经重新坐下来继续喝他的咖啡，然后伸出纤长的手指拈起一本外文原版的线装书，津津有味地看了起来，仿佛邹静森变成了一抹空气。

过了半分钟……

“邹小姐，现在麻烦你别站在这里辣我的眼睛行不？”

这家伙……既没告诉她今天要做什么，也没告诉她她住哪里、睡哪里，她能不傻站着吗？

“请问，我今天要做点儿什么？”看在他毕竟是救过自己命的人，邹静森还是客客气气地问道。

“因为你第一天上班就迟到了，这一周的一日三餐你帮忙做吧！”周北川没问她会不会做饭，直接下达如此残酷的指令，“对了，我们这里总共有二十个人，从今天开始加上你就是二十一个，所以你每餐要做二十一人的份……”

“周北川，”邹静森忍耐着问了一句，“你知不知道，我来你这边做事以前，曾经在一家六星级酒店做高管，拿着年薪……”

"所以？"周北川平时说话喜欢耍贱，但一旦正经起来，浑身透着一股不怒而威的威严，"只要到我这里做事，就是我的下属，就得听我的话做事……不然，同事们会排挤你，远离你，让你感到孤独，让你感到生不如死。"

邹静森一听，眼睛往天上翻，双腿一阵软，差点儿一命呜呼。

把邹静森打发开去，周北川听见Mac上有微信信息提示的声音，他连忙把Mac抱在怀里，手指在触摸屏上一划，看到是唐河给他发来信息。

"北川，我下午回到云城，方便见个面？"

"不行呢，我这边今天来了个新员工，我得看着一下。要不你来'世外桃源'找我？"周北川想了想有三年没见过他了，唐河三年前去的美国进修，这三年像是人间蒸发了一样，任何网络上的账号不再更新，想找他也找不到。

周北川有点意外，以他对唐河的了解，他不会主动找他说话。

肯定是有什么事情必须要面谈，不然能在电话里、在微信上说明白的事，唐河是绝对不会主动和他提出见面。

"那好，我下午过来。"周北川以为唐河还会据理力争一下，没想到一口答应，还这么爽快，看来事情比较严重，"还有，我会带一个女生过来，她叫陈聪，是我在美国进修时认识的女朋友。"

周北川在Mac屏幕前意味深长地笑了笑，他和唐河认识几年，虽然说不上是特别好的交情，但也清楚唐河这人性子特别的冷，好像……好像有一次唐河不小心喝醉了，那也是周北川唯一看到他喝醉的一次，他酒后吐真言，和周北川坦白了他心里一直有一个忘不掉的人。

然而周北川现在听说他交了女朋友，完全没想他是从上一段感情中走出来，大方地和别人开展一段新的恋情，而是想，那个女孩可能能对唐河的事业上有什么帮助而已。

唐河啊，这人真的藏得太深，周北川有时候也会害怕他，因为没有人可以猜得出他到底在想什么。

“好，那你下午来吧。”噼里啪啦地敲完一行字，周北川合上Mac，专心等着他今天的午餐。

另外一边，精致奢华但显得特别空旷的厨房里。

设备都是很高级的，还有两台大冰箱，冰箱里塞满各种新鲜的蔬菜果瓜，可以任由使用厨房的厨师高水准发挥。

邹静森只有在大学刚毕业出来工作那会儿，还愿意亲自下厨做饭，但她之所以做饭完全是为了省钱，所以做出来的食物……也就她自己能勉强下口，现在周北川让她每天给二十一个人做饭，她根本做不到！

逼于无奈下，她只好打视频电话请求学弟杨永正帮忙。

杨永正比邹静森小两岁，大学时勤勤勉勉地追过她两年，但邹静森坚决不谈姐弟恋，所以不为所动。

意外的是，他们俩在三年前重遇，杨永正在邹静森工作的六星级酒店里做健康顾问，不论是养生的、健身的还是食疗的问题都懂，加上杨永正长得健康阳光，很多阔太都喜欢他。

邹静森不清楚他有没有私下和那些阔太来往密切，只知道重遇后他没有再提大学时的事情，两个人仍然是很好的学姐、学弟的朋友关系。

开了视频以后，邹静森看到杨永正正在酒店的健身房里做运动，听到她的求救以后忍不住皱了皱眉头，他显然运动了很长一段时间，小麦色的肌肤莹莹发亮，脸上覆着一层薄汗，特别招人眼球。

“学姐，你等我一下！”杨永正一边拿着手机一边走出健身房，他坐电梯直接来到酒店后厨，“你那边有什么食材？”

邹静森连忙把手机的镜头切换了一下，让杨永正看了一眼她那边有什么食材。

“呼！应有尽有呢！”顿了一下，他继续说，“现在我做什么，你看着然后跟着我一起做……对了，是几个人吃？”杨永正洗干净双手，擦了一下刀，俨然一副大厨驾到的样子。

“……二十一个。”

“什么？”

“我也觉得很夸张，但你要答应我，先不要告诉别人我找到新工作了，可以吗？”

杨永正愣了几秒，随后嘴角弯上一道：“好的，我答应你。”

邹静森做的这一顿饭，总共折腾了一个半小时，事后她才知道其实周北川没有那么变态的，通常会安排五个人一起做，至于今天只让她一个人做，肯定是她迟到的原因。

做完这一顿饭，几乎要了邹静森半条人命。

餐厅在其中一栋别墅的一楼，装修仍然豪华奢侈，座位和座位之间摆满鲜花，人坐在其中像是在繁花似锦中进餐。

周北川看到邹静森想从他眼皮底下溜走，赶紧站起来飘至餐厅门口，硬生生地堵住她的去路。

邹静森气急败坏地瞪了他一眼，一时兴起忘了他是自己的老板。

“你看你做得这么辛苦，坐下来一起吃饭吧！”他还没把邹静森介绍给其他人。

“好吧。”

米饭是熟的，可是有几道菜邹静森错把糖当盐，众人吃得愁眉苦脸、苦不堪言，和周北川做事最久的闫安安不肯吃了，把筷子重重一搁，看向负责这顿饭的邹静森，问：“你新来的？”

闫安安的年纪也不小了，从东北来的，三十多岁，块头很大，从背影上看很容易把她当成男的。

“嗯。”邹静森小心翼翼地点头。

“明天我带着你做一周的菜，你四点跟我起床。”

“啊？”邹静森对“五点起床”这件事已经感到相当绝望、欲哭无泪，现在这个大块头大姐还要她四点起？这不是要她的命吗？

她把求助的目光看向周北川，周北川捧着饭碗扒着煮得还算甜香的米饭吃得很欢快，一边吃一边点头：“安安跟我最久了，这里的一切她都熟悉，她说要亲自带你，你就好好跟着学一下。”

所以，周北川说的“对这个世界有点贡献的事情”就是每天四点起床，然后给二十一个人做三餐？

她也是够蠢的，现在才想起几天前被周北川忽悠过来时，竟没问过他到底是做什么的。

在郊区建一座漂亮得像城堡的花园，还养了二十个看起来不是善类的男女，难不成这里是人口贩卖组织？

“好了，别想一些有的没的！”周北川仿佛有读心术，看到邹静森在发愣，用脚趾头也想到她不知道在乱想什么鬼，他一只大手挥了过来，直接把她像拎小鸡一样拎起来，“下午我带你去一趟医院。”

“去医院做什么？”邹静森的双腿凌空，吓得她一边哆嗦一边挣扎。她最怕去的地方就是医院！

“哦，没什么，去给你治治病而已。”

邹静森的背影一顿。这家伙……难不成知道她的事？

唐河开过来的车子和周北川开出去的车子刚好错开，彼此也看不见彼此。

但坐在周北川车上的邹静森下意识地打了一个激灵，她仿佛感应到什么，隔着一扇半开着的车窗玻璃，目光怔忪地扭过头去，只看到一辆黑色车距离她越来越远。

“快坐好。”周北川懒洋洋地说了一句。

“我不想去医院。”咬了咬唇，邹静森决定实话实说。

“既然上了我这辆车，哪有你说不去就不去的道理。”

邹静森还想和他争辩，但一天下来没吃什么，脑袋莫名其妙地疼起来，最后皱着眉像一只缩成一团的小猫在座位上痛苦地睡过去。

周北川有点儿强迫症，他慢腾腾地伸出手，想把她眉间的褶皱弄平，却发现她皱眉更深。

仿佛做了一个极痛苦的梦。

他开始有点儿好奇身边这个年纪也不小的女人，她的身上到底藏着什么样的过去，还有正在经历着什么样的痛苦，才会让她选择抛开一切、放弃所有并且投河自尽。

周北川轻抿着唇不发一言，一双幽深的黑色眼珠飞速地转了两圈。

下午三点钟，周北川把车子开到云城市区的一家医院，邹静森已经悄悄地醒了，周北川一下车就把她抓到附近的饭馆，点了满满一桌子菜，让她赶紧吃饱了和他一块儿做事。

“所以我们真的是来医院工作的？”邹静森不可置信地问。

听到她这么问，周北川觉得她有点儿可爱，他们来医院不是工作的话，难道是来参观的？

周北川终于有时间看看手机，发现唐河发来几十条文字信息，这家伙有电话恐惧症，也不喜欢和别人发送语音，只喜欢敲字，不论多费力都要敲字。

周北川的薄唇轻轻一弯，他是故意这么做的，就是想让唐河尝一下等人等到心烦气躁的滋味。

“你再等我一下下，我还在医院呢，一会儿就回去。”周北川玩味地发了一条语音信息过去。

“你早上怎么不说你会去市区，我看你存心让我白跑加白等的。”唐河几乎是秒回的，当然，以文字的形式。

周北川能想象这家伙被自己捉弄后一脸无奈又一脸暴躁的模样，忍着笑出声来的冲动，眼角眉梢都有笑意倾泻开来。

“我这也是临时有事，和生命倒数的病人相比，我还真的宁愿让你等我一下呢。”

唐河不再发信息过来，看来再无奈也愿意等周北川回来。

吃好了，周北川还在蛋糕店买了个很大的蛋糕，邹静森狐疑地问他买蛋糕做什么，他只是饶有兴致地把手指放在又薄又粉的嘴唇上，做出一个噤声的动作。邹静森懒得问下去，跟着周北川进了医院。

云城第一人民医院。

现在是人文关怀为主的社会，云城的二甲和三甲医院不少，加起来也有十几所，周北川今天带邹静森来的医院算得上是数一数二的三甲医院。

邹静森一开始心里没底，紧张又不安，但不知怎的，偶尔抬起头看到周北川轻盈单薄的背影，她又会有一种说不出来的心安。

电梯直行至十七楼，这一层空荡荡的，邹静森没看到任何医务人员，不禁困惑，周北川带她过来做什么。

周北川不自觉地放慢了速度，走得缓慢而慎重，邹静森也慢慢走着，一颗心悬了起来。

走廊尽头原来还有一个房间，周北川在门口顿下脚步，然后回头冲邹静森笑了笑：“我先进去，你站在这里看着好了。”他的声音软绵绵的，像哄小孩一样的口吻。邹静森竟听话地点点头。

房间内有乾坤。

如果没有人，这个房间将会显得宽广又冷清，但这房间里围坐着十几个穿着病号服的人，他们互相看着彼此，却都沉默着不说话，让这个房间显得沉重又肃穆。邹静森不认识他们，但从他们身上看到一种感觉。

很强烈的感觉：绝望。

这时，周北川捧着刚刚买的蛋糕走了进去，他像一个不小心闯入别人领地的小孩子一样，瞪着一双惶恐的眼，一只手拎着蛋糕，另外一只手不好意思地挠着脖子，然后冲坐着的人问了一句："请问，你们有谁是今天的生日吗？你的朋友嘱咐我买个蛋糕给你。"

邹静森感到莫名其妙，而坐着的人也都互相看着彼此，用眼神询问"谁是今天过生日"。

好几分钟过后，竟然没有人回答他的问题。

等了一会儿，周北川有点儿懊恼地看着手中的蛋糕，表现出一脸为难的样子，又装模作样地打了个电话过去，问对方有没有搞错信息，那头不知道说了什么，他的眉头蹙得越来越深。

"糟了呢！"他的声音不大，看上去更像是在自言自语一样，"原来没人是今天生日啊，蛋糕自然不能退回去了，但我又不喜欢吃蛋糕，这个蛋糕怕是要丢掉了。好可惜。"

这时，人群中一个脑袋光秃秃的年轻男人慢慢站了起来，小声地问："要不，这个蛋糕我们分了吃吧？"

这个男人的声音很虚弱，脸色蜡黄，嘴唇苍白，周北川只是扫了他一眼，脑袋里立刻像电脑识别人物图像一样反闪出一行文字信息：曾先生，28岁，鼻咽癌晚期病患，已经到了吃什么吐什么的地步，但他好像对这个蛋糕感兴趣。

周北川嘴角勾起一抹笑，无比感激地冲那人说道：“可以呀！我来分蛋糕，你们想吃的话就拿一点儿吧。”

说罢，他走到角落那张桌子旁，把包装得很好的蛋糕打开，顿时整个房间被浓郁的忌廉香填满。

“邹静森，你也进来吃蛋糕！”周北川像是突然想起门口还站着个人，热情地把她喊进来。她明明刚刚吃得很饱，但闻到这股香味又忍不住了。

邹静森仍然没想明白这家伙到底在做什么，但似乎和刚刚开口叫他把蛋糕留下来的年轻男人脱不开关系。

邹静森注意到，其他人或多或少都被周北川带过来的蛋糕吸引过去，他们中即使胃口不济的，也会吃上那么一小块，然而那个年轻男人却只是远远地看着，也没打算要走过去分点蛋糕。

邹静森不知道的是，这个年轻男人看着这个蛋糕，慢慢地陷入一片磅礴的回忆里。

关于曾志明的记忆：

十七岁时，曾志明毅然决然地放弃学业跑到广州一远方亲戚家做蛋糕学徒，其实他的家庭环境还是可以的，但就是无心读书。他在学校期间暗恋过几个女孩，也给她们表白过，但她们都不愿意理睬他这种成绩吊车尾、样貌平平、身上没有任何特长的男生。

曾志明是怄气跑去学做蛋糕的，他一开始太急进了，总是想一朝就能成功，他也并不见得有多喜欢这门手艺，只是想学成点儿什么东西，好让自己看起来是成功的，不是别人口中一无是处的人。

第一年，他什么也没学好，倒是和亲戚的关系闹得很僵，最后人家也不要他了，劝他回云城找亲爹妈去。曾志明不肯认输，又辗转找了几家蛋糕店求收留，可别人毕竟不是他的亲戚，看他心术不正、眼神阴鸷，试用几天就把他轰走了。

他这时才发现，现实世界原来是这么残酷，他当初辍学的时候十分高调，他骄傲地和所有同学说他不屑念书，出去打拼肯定会成功的，这个时候再回去念书，岂不是狠狠地自打嘴巴？

他不愿意！

折腾到最后，曾志明身上的钱所剩无几，他在大冬天睡到天桥底下，和流浪汉打架，好几次被车子撞倒……直到碰见宋楚楚，一个比他大十岁的开蛋糕店的女孩子，她救了他的命，把他带回自己的蛋糕店里。

宋楚楚是真心对他好，把自己所有手艺都传授给他。经历过那么多挫折和艰难，曾志明也不再意气用事，一心一意地学做蛋糕，不出三年时间，他终于能独当一面做出精致又好吃的蛋糕。

他还记得，宋楚楚曾经赞叹他做的蛋糕："志明，吃了你做的蛋糕，有一种很幸福的感觉。"而两人之间的心动，也在那个瞬间迸发绽放。

二十岁的那一天，少年老成的曾志明当众跟宋楚楚示爱，宋楚楚含泪答应他。

十年的年龄差距，还有一段可歌可泣的恋爱故事，加上别人口口相传，没多久曾志成和宋楚楚成了热门话题。

曾志明曾经费尽心思想要取得别人的关注，还有所谓的成功，竟然以这种荒诞的方式发生到自己身上来。

他们的恋情曝光后，蛋糕店的生意客似云来，曾志明在宋楚楚的教导下学会了打扮和拍照，拾掇一下竟然有韩国美男子的感觉。渐渐地，他越来越受小女生的欢迎，得到了更多关注，还有了上节目的机会，渐渐地，他迷失了自己。

他不再一心一意地做蛋糕，他嫌做蛋糕浪费他宝贵的时间，他每天只想着怎么经营自己的社交网络，怎么打扮自己，买名贵的衣服鞋子，做最昂贵精致的发型。还有，他经常上节目露面，有不少小妹妹主动和他示好。

他一开始只是好奇地回应两句，没多久发现这种被人宠爱着的感觉真不错，他变得越来越大胆，背着宋楚楚和别的女孩约会逛街，给她们买很贵的东西，刷卡的时候一点儿也不心疼。

他后来才知道，从他出轨的第一天开始，宋楚楚就已经察觉到。她毕竟比他年长十岁，心里明镜似的，是他想当然地以为自己有多能耐，他仗着宋楚楚爱他，才会有恃无恐、肆无忌惮。

直到半年后，宋楚楚告诉他，她要结婚了，但新郎不是他的时候，曾志明还以为宋楚楚在和他闹着玩。

宋楚楚只是凄然地笑了笑，那是他最后一次看到宋楚楚，他甚至没有脸去参加她的婚礼，尽管宋楚楚给他送了喜帖。

大概是报应，宋楚楚结婚后，曾志明的人气下滑得厉害，那些为了他的钱和名利才接近他的小女孩相继消失了，他想重新做蛋糕，但发现已经做不出记忆中那种让人吃了会觉得幸福的味道。

他不再被人记得，他和宋楚楚当年的爱情故事久远得仿佛是上个世纪发生的事情。

前两年他感到身体不舒服，去医院检查时发现自己得了鼻咽癌，他拖着不肯接受治疗，以为宋楚楚知道他生病后会回心转意。但宋楚楚没有出现过，一次也没有，直至他今年年初被人发现晕倒在路上，被好心人送来医院，医生给他彻底做了一套检查，告诉他他的癌细胞扩散得很快，他也就剩下两三个月的生命……

“曾先生，你还好吗？”等曾志明回过神来，才发现偌大的临终特护病房变得无比安静，刚刚陪伴在自己身边的十来个人已经走开了，除了他，房间里只有周北川和邹静森两个人。

周北川的手机亮着，显示正在通话中，他把手机递到曾志明的面前，告诉他："是宋小姐打来的电话，你要接听吗？"

"宋……是楚楚吗？"曾志明听见这个名字，心中一片恍然，他一双本来枯萎无神的眼睛又迸发出前所未有的光彩，他的嘴唇止不住地颤抖着，蜡黄枯瘦的脸颊在剧烈地颤动着，眼眶迅速溢满晶莹明亮的泪水，然后他说，"我不听了，你帮我和她说'对，对不起'可以吗？"

"可以。"周北川拿着手机走到一边，说完后便挂断了电话。

曾志明的胸腔像是一只破旧的风箱，发出嘶哑沉闷的震动，他的眼睛直直地看向周北川带来的、被瓜分得只剩下五分之一的蛋糕，他像是看到了什么美好的画面，忍不住笑起来。

"周先生，谢谢你，谢谢你让我想起了很多美好的记忆。"说完这句话，曾志明合上眼，两条手臂无力地垂了下来。

"曾先生！"邹静森惊呼了一声，太突然了，她从没目睹过这样的场面，一个陌生人当着她的面死去。

门外守候着的医生和护士迅速跑进来，把曾志明带去急救室。

周北川仍然安静无比地站在那里，以他接待过那么多临终的病人的经验来看，这次曾志明应该是救不回来了。

而他刚刚拨打的号码，不过是一个空的手机号码，他其实可以帮忙去找到宋楚楚，可是何苦让曾志明继续痛苦呢，所以他才会出此下策，但曾志明还是相信了，相信宋楚楚还记挂着他，所以他的离开应该是没那么多遗憾了。

回去"世外桃源"的路上，邹静森才从周北川口中得知，他组建了一个"临终慰问师"的团队，顾名思义，是专门给将死之人做慰问者，让他们放下尘世往事，放下心中的遗憾和残念，把他们引渡到死亡的彼岸。

邹静森的心里竟然意想不到的平静，她目不转睛地看着专心致志开着车的周北川，没想明白他为什么会有这种意愿创立这样的团队。她虽然认识他不是很久，但也一眼看出来他身价不菲，就算家里不是富得流油，起码吃穿不愁，手上有的是多余的闲钱做各种看起来高大上的投资。

他能做出这样的决定，真的很厉害。

“你扶一下把手，我得把车再开快一点儿，有一个重要的朋友等了我一下午。”邹静森来不及问他是什么样的朋友，他能放人家一下午的鸽子，却莫名感觉到他这位朋友和他的交情应该不浅，不然周北川也不会像个疯子，一踩油门到底，把车子开得和赛车一样快。

待车子终于停下来，邹静森没忍住冲下车子去吐，但只是干呕，没有吐出什么东西。

周北川心里过意不去，走过来问她还好吗。

“没事没事，你先去见你的朋友吧……”邹静森摆摆手让他先进去。

“周北川，你怎么这么晚？”

这时，邹静森弯着腰抠着喉咙的动作莫名停住了，她不用照镜子也知道她这个样子有多狼狈和难看，可是为什么偏偏是这个时候……为什么是这个时候，她竟在这个地方听到唐河的声音。

那么远，又这么近，分开十年，他的声音竟然一点儿也没有改变。

邹静森的脖子像是坏掉了，转不动了，她僵硬地站在那里，不知道该做什么表情和反应才好。

反而是唐河一步一步地走向这边。

“抱歉抱歉，我的好朋友，我已经用开赛车的速度回来了，让你们久等真的对不住！”周北川的态度很端正，说话也诚诚恳恳的，能让别人错以为他是真的因为正事才耽搁到现在才回来。

唐河意味深长地看着他，抿着唇静默了一会儿，他丝毫没注意到在周北川的车子旁蹲着的邹静森。

一阵微风轻轻吹过，唐河的一头短发和周北川长至脖颈的头发被吹起一层褶皱，他们俩静默地站着互相看着对方，画面定格，不可思议的好看。

“好吧，进去说吧。”唐河掀了掀嘴唇，轻声说道。

“对了，你不是说你的女朋友也来了吗？人呢？”周北川多嘴问了一句，恰恰钻入邹静森的耳朵里，让她感觉像是有一万只虫子在吞噬着她的皮肤一样，难受，巨大的难受。

“我和她在这里等了一下午。她有点儿累，先回家了，本来就是我要找你，我和你谈就好了。等下次有机会我们可以一起吃个饭……”

两个年轻又高大的男子渐行渐远，走到半途，周北川想起了什么，停下脚步并且迅速转过身来。

“邹静森，你还好吗？”

唐河的身体狠狠地震颤了一下，他不敢相信，十年以后，他还会再次听见这个人的名字。

邹静森郁闷至极，最后只能以一种尴尬的姿势慢慢站起来，冲同样站在远处看向她的唐河扯了扯唇角。

唐河慢动作一般地回过头，直直地看过来。

唐河，真的好久不见。

别来无恙？

Chapter 2 临终慰问合作

周北川邀唐河进他的房间说话，邹静森看出来他们俩很早以前就认识的，而且今天有很重要的话要说，而且她还看出来，唐河看上去没有要和她叙旧的打算。

她本来以为自己要功成身退了，没料想周北川突然伸出爪子，恶作剧一般地从后面扯了扯她的领子，将她无比狼狈地摔到他面前去。

“邹静森，麻烦给我们冲两杯爱尔兰咖啡。”

周北川不傻，一眼就看出邹静森和唐河从前也是认识的，唐河是强装着从容，但邹静森的眼神一直在躲闪，如果他没猜错，邹静森肯定在之前做了什么对不起唐河的事情。

把邹静森打发去冲咖啡后，周北川开门见山地问唐河：“你和邹静森认识？”

唐河冷冰冰的一张脸稍稍松动，模棱两可地点点头：“高中同学。”

“哦。”出乎唐河意料，周北川竟然没问下去。

唐河抬起脸静静地看着坐在对面的男人，三年时间不见，周北川除了长得更仙以外，好像也没什么变化。十分钟后，邹静森端着两杯咖啡进来，然后像一阵风地离开了。

周北川酷爱爱尔兰咖啡，和以前一样，他必须把咖啡完全喝完才会有谈事情的欲望。

唐河在等他喝咖啡的过程中，有点儿不耐烦，微微张了张嘴，问："你喝完没有？"

周北川把杯子里最后一口咖啡喝光，勾唇一笑，仿佛连笑容也沾染了咖啡香味儿，浓郁芬芳，异常迷人。

"你和邹静森是什么关系？"周北川被勾起兴致，嘴角玩味一笑，一脸好奇的模样。

唐河没料到这家伙还在这个问题上兜圈，他一向对自己的私事惜字如金，更何况，他没什么好说的。

"你们谈过恋爱？"虽然是疑问句，周北川的语气充满肯定。

"……"

"而且还是邹静森甩的你。"周北川无比心疼地看着对面的唐河，忽然伸出一只爪子，覆到唐河的手背上，轻轻地蹭，"我的小河，原来你也有不为人知的黑历史。"

"够了！"唐河皱着眉挣开周北川的手，"老大不小的人了，能正经一点儿吗？"

他的呼吸变得紊乱，周北川探究的目光仿佛能洞穿他的身体。

啧啧，这个世界还是太小了，他不小心救上来的女生，竟然是他好朋友的初恋情人。

"好吧，找我有什么事？"周北川像是会变脸一样，一秒钟变得严肃正经，唐河愣了一下，下意识地松了一口气，然后打开公文包，从里面取出一份打印得很厚的合同。

白纸黑字的合同，他直接递到周北川面前，周北川懒得翻，拍拍手，扭头冲门口的方向大喊了一声："邹静森，不要偷听了，快进来！"

唐河一脸黑线。

邹静森刚刚还躲在门外偷听得好好的，被周北川这么一唬，吓得从门外滚了进来。

唐河只是冷冷地瞥了她一眼，便不再看她，仿佛一直以来都不认识她似的。

"你过来，给我念念合同上说的什么。"

唐河伸出手想制止这家伙无理的行为，但又被周北川使坏地挡开了，他冲唐河挤了挤眼，一副了然于心的表情。

唐河恨不得掀翻桌子直接走人!

其实，唐河这次刚回国就找周北川，是为医院的事情来的。

他是一名脑外科高级医生，就职于云城最好的医院——云城第一人民医院，女朋友陈聪的父亲陈志涵是第一人民医院的院长。陈志涵的野心不小，他想让第一人民医院蜚声全国，他和医院管理层开了将近两个月的会议，策划了数十个方案，最后决定要在云城成立一支临终慰问队伍。

邹静森把合同上的字一个个念完，周北川的眉头越来越深，他忍着发火的冲动，撩起眼皮直直地看着唐河："你们医院弄出来的活动，和我又有什么关系？"

"整个云城，你才是最专业的临终慰问师，我这次代表医院过来，想和你一起合作。"

"唐河，"周北川甩了甩他衣服上宽大的袖子，表明自己的不乐意，"你要是来找我叙旧，我是欢迎的，但你找我弄这种事……抱歉，免谈。"周北川这人，不缺钱也不缺气度，他只做自己想做的事情。这种一看就是充满商业性质的合作，他最讨厌了。

邹静森也觉得，唐河要是真拿周北川当朋友，就不该拿着这样的合同过来找他。

“阿川，你怎么就认定这样的合作只有商业没有人情味，如果这次合作做得好，可以让更多普通市民了解什么是‘临终慰问’，你不也觉得很高兴吗？”

周北川没有说话，只是抬起下巴倨傲地看着他。

“我和陈聪也会加入，你只要再给我选几个人就好了。”

周北川仍然冷冷地盯着他。

房间里的气氛跌至冰点，其实周北川从没见过这样的唐河，冰冷的表皮下，有着一颗蠢蠢欲动的心脏，他能感觉出来，唐河这次回国，也想为更多的人做点什么事情。

最后，周北川垂下眼，淡淡地说了一句：“你如果能立刻过来我这边，和我的队员们一起待上七天时间，我就勉为其难地考虑一下。”

言下之意，如果唐河能做到这样，起码能让周北川感觉到他是有诚意的。当然，周北川也说了，只是考虑，最后答不答应，决定权始终在他手上。

邹静森一听，都想开口替唐河说一声拒绝，以她十年前对唐河的了解，唐河完全不屑做出这样的答应。

要他和这里的人住上七天？怎么可能！

然而，唐河轻不可闻地点了一下头：“那好。”顿了顿，他又补充，“你记得说话算话。”

周北川和邹静森不约而同地露出惊讶的表情，他们没办法相信，唐河真的答应了。

周北川觉得有趣，对接下来的七天充满期待。倒是苦了邹静森，也就是说，她才刚刚和唐河重遇，又要被迫地和他做七天的同事？

晚上，邹静森一个人站在空荡荡的厨房，她的面前又是满满当当的新鲜食材，原来每天都有专人送新鲜食材过来，周北川确实是个财大气粗的主，她怎么会这么笨，上班第一天迟到，然后被他抓来厨房干活？

而且晚上又多了一张吃饭的嘴——唐河。

一想到唐河，邹静森发蒙得更厉害，一阵深深的无力感爬上心脏，难受又不安。

二十二个人的晚餐，她该怎么做……她忽然有点儿后悔来到"世外桃源"上班了。她当时怎么就想不开要跳河，如果她不是一时冲动，周北川就不会无缘无故把她救了，她也不会想也不想就答应过来了。

更重要的是，她也不会因此再见到唐河。难道说，这么多机缘巧合，其实是冥冥之中自有安排？

身后忽然响起一串很轻的脚步声，邹静森下意识地回头看去，赫然见到唐河一身白衣地走到自己面前。

上天有时候特别优待一些人，例如眼前的这个年轻男人，他已经不是那个十七岁长得单薄的少年。他今年已经二十七岁，长成一个成熟的男人模样。但他的容颜似乎没有发生太多变化，他仍然年轻，仍然英俊，仍然很少露出该有的笑容，真真应了一句古诗："只可远观不可亵玩焉。"

"你……是不是走错地方了？这里是厨房，房间不在这边。"邹静森不会蠢到认为唐河是特意过来的，他也不可能无聊到来厨房这边。

唐河是特意来找她的？

邹静森莫名打了一个冷战，唐河停在她的面前，两人长久地沉默，然后她终于听见他凉凉地开口："我真没想到还会再遇见你。"

邹静森瑟缩了一下，她的心底隐隐透着不安，但这时候不容许她退缩。

她从来都不是那种容易退缩的人，更何况在唐河的面前。

她的语气也透着几分冷，从唇边冷哼一声："我也想说一样的话，没想到被你抢白了。"

唐河的双眼半眯着，漆黑的眸子映着深不见底的光，他故意压了压唇，露出一个阴森的笑容："那最好，我不想周北川拿我们从前的关系要挟我。"

"我们当初……"邹静森不愿说下去了，"谁没有个懵懂的初恋，你就当我是那个傻子好了。"说完，她飞快地转过身，开始做今晚二十二个人的晚饭。

唐河没有说话，飞快地转过身，一步一步走出邹静森的视线。

不知道是被唐河的冰冷气着，还是怎么的，邹静森今晚做饭的水准是有史以来最糟糕的一次。

周北川终于看不下去，连忙点了二十二人份的肯德基外卖套餐，他这人很注重养生，平日鲜少吃炸鸡、汉堡，但今天还是破例了。

当然，邹静森又免不了被周北川一顿臭骂，她被骂得抬不起头，忽觉一道目光落在后背上，她偷偷移了一下眼睛，看向被众星捧月一样围着的唐河，才发现他根本没往自己这边看。

邹静森想到自己从前在六星级酒店可是翻手为云、覆手为雨的高管，吃的喝的有人主动端到她面前去，睡的房间也很好，哪像现在……她紧紧地捏了捏放在裤子侧的拳头，暗暗发誓，不能被唐河看到这么丢脸的自己。

她不想看到自己变成这样。

唐河没有吃肯德基的外卖，他不知道什么时候去了厨房，简单做了几个小菜，然后捧着饭菜到一边角落默默地吃起来。

周北川一溜烟地跑过去拿起筷子偷偷夹了吃起来，被唐河发现，用眼神轰走了。

唐河太容易成为焦点，而且“世外桃源”这里大部分都是女生，他被很多人缠着问了一晚上做菜的技巧，其实哪有什么技巧，她们是醉温之意不在酒，都是打着唐河的主意去的。

唐河始终不为所动，端着一张冷冰冰的虚伪笑脸，干巴巴地解释了一通，才挣扎着突出重围，他一刻也不想逗留，赶着回房间睡觉。

忽然有人伸出手指点了点他的肩膀，他回头时吓了一大跳——周北川搞怪地把嘴巴凑上来，他们俩快要亲到一起去了！

十几个慰问队的女生都看过来，唐河下意识地往后退，周北川乘胜追击地伸出手臂，紧紧把他抱在怀里。

这个姿势，不论横看竖看，远看近看，怎么看怎么暧昧。

唐河莫名其妙地被非礼了，感觉十分不好受。

“喂……”

“没看到很多妹子都很喜欢你吗？我当你是朋友才想出这么一招，帮你一下子解决她们的疯狂示爱呀！”周北川的嘴巴凑到唐河的耳边，装模作样地往他的耳垂吹了一口气，唐河起了一身的鸡皮疙瘩。

下一秒，他听到身后大片倒抽冷气的声音。

“原来老板和唐医生是一对哎！”

“我之前就猜了，老板长得这么美，肯定喜欢男的！”周北川一脸黑线，“嘿嘿”地怪笑了两声，在众人注视的目光下，揽着唐河的肩，把唐河送到自己的房间去。

“你这里那么多地方，我为什么要和你挤一张床睡？”唐河洗漱好刚爬上床，周北川穿着丝质柔软的冰蓝色睡衣也一股脑地跳了上去。

唐河不仅有洁癖，更没有试过和男人同睡！

“这也是看你有没有诚意合作的一条，而且那么多女生虎视眈眈地盯着你呢，和我睡你才安全好不？”

周北川总有一大堆歪理来反驳他的各种正经问题，唐河沉下心来仔细一想，这家伙好像说得也没有错？

但这家伙睡觉怎么这么不老实！唐河勉强数了一千只绵羊才睡着，可睡到后半夜，他感觉被“鬼压床”了，睁开眼才看到周北川像做了美梦一样，整个人挂到他身上去，不论怎么推也没有醒。

下一秒，周北川又给唐河一个意想不到的熊抱，他快要把唐河揉烂在自己的怀里去，唐河忍无可忍……只好在心里默默地背起《弟子规》，想要无视周北川这个光明正大吃他豆腐的人。

他毕竟念着合作的事情，除了忍耐，只有忍耐。

另外一边，邹静森也不好过，她被安排和闫安安住一个寝室，二人寝室看上去各种舒适，像宾馆一样的规格，双人床，床垫也十分柔软，房间里的设施也很好，但无奈闫安安的鼾声如雷，她的耳朵快要聋掉一样难受。

唐河和邹静森，两个人像是心有灵犀一般，各自睡不着，谁也不知道他们俩此刻在想什么。

漫漫长夜，又不能睡着，看来比较适合缅怀。

接下来的几天，“世外桃源”特别热闹，唐河的到来让这个本来就繁花盛开的地方更添了几分美意。

唐河被逼和其他人作息一样，五点起来，周北川几乎每天都会安排临终慰问的课程还有实战演习，有时候是他自己上台，有时候是请的老师，只要周北川上课，唐河肯定会被他抓上台当“临终病人”，两个美男站在一起已经够赏心悦目，而且他们俩还有一层“暧昧”的关系。

台下的队员们看得眼冒红心，每个人都心花怒放的。

饶是还不太适应这里的邹静森，看着台上耍宝一样的周北川，还有被他肆意捉弄的唐河，也忍不住弯了弯嘴角。

虽然她和唐河现在等同陌生人的关系。

周北川问台下的人，做临终慰问最重要的是什么，有人回答爱心，有人回答是对别人有同情心，周北川觉得他们说得都不对。

“唐河，你来回答这个问题。”唐河第N+1次被点名，也不恼，只是站直，下巴绷紧，似乎在思考正确的答案。但他站了好一会儿，仍然没有要开口说话的打算。

“算了，坐下吧，我自己说……是一张嘴。”周北川徒劳地摆摆手，往半空中压了压。

看到其他人露出一副恍然大悟的表情，邹静森还是没想明白。

周北川继续开口说：“我们既然选择这个职业，是要让将死的人在离开这个世界之前得到一些解脱和安慰，所以我们慰问师的嘴尤其重要。我们可以靠我们的一张嘴给他们描绘一个鲜花烂漫的世界，即使世界再灰暗苍白、了无生机，我们也要想办法让我们的病人，看见一个色彩斑斓、美好缤纷的世界。”

这一堂课，邹静森感受颇深，获益良多。

她当时一时想不开选择跳下冰冷河水，被周北川救上来后，也是听了他的三言两语才决定跟他做事，进了这一行。

像周北川说的，来到这个地方的人，不管曾经在哪些领域取得再好的成绩，到这里后一切重新归零。

你要是觉得辛苦，你就自己收拾东西走人，谁都不会阻拦你，但如果愿意继续待着，就拿出一百二十分的精神好好做事，为这个世界多做一点儿贡献。

接下来的几天，邹静森和唐河偶尔会碰到，但两人仿佛很有默契，都选择默默绕过对方，头也不回地走得很远。

谁也没看出来，他们俩其实一早认识。邹静森觉得，这样很好，省去不少麻烦。

其实周北川让唐河也搬进来住，还有一个目的，通过几天时间的观察，唐河心中已经有三个人选，他们分别是闫安安、陈朝阳和宝琳。闫安安是这里资历最老的临终慰问师，虽然外表粗犷不像正常女人，但唐河发现，每次闫安安去医院做临终慰问时，都像是换了一副性格，对待病人无比耐心，而且深得别人的喜爱。至于陈朝阳和宝琳，他们在周北川这支慰问队伍里其实并不扎眼，年龄又小，看上去就像是刚刚高中毕业，唐河最初也没留意到他们俩，但很快他发现，原来他们俩是周北川特意挖过来的，陈朝阳外表木讷，却精通催眠术，宝琳总是打扮得像个小太妹，头发染成五颜六色，却在心理学上有很高的造诣。

唐河在“世外桃源”待到第五天时，忍不住张嘴问周北川要人，他直接点名闫安安、陈朝阳和宝琳，周北川露出意味深长的笑容，唐河的选择，看着像是完全在他的预料之内。

“陈朝阳和宝琳本来是毕业以后要去警队做事的人，后来我苦口婆心地游说，才拉拢过来给我做事的。”

“我不在乎他们的过去，但他们必须加入这支临终慰问队伍里。”唐河看中的人，从来都是势在必得。

周北川的一双眼珠子滴溜溜地转了一圈，眼眸的颜色更深：“你怎么肯定我会答应你？”

“凭我们已经睡了五个晚上……”如果可以，唐河真不愿意再提这件事，周北川笑得更欢乐，胸腔震动，合不拢嘴。

最后，他慢慢止住了笑声，说出轻飘飘的一句话：“再加一个人，邹静森蛮适合的。”

唐河没有应话，只是目光幽深地盯着周北川看。

本来还很愉快的气氛，一瞬间急转直下，气氛变得剑拔弩张，唐河半眯着眼危险地看着他，想挖开他的脑袋看看里面是拿什么东西构造的。

唐河猜到，周北川这是故意使坏。

“我听说邹静森刚来不久，而且和队员们相处得不太好，我不认为她目前的状态能加入我们这支临终慰问团队里。”唐河有板有眼地说，要是旁人听了，准觉得他分析得头头是道，周北川却一眼看出他心里有鬼。

“你别忘了，这里是我说了算，你要谈的合作，也是我决定到底要不要做。”周北川就是有本事气死唐河，“而且，你之前不是说邹静森只是你的高中同学而已吗？你该不会怕你的女朋友吃醋吧？”

唐河听到周北川提起陈聪，眉头深深地蹙了起来，但脸上没有过多的情绪。

周北川仔细观察了几秒，心中冷不丁地冒出一个想法：难道唐河这家伙真的因为院长女儿这一重金光闪闪的身份，才和陈聪成为恋人？

没办法，周北川自诩一向看人的功夫很准，他多希望自己猜错了，可是唐河是一个城府极深的人，他们又隔了三年时间没见……周北川一时半会儿也捉摸不透唐河的真正心思。

“好吧，把邹静森加进去。”

“行。”

“陈聪也在这支队伍里面。”

“……”周北川一脸黑线，“你既然都敢假公济私了，那我也要！我要当队伍里面的总指挥！”

唐河懒得和他斗嘴，他在周北川这里憋屈地住了几天，白天像军训一样起个大早，而且每一晚都睡不好，活脱脱地变成周北川的人形抱枕，被他搓圆捏扁、苦不堪言。

最要命的是，周北川这家伙睡眠质量极好，睡醒以后完全忘记自己的所作所为，还要睁着一双无辜的眼问唐河：“我的小河，你的黑眼圈是怎么回事？夜晚睡不好吗？”

“我先走了，医院还有很多事情等我处理。”

“走吧走吧！”周北川大手一挥，目送唐河离开。

唐河从“世外桃源”离开，直接开车去第一人民医院，然后又马不停蹄地把签了周北川名字的合同带到陈志涵面前，陈志涵很满意唐河的速度，称赞自己没看错人，也觉得唐河的前途无量。

唐河默默地接受着长辈兼上司的赞美，都是一些老生常谈的话，他不知道听了多少年，直到听见陈志涵说过几天要向全市市民召开一场新闻发布会时，唐河的脸色有一点儿松动。

陈志涵点名让他陪自己召开这场发布会。

“院长，这种上报纸的机会，可以让周北川陪您去。”唐河不喜欢凑这种热闹，更不愿意让太多人见到自己。

“不不不，你的形象很好，也代表着第一人民医院的形象，你肯定要露面。”

唐河知道，他争不过陈志涵，只好憋屈地答应了下来。

他几天没来医院，一堆事情要处理，再回过神来已经是晚上十点，陈聪点了外卖，然后亲自送来他的办公室。

“你不在这几天，也不给我打个电话，真狠心哪！”

唐河没什么反应，只顾着低头看手上的病例，陈聪对他的冷淡态度早已习以为常，又自顾自地开了口："你明天有几个手术？我们中午总能一起吃个饭吧？"陈聪的口吻充满讨好。

"再说。"唐河不想她尴尬，惜字如金地撂下两个字。

陈聪把饭盒打开，拿起筷子夹了肉，喂到他的嘴边。唐河像是被什么东西激到一般，皱着眉看着停在他嘴巴上的那块肉。

"小聪，我如果没记错的话，我们并不是真正的恋人关系。"这种话，唐河也只敢在和陈聪独处的时候说出来。

陈聪一听，手上的动作僵住，脸色也变得难看，缓了几秒，她别扭地扯开唇角，露出一个比哭还要难看的笑容："唐河，你说的什么话，我当然没忘！"

"现在就只有我们俩，你不需要演戏。"

"嗯……你记得吃饭。"

"我会的，你先下班吧。"

"哦。"

把陈聪成功打发走，唐河忽觉疲惫如潮水般袭来，他不想再研究病历，也对陈聪买来的饭菜提不上兴趣。

他发了一会儿呆，然后从椅子上站起来活动了一下四肢，从他办公室的窗外看向夜空，一轮圆月悬挂在头顶上空，分布不均的星群闪烁着微弱的光芒。

此情此景，唐河忽然想起他和陈聪在美国进修时，有一次，陈聪发了很大的脾气，把所有东西都摔烂时，唐河仍然无动于衷地看着她。

然后，陈聪拿手指戳唐河的心脏，唐河听见她用充满悲苦的声音问："唐河，你到底有没有良心？我这么爱你，你喜欢我一下下会死吗？"

陈聪当时的情绪很糟糕，其实只要唐河假意逢迎地顺着她的心意说上那么一两句哄她开心的话，她就会立刻变得乖巧，和平常人无异，但唐河挣扎了很久，还是没有说出她想听到的话。

他能答应和她假扮情侣，已经是最大的容忍和退让，更多的，陈聪想要的，他统统给不了。

“抱歉，我做不到……你要是受不了，麻烦告诉我，放我离开。”唐河很无情，说出口的话也冷冰冰的，然而第二天一早，陈聪又像是什么也没发生过一样，乐呵呵地跑去找唐河……之后，反复几次，慢慢变成周而复始，再到后来，唐河见识过陈聪各种各样崩溃发难的手段，已经没有任何感觉。

反正她就算把现场弄得世界末日一般，没过多久又会好起来。

唐河不愿想下去，他抬起手揉了揉发疼的太阳穴，还得准备明天和陈志涵一起召开新闻发布会的演讲稿。

他不过是一个普普通通的医生，怎么莫名其妙变成一只被人瞻仰的猴子了？

另外一边，闫安安追在邹静森的屁股后面跑。

邹静森也不知道自己哪里得罪了闫安安，快要上床睡觉时被她像拎小鸡一样地拎了起来，然后被吩咐去餐厅打扫卫生。

“什么？”她每天做一日三餐已经够累的了，周北川也没叫她去搞卫生啊。

但闫安安料定她是软鸡仔不会反抗自己的命令，只凶巴巴地喝了一声：“作为你的大师姐，我叫你去你就去！咋那么多废话？”

“我，我得请示一下周北川。”

“老板已经睡觉了，你还敢打扰他？想明天也去搞卫生是不是？”周北川看上去奇奇怪怪的，但作息时间正常得不可思议，晚上一过九点就得上床睡觉，天灾人祸也吵不醒他。

邹静森快疯了，别说她这几年在六星级大酒店没有人敢这么大声和她说话，她刚大学毕业步入社会的时候，也没遇过像闫安安这种人！

然而，邹静森知道自己斗不过她，光是从身材上来说，闫安安是邹静森的两倍。

被闫安安拎着来到餐厅，她吩咐邹静森要跪在地上把地板擦得发亮反光。

这一听就是不可能完成的任务，能再残忍一些吗？

“安安姐，你没有在和我开玩笑？”

“你觉得呢？”闫安安一边阴着脸说，一边给自己拳头松筋骨，发出无比清脆的声响，在她的“淫威”下，邹静森只能拿着抹布、跪在地上一寸一寸地擦地板。

擦到第三遍时，她的膝盖疼得快要炸掉，可是闫安安还是说没弄干净，要再来一遍。

邹静森想要发作时，突然想起唐河之前被周北川摧残得不成人形的模样，她没有来得及问他为什么为了一份合同，要卑躬屈膝做自己不喜欢的事情，因为以她对他的了解，唐河不是这样的人。

可他又偏偏变成这样的人。

既然唐河也能做到的事情，她没道理做不到呀！邹静森咬咬牙，又继续跪着把地板擦了一遍，闫安安还没玩够，让她加快速度擦地板，不然她这种速度，得擦到天亮去。

“安安姐，我跪在地上，你让我怎么加快速度？”

闫安安当然有她的办法，她让邹静森一边擦地一边往前跑，而且还要维持着跪地的动作，不然就把她痛揍一顿，打在衣服能遮挡住的部位上。

闫安安说到做到，邹静森被她逼得两只膝盖以力所能及的速度往前移动，身体要负荷不了，快要散了架的时候，她才终于叫停。

邹静森不笨，她当然知道闫安安是在欺负自己，她就算啥也不做，一只大手挥下来，也能打掉邹静森几颗牙齿。

难怪没有人愿意和闫安安做朋友，住同一个寝室，她这么讨人厌，谁愿意待在她身边超过十秒钟哦。

“可以了！”闫安安检查了一遍，确定没问题，“回去睡觉吧！”

邹静森慢慢地习惯了这种军训一样的生活模式，不用闹钟，也可以五点钟准时爬起来，但这一天特别奇怪，等她睁开眼的时候已经是中午十二点，闫安安也不在寝室，她发了很久的呆也没想明白自己怎么会起这么晚。

直到周北川的电话打来：“邹静森，你怎么还在‘世外桃源’？我不是让安安告诉你下午两点要在第一人民医院开新闻发布会吗？”

邹静森一听见闫安安的名字，感觉就很不好，肯定又是她在暗地里搞的鬼。她想起来了，昨晚浑身酸痛回到寝室，闫安安装作好心地给她递来一杯热牛奶……

“算了算了，你不要来了。”

“等一下！唐河也在发布会现场吗？”

“在。”周北川还以为她要主动认错，没想到她竟然问的是唐河。

周北川没想过邹静森还会赶来，她赶到第一人民医院时，发布会差不多要结束，唐河和周北川坐在一起，记者们只顾着拍他们去了，也没注意院长陈志涵到底说了什么。

现场人很多，邹静森混在人群中，很努力地伸长脖子才能看到唐河，没过多久她还看到唐河的女朋友。

陈聪像一只骄傲的孔雀，坐在唐河的另外一侧，她一直转过头看着唐河。唐河仿佛没感应到一样，面无表情地直视着镜头，浑身上下透着一股森然的寒气。

邹静森看得出来，陈聪很爱唐河。

晚上，临时组成的七人临终慰问团队一起吃了一顿饭。

周北川说，他们这一支队伍是精英中的精英，能和云城最好的第一人民医院合作，将来也会让更多人知道什么是“临终慰问”。

其实他也是说说而已，他这人钱多得可以拿去烧，邹静森心想，他肯答应帮忙的原因，应该是看在唐河的面子上。

他们到饭店的时候比较晚，又没有预约，包厢都被订满了，他们七个只能坐在外面的桌子上。

服务员和其他客人都奇怪地看着他们，也对，他们七个无论怎么看，都不像是可以心平气和坐到一块儿吃饭的人。

周北川夸张地咳了一声，从服务员手中拿过餐单，也没问其他人的意见，就往贵的菜点。

闫安安无比心疼，小声地嘀咕：“老板，差不多得了。”

“没事，唐河请客。”

唐河眼角抽搐，心里早就把周北川从头发丝到脚趾头都骂了一遍，但一张俊脸仍然维持着淡淡的风度：“嗯，你随意。”

周北川飞了一记眼刀过去，气氛又莫名变得剑拔弩张，年纪最小的宝琳有点儿看不过去，拿手抓了抓最近染成紫色的头发：“其实我认为完全没必要和人家大医院合作，搞临终慰问团队，他们不认识我们，我们也不了解他们的情况，这样的合作有什么意义？”

精通催眠术的陈朝阳抬起胳膊扶了扶快要滑到鼻翼上的眼镜，有板有眼地说：“老板这么做，肯定有他的道理。”

宝琳最讨厌这个木讷的小伙子，看他竟然不站在自己这边，抄起杯子装模作样地砸到他的脸上。

“第一，我之所以接下这个合作，是看在我的老朋友唐河的面子上。第二，理由更简单，我将来要是想出去玩，总要给‘世外桃源’找一个接班人吧！”

“老板，你这是什么意思？”闫安安感觉这句话不对劲儿，她头脑简单，也想不出更深沉的含义，只好继续问下去。

邹静森也若有所思地看着他。

“字面意思！”周北川扫了一下在座的这几个人，眼神最后落在一脸心事重重的邹静森身上，“他们医院想怎么样，我不管，反正最后都要听我的。”唐河的眼角再次抽搐了一下，“我要在你们几个身上，寻找将来可以接我班的人才。”

说实话，如果论资历，闫安安肯定是不二人选，她表面上看着没心没肺，心里还是隐隐觉得不安。她用眼角余光打量在旁边默默吃甜品的邹静森，怎么有一种错觉，周北川对这个新来的女生和对别人是不一样的？

周老板的心是大海，别说闫安安跟了他这么多年，就算是他肚子里的一条蛔虫，也猜不透他到底在想什么。

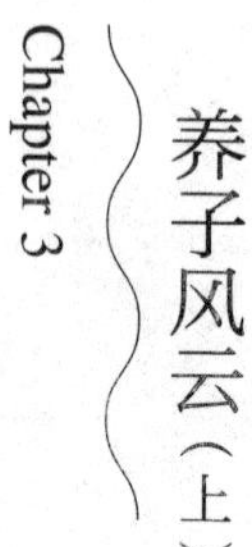

Chapter 3 养子风云（上）

翌日一早，唐河还不到七点就回到第一人民医院上班。

平常的上班时间是八点，他住的地方离医院也很近，说他是工作狂也不为过，每天第一个到医院，晚上通常也是最后一个走，有时候为了研究病例本，睡在医院的办公室也是常有的事情。

但他这天不知道怎么了，左边眼角一直在跳，仿佛有什么事情要发生。

唐河今天上午有一台手术，从手术台下来已经是中午十二点，他换下手术衣脱下手套，把一双手反复清洗了十来遍，才慢条斯理地准备去食堂吃饭。

哪能想到会看到这辈子不想再见到的人。

“唐，唐河？”

听见这声音，唐河感觉浑身都在起鸡皮疙瘩。

来人是一个六十几岁、头发花白的瘦小男子，他出奇地瘦，像皮包骨头一样，他拄着拐杖朝唐河的方向蹒跚着走来，唐河想闪开，无奈双腿像是灌了铅一样，莫名其妙地动弹不得。

唐河忽然想起，他已经有十几年没有见过这个男人了吧。

六十七岁的王二也想起，他已经十几年没有见过唐河了，当初他还只是一个稚嫩青涩、内心封闭的青年，如今长成堂堂正正的男人模样，穿上白大褂气质斐然。

王二内心触动，抬起脸认认真真地看着他，想分辨出这个男人，是记忆里的那个男孩。

“你来做什么？”唐河怕别人看到，力气很大地抓起王二的一只手腕，把他拖拽到消防通道那边。

不过是几步路，王二感到天旋地转，他缓了一会儿，没办法说话。

唐河不知道他什么情况，看他像是故意在拖延自己的时间，声音没来由地提高几度：“你给我说话！你怎么知道我在这家医院工作？你怎么找过来的？你有什么目的？你是想问我要钱吗？！”

话一出口，他都被自己的气势吓着，他平时就算对陌生人态度冰冷，也不至于对一个认识的人破口大喊。

十几年的时间，他原本以为自己早该忘掉那些不愉快的记忆，但直到这个面容消瘦、长相猥琐的老男人再次出现，仿佛也跟着打开了那一段不堪回首的过去……唐河这才明白，他原来一直没有忘记！

他深吸一口气，胸口还在微微喘着，然后默默后退两步，想让自己迅速冷静下来。

王二被他吼得心脏快要停顿一般，又缓了几分钟才终于缓过神来，他努力朝唐河支起一个破碎的丑陋的笑容，小心翼翼地说道：“小河，我在电视上看到你了，知道你在这家医院工作，我来找你不是为了钱……”说着说着，这个老人的眼眶溢满了泪水，声音也难过了起来，“我有东西想要给你，想弥补我当年对你做过的错事。”

“够了！”唐河狠狠地呵斥一声，“你要是想补偿我，最好的办法是这辈子不要再出现，不要再在我面前晃荡，我会无比感激！”唐河的眼中像要喷出火来，吓得王二的嘴唇一直哆嗦，白色的嘴皮跟着颤抖。

唐河只觉得这个男人的一切都是恶心的。

“不是的，小河……”王二还想对他说点儿什么。

“我要走了，你也赶紧离开吧。”唐河这次再遇王二，一直没有使用敬语，因为这么多年来在唐河的眼中，这个叫王二的男人，根本不是人。

唐河头也不回地走掉，他走得飞快，完全没看到，王二拼命地咳嗽，声音巨大，像一只破旧的风箱在震动，最后咳出了一摊浑浊的鲜血。

唐河吃完饭回到办公室，心里仍然暴躁不安，他中午有二十分钟的午休习惯，这天只顾着生气，完全没有睡意。

就在这时，周北川打来电话。

“打给你其实不是什么要紧的事情，下午邹静森会去你们的医院，她要负责一个临终慰问病人，要是你们不小心碰上了，不要大惊小怪什么的。”

唐河却无比感激周北川这通莫名其妙的电话，听到周北川的声音，唐河的心情好像稍微好转。

“怎么了？工作不顺利？”周北川光是听他在电话里呼吸的频率就能感觉出什么来，他轻轻一笑，舌尖绕着上牙齿轻快地打了一个转，“还是你觉得，你比较想见到我？”

“……”

“哈哈，玩笑。”周北川就喜欢捉弄唐河。

“嗯，那我挂电话了。”

下午两点，邹静森又一次来到第一人民医院，她倒是不怕会碰到唐河，两个人现在同是临终慰问队的成员，早晚要一块儿工作，她就算心里有一千个一万个不乐意，表面上还得装得不动声色。

邹静森在第一人民医院转了快半个小时，也没看到那个临终慰问的病人，她打病人的电话，显示不通，连忙又去问病房里的护士，说那个病人现在还没出院，可能去卫生间了。

捏在手心的电话突然响起，是一组陌生号码的来电。

邹静森不知道哪来的第六感，感觉这个电话是唐河打来的。

“喂？”

“邹静森，你在哪里？”果然是唐河，而且是生气的唐河打来的，邹静森不知道他在生哪门子的气，更不知道他为什么会主动打给她，“我打来是要和你说，你们刚接的临终慰问的项目，可以不用做了。”唐河无比平静地说。

“什么？”

唐河没有回答她，而是选择静默地切断电话。邹静森不知道，他刚刚收到周北川发来的资料时，内心有多么煎熬和惶恐。

他们和周北川合作成立临终慰问团队还不到两天，接的第一个项目竟然是王二的临终慰问。

“王二，67岁，三无人员，年轻时无恶不作，妻离子散，晚景凄凉。半年前被医生诊断患了末期肺癌。”唐河反反复复看着这行简单的信息，似乎不能相信，又不得不信。

难怪这个老男人会瘦得离谱，走路也要靠拐杖支持，他刚刚太愤怒了，完全没注意到这些，原来……

唐河抬起手揉着突然发疼的太阳穴，他心里默念道，这难道不是恶有恶报吗？王二怎么还有脸申请临终慰问？他又转念一想，王二就算在从前做了再多的坏事，也快要死了，这个人，是真的要死了。

心脏的位置好像被人用手紧紧地攥着，压得他透不过气，头皮发麻，额头的汗水源源不断地滚落下来。

他又笑又哭，好不正常。

下一秒，邹静森没有敲门就闯了进来。

她情绪激动，没有看见唐河眼角闪着的晶莹泪珠，她只看到他犹如一座雕塑垂着眼睛看着桌子上的什么东西，她愤怒不解地询问他："唐河，你为什么要擅自中止临终慰问的项目？你经过周北川的同意了吗？"

唐河以最快的速度收拾好自己的情绪，慢慢地抬起脸庞，面无表情地看着邹静森。

"你知道这个叫王二的男人，从前做过多少可怕的事情吗？你什么也不知道！周北川也一样，你们只是看到他快要死了，他向你们提出申请要做临终慰问，你们就想帮他做……可是，你们有没有问过自己，他值得吗？"

重遇以后，这还是邹静森第一次听到唐河一口气说这么长的话，她一开始觉得不可思议，后来慢慢回过味儿来，才发现这件事不对劲儿。

唐河和这个王二是认识的？

"你，你和王二是认识的？"

唐河不屑地哼了一声，没有任何回答，他不想再说下去，怕影响下午的工作。

随后，他只是抬起手指着门口的方向，声音很冷："你回去把我刚刚说的话告诉周北川，他要是不乐意，让他自己来见我。"

如果邹静森听完他的话，乖乖照做就好，可是她没有这样做，她今天就是要弄明白这件事，不然她绝对不会罢休。

“那你现在就把我当成周北川，我要听到你不愿意接这个项目的想法和理由，不然我现在就去找王二，天涯海角都要找到他！”

唐河闻言身体狠狠一震，他无比诧异地看着她，漆黑的眸子微妙地转了转。

他怎么会忘了，眼前这个人是邹静森，不像一般的女孩随随便便就能打发走的。

唐河不愿说太多，一心想着把邹静森赶走。

“他就是一个坏人，他不值得同情！其他的，我无可奉告！”唐河火药味十足地吼了一句。

“你！”邹静森没想过他变得这么不可理喻，“不是有句话叫‘医者父母心’吗？你自己也是一个医生，你应该知道，这个人就算再坏，他也是一个将死之人，你怎么一点儿同情心也没有？”

唐河哪里想到，他和邹静森十年以后重遇，竟然会为了王二，在医院的办公室里吵得面红耳赤。

他心里藏着太多悲伤的往事，不可提，不可说！邹静森什么也不知道，十年前不知道，现在也不可能让她知道。

唐河觉得，他也很痛苦，但他没有办法原谅王二多年前对他做过的事情，那是他一生的噩梦！他宁愿被邹静森讨厌，被她狠狠地骂，也不想不情不愿地做一回好人。

在这一刻，在这个项目上，他不屑这么做！

“唐河，我没想到你是这样的人。”邹静森若有所思地留下一句话。

唐河不知道邹静森是什么时候离开医院的。

他从小到大都不会吵架，原来吵架是这么痛苦的事情，而这竟然还是和邹静森吵的架。

他明明记得，就算十年前邹静森主动开口要分手，他也没有找她吵架。

唐河的心狠狠一颤，他也没想到，邹静森离开第一人民医院以后，没有灰心丧气地回“世外桃源”，她把周北川发过来的关于王二的资料又看了一遍，谢天谢地，上面有王二住院前的住址，她心里蓦地一沉，感觉王二从医院逃跑，肯定是回家去了。

她连忙招手打了一辆出租车，对司机报出一串地址，然后赶去王二的家。

王二住在老城区里的城中村。

这些年来，新城区的发展速度飞快，瞩目的高楼大厦一座接一座地兴建，相比之下，老城区里一栋栋年久失修的老房子看着像危楼，住着许多三教九流的人，仿佛收容了整个云城最底层的人员。

邹静森很快赶到王二住的地方，她虽然是土生土长的云城人，但也没来过老城区，更不认得路，明明是白天，城中村的路错综复杂，弯弯绕绕，楼层与楼层之间的间隙很小，凌乱的黑色电线把头顶的天空分割成奇奇怪怪的形状，让人的心情变得无比压抑。

她费了一点儿时间，多绕了一些冤枉路，才找到正确的门牌号，王二住的九楼，老房子没有电梯，邹静森一步一沉地往上面走，终于到了九楼。她心想王二要是偷偷回来了，他的身体这么虚弱，得花多少时间才爬上来啊。

她靠在已经看不清原本颜色的门框上休息了半分钟，才有气无力地把手指弯曲，一下一下地敲门。

过了很长时间，门终于慢慢地被人打开，屋内没有一丝光线，王二一张没有血色的脸在黑漆漆的视野里看着特别骇人。

“您是王二先生吗？”虽然事先没见过面，但邹静森没来由地相信，眼前的老人就是自己临终慰问的病人。

“我是……请问你是？”

"我是您的临终慰问师，我姓邹。"

王二没多说话，动作缓慢地开了门，让邹静森进屋。

王二的身上弥漫着一股老年人才有的味道，他的皮肤松弛，眼窝深陷，整个人消瘦得仿佛没有皮肉，只剩下骨头。

邹静森扶着他找了一张沙发坐下来，王二其实才刚刚回到家，像邹静森所认为的那样，他拄着拐杖一下一下地爬到九楼，几乎把半条命也一并要了去。

"王老先生，您不是应该在医院吗？怎么偷偷跑回家了？"

邹静森随意打量了一下这个大概只有四十平方米的房子，一室一厅的简单格局，配有简单基本的家具，白天也没有多余的光线照进这个屋子。王二又没有开灯，让这个地方显得阴沉沉的，像那种拍摄灵异片的场地。

王二沉默了好一会儿，邹静森耐心地等他开口，时间一分一秒地溜走，王二似乎伤心过度，好几次张了张嘴，还是说不出一个字来。

这时，邹静森想起刚刚去找唐河时他的反应，邹静森知道要是一个人不愿说话，就算拿工具去撬开他的嘴巴也没用，于是她试探着提起唐河的名字："王老先生，我们换个问题，您认识唐河吗？第一人民医院脑外科高级医生，唐河。"

听到唐河的名字，王二狠狠地哆嗦了一下。

邹静森感觉事情真的没有那么简单，只是……她仔细看着坐在她面前的这个又老又病的男人，无法联想他和唐河之间藏着什么千丝万缕的关系。

唐河怎么会认识王二？王二得的又不是脑癌！

"嗯，我认识唐河唐医生，"说起唐河，王二灰白沧桑的脸上竟浮现一抹骄傲和自豪，然后看着一脸疑惑的邹静森，用一种很奇特的口吻说道，“我啊，我曾经是唐医生的养父。”

什么？！

饶是邹静森自以为见过无数的大风大浪，见识过各种各样的人，也被从王二嘴巴里跳出来的这个消息，震撼得不知所措。

怎么回事？怎么会有这种事？她可是唐河的初恋对象，她怎么一点儿也不知道这件事？！

邹静森的脸上闪过复杂难懂的情绪，王二低低地咳嗽了一声，他想，他的临终慰问师肯定不相信自己说的话，但事实确实是这样，他确实给唐河当过一段时间的养父。

“王老先生，作为您的临终慰问师，我有必要了解这件事情的全部内容。”她的声音充满真诚，但其实也有几分犹豫和不确定，她怕王二在生命的最后有点儿神志不清，所以才说出这样的胡话，她更怕如果这个老人对其他人也说出这样的话，会影响到唐河的声誉。

邹静森突然想到她之前才和唐河吵过一架，气不打一处来。

晚上十一点，“世外桃源”在夜色的掩映下，像是一座沉睡着的古堡。

头顶的月色把眼前的路照得无比温柔，邹静森第一次这么晚回来，免不了被闫安安一顿狠骂。

周北川却一直等她，本该九点就上床睡觉的人，硬撑着等了两小时，他本来就长得仙气十足，现在看来，快要羽化登仙了。

周北川却没有责备她，只是让闫安安先进房间，邹静森的眼睛很红，像一只悲伤的小兔子，周北川把脸凑过去，她也没躲，整个人像是坏掉的机器人，不声不响，一肚子的悲伤无处发泄。

“那个王二是不是有什么问题？”周北川的口气忽然严肃

起来，“你怎么这么晚回来？你遇到困难为什么不打电话找我求助？”

她还是没有说话，像是听不见周北川的话。

“你不会是被那个老头子欺负了吧？”周北川的两道眉峰往两边跷起来，跷得老高，看着很生气，仿佛要撒开手脚和王二拼命。

邹静森终于肯开口说话：“没有，他都病入膏肓了，还能怎么做坏事？对了，我能问你一个问题吗？你是怎么认识唐河的？”

其实邹静森一早就想问他这个问题，但今天见过王二后，想知道这个答案的心情才变得无比强烈。

关于唐河的事情，她好像知道得太少，不论是十年前，还是十年后。

周北川从喉咙里发出一声“唔”，迟疑了十来秒，才慢慢地道出他和唐河的认识经过：“大概是五年前吧，我有一天过马路的时候差点儿被车子撞飞，是唐河刚好把我救了。就这样，我和他认识了。三年前他和陈聪去美国进修，我们一度失去联络，他也是最近回来找我谈合作的事情，才重新联系我的。这么说来，我和他其实算不上很好的朋友哦。”

周北川就是有本事把一些看上去无比严重的事情，说得如此轻描淡写。邹静森听着就觉得不对，像周北川这样的人，怎么会在过马路的时候差点儿被车撞飞？他没酒驾或者一时玩心大起，把别人撞飞就已经谢天谢地了。

“好吧。”

“你问这个干吗？”

“没，就是想知道。”

“那你现在知道了，然后呢？”

“唐河拒绝做王二的临终慰问这件事，你知道吗？”

“唔，不知道。”看来，唐河遇到王二后，一直没有打电话给周北川。

作为老大，临终慰问团队总共七个人，周北川肯定不到万不得已才会出手。

唐河的女朋友陈聪一看就不懂临终慰问这种事，陈朝阳和宝琳年纪最小，就让他们处理一些没那么复杂的项目，剩下困难的，只能交给闫安安或者邹静森，可她们俩又是不对盘的，所以闫安安另外单独布置任务，他倒是有意重新撮合唐河和邹静森，所以安排他们一起负责王二这个项目。

周北川想，唐河这家伙发什么疯。

“唐河在很小的时候被人贩子拐卖过，王二曾经有七八年是唐河养父的这件事，你看来也是不知道的吧？”

这一天晚上，邹静森买菜做饭，亲自下厨给王二做了一顿饭，其实王二现在只能靠流质补给营养，他根本没办法吃下任何东西，但看着桌子上的饭菜，还是露出了微妙的笑容。

王二下午被唐河赶走后，从医院跑了出来，他无处可去，只好又偷偷回家了。

据他说，他住院那么久以来，总是偷偷溜出来，护士和医生都没办法抓住他。

说这话的时候，他一张干枯消瘦的脸上重新绽放了笑容，仿佛很得意似的。

邹静森心情沉重地当着他的面吃起饭来，王二就在这过程里断断续续把事情的大概说了一遍，说到最后，邹静森已经放下碗筷，眼泪像坏掉的水龙头一般流个不停，止也止不住。

王二也不笨，他看得出来邹静森和唐河是认识的，一直忍着没问他们俩是什么关系，但最后还是问了，邹静森一听，像回答周北川那样回答他：“我和他是高中同学。”

“那他现在过得好吗？”王二的嘴唇在哆嗦，不知道是激动还是羞愧，两边肩膀也在颤抖。

“看上去很好，做着体面的医生工作，有一个院长女儿的女朋友，现在还和朋友合作做临终慰问团队。”

“哦，是啊，我就是在电视上看到他，才知道他也在第一人民医院工作……”王二住进医院也有一段时间了，但因为科室不同，从没见过唐河。

“王老先生，您该回医院了，您这种情况不能自己一个人住在这么恶劣的环境里。”

“邹小姐，你放心吧，我明天起来就自己回医院，我可以的，你相信我。”

回忆到这里，邹静森才想起刚刚问周北川的话，他一直没有回答。

她抬起头看他，惨淡的月色下，周北川的一张脸变了模样，他的眼底迅速划过一丝心疼，更多的是无奈。

他痛苦地摇摇头：“我当然是不知道这件事的。”

如果我知道，我可能也不会同意接这个项目。周北川被自己这一闪而过的想法吓到，他连忙正色起来，幸好没说出来，不然就显得他太不专业，也太没有同情心了。

“如果你知道他们俩有这么一层关系，你肯定也会犹豫该不该接这个项目，对吧？”

周北川没有说话，只是沉默地咬着唇角，一脸为难的样子。

呵，他还从未试过被手下这么咄咄逼人地追问过，邹静森肯定是第一人。

“我晚上听完王二的话以后，心里一直很不平静，我甚至不想回来这里，也不知道该怎么面对唐河……我一直不知道唐河在小的时候被人贩子拐卖过，而且他住在王二家的那些年，过得很惨，是真的很惨。”

说着说着，邹静森的眼泪簌簌而落，她仿佛退化成一个小女孩，感到不安会大哭，遇到困难只会躲起来，她不知道怎么处理这个问题，处理这件事情，她也不知道谁可以帮帮她、拉她一把，让她迅速走出这个困局。

那些不为人知的过去，那些提心吊胆、惨不忍睹的经历，唐河从来没有告诉过任何人。

她也无法想象，当年只有七八岁的孩子，是怎么一个人咬牙面对浓郁的黑暗时光。

想到这里，邹静森拿手掩着自己的脸，不让周北川看到她汹涌而下的眼泪。

周北川被这个突如其来的巨大消息震得睡意全无，他不是没见过女孩子当着他的面号啕大哭，但从没这么心疼。

他的手伸在半空，僵了很久，迟迟没有落下，他只是想把手掌覆到她的头顶，给她一些力量，让她止住哭声。

他甚至想到，如果不是他接了这个项目，唐河就不会又遇到王二，邹静森也不会这么伤心。

做错了吗？他这一次是做错了吗？

唐河一夜没眠。

手机一直在颤动，是陈聪发来的微信，问他起来没有，她买了早餐带去医院，想和他一起吃早餐。

见唐河没有理会自己，她又忍不住搬出院长父亲：“我爸也说一起吃早餐，你赶紧过来吧。”

医院的员工餐厅人满为患，唐河赶到时看到陈聪和陈志涵坐在最角落的一张桌子旁，他们面前各自放着装了早餐的盘子，他越过人潮走了过去，简单地和陈聪、陈志涵打了一声招呼。

“你怎么这么晚！我们快要吃完了！”陈聪一见到唐河就兴奋，语气带着几分撒娇和宠溺，真把唐河当自己的真命天子一般。

唐河硬着头皮坐下来，随意弄了点吃的放到自己盘子里，拿起刀叉心不在焉地品尝着，其实没有一点儿胃口，也食不知味。

“唐河，临终慰问合作的事情进行得怎么样了？”陈志涵没看出唐河一夜没睡，只在意最关心的事情，“要记得啊，团队成立以后处理的项目都要跟我说，由我传达给媒体，再经过他们的嘴巴让更多市民听到和感受到临终慰问关怀的威力……”

又是老生常谈的话，陈志涵一旦开口就没有要停下来的打算，陈聪明显感觉唐河一脸的不悦，好几次想打断爸爸的演讲，无奈都失败了。

“唐河，你听见没有？”陈志涵的盘子已经空了，他也准备回去工作，看唐河一直不吭声，心想他刚刚是不是没有听自己在讲话。

“院长，我都听见了。”唐河何尝不知道，陈志涵其实根本不关心临终慰问的事情，他只在意第一人民医院被媒体关注，从而帮医院争取最大的名气和效益。

说他是一名院长，倒不如说他更像是一个商人，心细如尘，可想的、做的统统为了利益。

等陈志涵走了，陈聪有点儿讨好地问道：“你看上去脸色不太好，是不是昨晚又熬夜没睡好？”

唐河快速收拾好自己的情绪，冲对面的人模棱两可地摇摇头：“我吃饱了，先上去了。”

“唐河，等等我啊！”陈聪在他的身后追着他。

邹静森早上六点就起了，她也一夜没睡，只是她的脸色苍白得吓人。

闫安安看到她那张脸时嘀咕了一句什么，但也没问她是不是身体不舒服，邹静森手脚麻利，收拾好就离开“世外桃源”，往市区里赶。

她一夜没睡，想出所谓的办法就是，既然老天让她碰上王二，这一单临终慰问还是得做下去！

她昨天才来过，自以为不会迷路，但还是磨磨蹭蹭找了很久的路才找对门牌，然后她瞅了一眼时间，掐着点给周北川打电话，和他说今天外出。

“去看王二？”

“对呀。”她装作心情不错地回答道。

周北川反而有点儿尴尬，邹静森昨晚哭得那么惨，怎么今儿变得没事人一样？难不成她只消一个晚上就整理好所有的情绪？这速度确实让人刮目相看。

“好的，去吧去吧，反正这周开始不用你做饭。”不知怎的，周北川也淡淡笑了一下，“你该不会想通过这件事，让唐河和王二的关系变好吧？但我觉得以唐河的性子来说，肯定是不可能的。”

邹静森有点儿意外，这家伙和她想到一块儿去了，她也不敢现在就说大话，只能说：“事在人为吧。”

邹静森昨晚劝王二今天一早就回医院，但她心头总觉得不安，怕王二不肯回去，所以又不怕辛苦地赶来城中村，想亲自送他回去医院，顺便看看唐河在不在，她想和他平心静气地坐下来聊一下。

再次爬上九楼，邹静森的两只腿肚子都在颤抖，她有气无力地拍着门，一边拍门一边说：“王老先生，我昨天来过您家，我姓邹。”

然而，屋内静悄悄的，没有一点儿动静。

邹静森皱了皱眉，老人家一向睡不熟，王二不可能这个点还在睡觉，难不成他已经回去医院了？

邹静森又拿起手机，拨打王二的电话号码，隐隐约约的电话铃声从屋内传了开来，她的心里咯噔一沉，想着王二肯定还在家，为什么一直没有出来给自己开门？

想到最后，邹静森忍不住往最坏的方面想，王二可能在自己家里昏倒了！

邹静森二话不说拨打了120，在等待救护车来的时候也不放弃地拼命拍门，可是屋内仍然没有任何声响，死气沉沉像一座鬼城。

虽然是早上，但刚好这个时间点过了上班高峰期，救护车很快就来了。

几个医务人员抬着担架上了九楼，他们经常处理这种紧急情况，很容易破门而入，屋内一股血腥的味道连着灰尘味儿扑面而来。

“王老先生！”邹静森跟着医务人员闯进屋内，却看到最不愿看到的一幕：王二倒在地上，地板上还有一摊干涸了的血迹。

在那个瞬间，邹静森别无所求，只是希望王二可以再次睁开眼看看这个充满温暖和悲情的世界。

他可能在年轻的时候做过许多坏事，得罪过别人，也残忍地伤害过别人，但在生命面前，人人平等。她既然已经成为临终慰问师，就要遵循自己的职业道德，帮助这个生命快要走到尽头的人，完成他最后一个心愿。

王二的最后一个心愿，是想在临死之前，可以争取唐河的原谅。

快到中午的时候，外面开始下起雨来。

淅淅沥沥的雨点有节奏地在窗户玻璃上敲击，声音单调但无比清脆。

这雨一下就没完没了，伴随着一阵阵骇人的电闪雷鸣，好吓人的模样。邹静森打电话来的时候，唐河一开始没注意手机在振动，他早上没有手术，一直在门诊待着，直到听见雨声，才随意地看了一眼时间，发现快到中午了。

他接了邹静森打来的电话。

“唐河，我有事找你，方便出来一下吗？”

唐河听得出来她用公事公办的口吻和自己说话，想也没想就一口拒绝：“邹静森，如果你是因为王二的事情，那很抱歉，我暂时不能和你见面。”

他其实也想见她，但想来这通电话是为了那个可恶的男人，只好狠下心来拒绝。

“不是，老同学叙叙旧，你不会是怕了吧？”邹静森声音平静。

电话里外，都能清楚听见雨水的声音，两个人好像都一下子被唤醒了某一段久违的记忆——他们十年前最后一次见面，也就是分手那天，好像也在雨天。

“当然不怕，你现在在哪里？”过了几秒，唐河同样生硬平静地回应道。

“我就在你们医院。”唐河不想计较邹静森到底是不是为了王二的事情来医院找他，他立刻从办公室赶到员工餐厅，邹静森站在人群中，她先发现的唐河，踮起脚冲他挥舞胳膊，唐河只是厌恶地瞪了她一眼。

他的意思很明显，他在责怪邹静森的动作幅度太大，会惹来不必要的围观和注视。

唐河加快速度走到她面前，可他来不及说话，又被邹静森不由分说地捏起手腕，然后只能傻傻地随着她走到一个没有人的角落。

邹静森有时候太霸道，霸道得像男人。

“邹静森，你在做什么？”唐河看着她的后脑勺，不满地嘟囔了一句。

“唐河，你为什么……”邹静森没有勇气回过头来，想起昨晚王二一字一顿和自己说过的话，她的心就难过得不成样子，仿佛被人用力抛至高空，再狠狠地摔到地上，一颗心轻易地摔成四分五裂，血肉模糊，惨不忍睹。

她停顿了好一会儿，才终于恢复一些力气继续开口说道：“你为什么从来没有告诉过我，你小时候经历过那样的惨事。”

唐河没有说话，但身体的颤抖出卖了他——他的心蓦然一沉，想来王二把从前的事情告诉邹静森了。

眼前的世界变得无比安静，仿佛落针可闻。

唐河说不出一个字，双手捏成拳头，手背青筋突起，脸色也变得十分可怕骇人。

邹静森痛苦地回过头来，如果可以，她真想在这个时候给唐河一个很深厚的拥抱。

她没有别的意思，只是想给他一些力量，让他不至于被从前痛苦惨淡的记忆给击垮。

她原本一直以为，她认识的唐河，表面再冰冷，但内心也是温暖向善的，她也终于明白，他十七岁的时候为什么喜欢照顾流浪猫狗，为什么会认为猫狗比人类要友好，那是因为他小时候活得还不如流浪猫狗啊！

“那个老头到底和你说什么了？”

看着唐河一脸崩溃的模样，邹静森不敢再刺激他。

“他只是和我说，你小时候被人拐卖过，人贩子把你卖给他，他做了几年你的养父。”邹静森竭力控制自己的情绪和呼吸，不再流露更悲伤的神色，似乎这样，可以让唐河误以为她只是知道这一点儿，不知道更多他不想被知道的东西。

唐河出神地盯着她看了一会儿，心里确实也是这么认为的。

“还有呢？”

“还有什么？”邹静森装作无辜地眨眨眼，那些残忍的虐待、抽打，像畜生一样被关在猪圈里的事情，邹静森不敢说。

唐河脸上的愠色慢慢淡了一点儿，情绪也平复了下来。

“你还有什么瞒着我的吗？”邹静森问得极小心，生怕唐河会当场暴走。

幸好，最坏的情况并没有发生。

“都过去了，请你不要再提。”他的呼吸听起来是正常的，可明明松了一口气，看样子真的害怕邹静森知道得更多。

“我今天过来是想知道，我们当初在一起时，”说到这里，邹静森的心漏跳了一拍，“你为什么不告诉我这件事？”

“这样的事情，我并不认为说出来有多光荣。”唐河迅速恢复清冷的神色，看着像什么事情也没发生过一样，“说出来让你可怜我吗？还是我当初真的说出来，你就不会和我提分手，我们仍然可以在一起。抱歉，我其实也不太记得那段经历，毕竟在我小时候发生的。”

唐河不愿意多说，邹静森也是从王二那边打听到，唐河是在十三岁那年成功逃跑，辗转地回到云城，回到自己亲生父母的身边。

唐河感觉他该说的话已经说完了，邹静森也该离开了，他已经很努力地维持着该有的风度，他没有失控，也没有暴怒，天知道他压抑得多辛苦。

就在这时，邹静森的手忽然缠了上来，无声无息地捏着他的手指，唐河感觉被什么东西刺了一下，整个人僵在原地，半晌说不出一句话。

邹静森勇敢地直视他，空气忽然变得绮丽暧昧。

“你又在做什么？”唐河声音沙哑地问了一句。

“唐河，不如我们复合吧。”

Chapter 4 养子风云（下）

空气忽然安静了下来。

但这样的安静，并没有持续很长时间。

唐河几步上前，伸出一只胳膊，然后毫不犹豫地把邹静森推到一边去。

邹静森被他这么一推，眼前一片晕眩。

“邹静森，我太了解你了。”唐河忍着满腔怒火，一字一顿地说，“为了那么一个臭名昭著的老头，你假意要和我复合，然后想用美人计搞定这单临终慰问，我说得没有错吧？”

邹静森脸色一僵，半晌说不出一个字来。

在生命和尊严面前，邹静森很没出息地放弃了后者。她确实脑海里莫名其妙地冒出这样的想法，下一秒就脱口而出。

她甚至来不及思考，说出这句话后，会产生什么爆炸的效果。

看来，她真的不怕死，她知道自己彻底激怒唐河了。而且从唐河的嘴巴里吐出来的话，让她感觉自己为了工作变得廉价。她又生气又着急。

“我……”

“不要说话，我不想听见你的声音！”唐河愤怒地挥了挥手，他周身气压很低，像一只随时会爆炸的怪兽。

他拿出手机，直接拨通周北川的电话。

周北川刚刚在敷面膜，一接到电话就听到唐河在电话里暴怒地吼着什么，吓得他直接从椅子上滚下来。

“搞什么？”周北川难得地也跟着发火。

“你给我立刻过来市区，我们要开一个会！”

邹静森也没想到，临时被拉在一起组成的七人临终慰问团队，这么快又要聚到一起来。

针对王二这件项目，唐河坚决表示反对。而陈聪虽然不知道唐河为什么要反对这个项目，但作为最佳女朋友，她肯定是站在他那边的。

虽然还有五个人没有表态，但唐河知道，周北川只要摇摇头，他的成员肯定也会听他的。

周北川也从邹静森那边听说了事情的大概，他皱眉思考了许久，快要把自己坐成一座石雕，仍然没有表明自己的态度。

唐河在桌底下狠狠抬腿踢了他一脚。

“周北川，表个态。”唐河声音冰冷地说道。

周北川说话之前，特意看了一眼邹静森，邹静森没有说话，但眼神说明一切。她目光如炬，仍然固执地坚持己见。

周北川心中有所动容。

“我还是觉得，这件项目要做。”终于，周北川淡淡地开了口，“这件项目我全权交给邹静森负责，我相信以她的实力，一个人可以搞定……至于你，你可以在这件项目里选择隐身，我没有异议。”

“你……”唐河被堵得一句话也说不上来。

“唐河，你可别忘了，临终合作是你代表你们医院来和我谈的，我也记得我说过，最终决定权在我手上。我决定接什么项目，也完全有能力决定一个项目要不要进行。”

唐河没有发作，他毕竟也不是小孩了，知道什么事情是应该做的，什么事情又是不能做的。他只是临走前狠狠地剐了一眼邹静森，那模样，凶狠得想要把她生吞活剥一样。

第二日一早，邹静森赶到第一人民医院，她去病房看过王二，王二这次晕倒虽然很幸运地救了回来，但医生已经下了病危通知，说他身体的情况很糟糕，一天也不能离开医院，并且随时都会有严重的并发症。

邹静森听了好一会儿，忍不住轻声询问王二还有多久活命的时间，医生尽忠职守地说：“保守估计是半个月吧。”

她想，人世间的惨事，恐怕是眼睁睁地看着自己的生命正在倒数，却又无能为力，救不了自己吧。

一个人知道自己快要离开这个世界，总会想到很多很多事情，有一些人会把之前一直想做、没做得成的事情在最后的时间里做好，又有一些人只是想做点儿什么能够弥补他们曾经犯下的过错。

人间百态，大概就是这个样子吧。

邹静森的头疼仍然很厉害，她无比艰难地挪动脚步离开第一人民医院，叫了一辆出租车往市区开。

她没打算回“世外桃源”，反而想回家看看年迈的爸妈。

邹静森前几年确实争气，做酒店管理挣了不少钱，赶在云城房价迅速飙高之前在市中心买了一套复式的公寓，而且她还很有孝心，和爸妈住在一起。

和很多寻常家庭的父母一样，邹静森的爸妈除了喜欢唠叨，没别的缺点，他们最大的愿望就是看到女儿在三十岁之前成功嫁出去。

只是他们从不知道，他们的宝贝女儿曾经动过轻生的念头。

“爸，妈，我回来了！”

邹静森忍着强烈的身体不适，也没事先打电话回家，爸妈刚好在吃饭，看到女儿突然回来，邹妈妈最先站起来：“阿静，你回来怎么也不告诉爸妈一声？你吃饭没有啊？糟糕，我也没多煮点儿米，我现在去厨房给你加两个菜！”

邹静森鼻子一酸，连忙摇头：“妈，您快坐下来吃饭，我已经吃过了。”

她看着饭桌上简单的两盘青菜，邹爸还是津津有味地吃着。

他们俩就是这样，每个月都有不少的退休金，邹静森也总给他们不少零花钱，但他们老一辈的心单纯得不可思议，仍然省吃俭用，生怕女儿将来要用钱，统统给她存着攒着。

“阿静，今晚住家里吗？”这句话是邹爸问的，他们两个老人都不知道邹静森已经没在六星级大酒店上班，平时邹静森都住酒店的客房，偶尔休假才会回家和父母吃一顿饭。

邹静森还想起，她从前提议要带二老去国外玩，二老说怕坐飞机坐船什么的，没有一次成行。想到这里，她的心头涌上一阵明显的失落。

“嗯，今晚在家。”

“好好好！”邹妈开心得不得了，“对了，我和你爸最近都在玩微信，没太弄明白里面的功能，你今晚既然不回酒店，就好好教我们一下！”

“老婆子，女儿难得休假回来休息，你先让她好好睡一觉，明早起来再说。”

“知道啦老头！”

……

邹静森的房间在二楼，她和爸妈挥挥手直接回房间，她其实也想多待一会儿，无奈脑袋还是很疼，怕多待一下会让爸妈看出自己身体不舒服，到时候她肯定百口莫辩。

她直到躺到床上才感觉稍微舒服一些，脑袋炸裂的感觉真的太难受，而且还让她无法好好专心工作。

她只好给周北川发了一条微信，请假回家看爸妈，不知道周北川会不会批准，但她已经没力气再回去了。

"王二的项目做得怎么样？"周北川忽略她请假的事情，直接问她工作。

"嗯，还在进行中。"

"需要我出马吗？"

"嗯，不需要，谢谢。"邹静森只想好好休息一下，她一想到唐河就头疼，想到王二更头疼了。

……周北川看着这简单得不行的几个字，忽然无话可说。

其实这个项目也不是非接不可，最主要的是，他虽然和唐河一早认识，但私交归私交，工作归工作，他才刚和唐河合作，也不想弄僵彼此的关系，可当时开会讨论的时候，周北川看到邹静森坚持的面孔，他不知怎的，还是选择站在她这边，不惜得罪唐河。

他也想不明白为什么会这样。

邹静森天还没亮就醒了，爸爸和妈妈还在睡觉，她不忍心叫醒他们，直接留了纸条就回"世外桃源"上班。

她刚回去，就看到周北川一个人在厨房里忙活着什么，她平时鲜少看到周北川亲自下厨，因为他就像是大爷似的，总是被人服侍，邹静森都没有意识到，这家伙其实也有最基本的生活能力。

起码他会下厨，比邹静森强多了。

"老板，你在干什么呢？"邹静森本来想偷偷溜走的，后来想了一下，觉得不对劲儿，又折回来看他到底在做什么。

周北川其实一早就听到她的脚步声，他有一双很灵敏的耳朵，只是手上忙活着，一直没有空搭理邹静森。

“你来得正好，赶紧给我进来。”

邹静森飞快地走到厨房里面。

周北川在炒菜，他也不知道今天是几点起来的，也不知道做了多久。

眼下，桌子上已经炒了十几盘菜，而且每一盘都色香味俱全，让邹静森感觉不可思议。

“这是……”

“你快来帮忙试味道。”周北川继续娴熟地翻炒着，说了一声，腾出另外一只手拿起一双筷子，塞到邹静森的手上，“每一盘都尝一下，尝完以后告诉我感觉。”

感觉？邹静森还想问这句话到底几个意思，莫名地看到周北川瞪了她一眼，她乖乖地不说话了。

邹静森每一盘菜都尝了几口，周北川虽然炒了十几盘菜，其实就只有这么两道菜：炖排骨和蒜蓉炒红薯叶。邹静森一盘一盘试味，试完一遍，她感觉舌头都要麻木了。

但还是抬起手指，指了指其中两盘菜。

“这两盘感觉不错。”邹静森也不知道为什么看着一模一样的菜，她能吃出不一样的感觉。

周北川没说什么，关了炉子的火，然后将信将疑地拿起筷子尝了邹静森说的那两盘菜，蓦地眼前一亮，声音洪亮地道：“就是这样的味道！”

“啊？”

“唐河还在我们这边住的时候，他有一天晚上自己做了一顿饭，你还记不记得这件事？”其实不用他特意提起来，邹静森也不会忘记，因为是她的厨艺不精，让大家那晚只能点外卖吃，唐河不屑吃油炸食物，自己开小灶做了一顿饭。

“我偷偷吃了两口，他刚好就是做的这两道菜……所以我努力试着做了一上午，看能不能做出他的那种味道来。”

“结果……”

“结果你刚说的这两盘菜，和我那天晚上偷吃到的味道是一致的。”周北川兴高采烈地说。

邹静森还是没听明白他到底想做什么，然后看到他细致地把这两盘菜打包好，一股脑塞到邹静森手上。

“赶紧拿去医院，拿到王二面前，就说是唐河亲自做的。至于要怎么说得逼真，你自己想办法！”等周北川弄好这一切，邹静森才后知后觉地搞明白，这家伙是在帮助她啊。

再抬头看时，邹静森只看到这家伙一个潇洒转身的背影：“好困，我要回去睡回笼觉了！”

邹静森抱着他忙活一早上弄好的食盒，嘴角忍不住勾起一抹璀璨明亮的笑容。

第一人民医院里。

就在半小时前，王二又一次咯血昏迷被送进手术室急救。半小时后，他被护士推出来回到病房，邹静森刚赶到病房就看到护士们忙着把他从担架床转移到病床上。

主治医生随后跟了进来，和邹静森说：“王二应该要不行了，可能就这两天的事情，他家里还有什么人吗？能让他们来一趟吗？看他最后一眼……”

邹静森只感觉有一场龙卷风吹过，以摧枯拉朽之势把她身体内的任何东西都毁灭掉，她愣了好一会儿，随后才反应过来医生话里的含义，刚想回答才发现医生和护士都离开了。

她一步一沉重地走到王二身边。

王二昏迷的时间越来越长，邹静森只是傻傻地站着，不知道过了多久，他好像睁开了眼。

他努力辨认眼前的人是谁，看到是邹静森，艰难地动了动手指。邹静森很快发现他的动静，把还微微热乎的便当盒拿到他面前。

“叔叔，这些饭菜是唐河亲手做的，他还是不能面对您，但我帮他把他的心意拿过来了。”

“唐，唐河做的？”王二用眼神示意邹静森帮忙把他的氧气罩摘下，邹静森看到他身体虚弱得仿佛随时又要昏迷过去。他似乎受到莫大的鼓舞，嘴角带着伶仃的笑意。他其实什么也吃不进去，什么也看不清楚，也分不清现在是白天或黑夜。

当生命真的快要走到尽头时，每一分每一秒对他来说都是煎熬，可是他在这个瞬间仿佛又有了生的希望。

他那双死灰一样的眼睛里，迸发出强劲耀眼的光芒。难道这就是传说中的“回光返照”吗？

邹静森看明白他的意思，他是想吃唐河做的饭菜。

邹静森立刻打开便当盒，拿筷子挑起一根青菜，喂到他嘴边。

王二很艰难地把青菜咬断，嚼碎，再缓慢无比地吞进肚子里。

平常人吃点青菜只要一分钟的时间，他得用上十五分钟。

邹静森无比耐心地等着他、看着他，她的心疼得难受，她只能拿牙齿拼命咬着下嘴唇才不让自己发出一点儿声音。她怕王二看到她悲痛的样子，反而要停下来安慰她。

她仿佛能看到生命在一个老人身上流逝的样子，原来是这个样子……她无法用更多的词语来形容这一刻的感受，那是她第一次看到人“面如死灰”的样子。原来人的脸真的会呈现出一种灰色，只有呼气没有进气。

邹静森本来就不是医务人员，从前也没接触过这样的工作，她看过太多衣着光鲜，拥有美满幸福人生的人，却从没亲眼见过，在医院这种地方，许许多多的病人随时会死亡，从此在这个世界上消失。

邹静森还知道，王二年轻的时候做过太多坏事，落了个妻离子散的下场，她没办法找到他以前的家人，而且他们应该也像唐河一样憎恨着这个男人，她只是一直没想明白，王二为什么在将死之时，只想找到唐河得到他的原谅，而不是他的妻子和亲儿子。

“果然是唐河做的味道。”简简单单的一句话，仿佛耗尽王二所有力气才完全表达完整。

邹静森一听，眼泪沿着眼角狠狠地滚落下来，她抬起手背简单地擦了一下，她很惊讶，王二竟然还记得唐河做饭的味道，那是最独一无二的味道，也是其他人模仿不来的。

这一刻她的心情无比纠结，唐河根本无法原谅王二，而她为了让老人好受一些，和周北川一起欺骗了他。

邹静森一脸动容地看着他，然后真心诚意地说：“王老先生，您看，我没有骗您吧？我真的把唐河的心意带到您手上了。”

王二那张枯败衰老的脸蓦地变得容光焕发起来，他只是稍微动动手指，邹静森就知道他想做什么，她连忙把手递过去，紧紧地握着老人的手，她俯下身，耳朵快要贴上他的嘴唇，才听到他上气不接下气地道：“谢谢，谢谢你，谢谢啊……”

王二是当天晚上十一点的时候去世的，邹静森当时已经回到“世外桃源”，可她虽然躺在寝室的床上，心里却一直惴惴不安。

晚上快十一点的时候，王二麻烦护士帮他把一个短信息发去邹静森的手机上，邹静森的手机震了一下，然后打开信息阅读。

王二说："邹小姐，谢谢你，我已经没有任何遗憾了，可以放心地离开了。"她刚看完，电话就响了，她连忙跑到外面去接，果然是医院打来的，说王二晚上又咯血了，但这次没有成功救回来。

他活到六十七岁，年轻时作恶多端，妻离子散，下场无比凄凉，病逝的时候身边也没有一个亲人陪着，但他总算走得了无牵挂。

邹静森掌心捏着手机，忍不住泪如雨下。

关于王二的记忆：

王二不是云城本地人，他家是在距离云城将近三百公里的一个小镇上，他从有记忆开始，家里总是吵得天翻地覆，他的父母都是农民，父亲暴躁酗酒，一不合意就喜欢抓着女人和小孩打，是一个只会用暴力解决问题的无能的男人。

王二记得他十二三岁的时候就不念书了，他觉得念书一点儿意义都没有，每天乖乖坐在课堂里听课的人都是傻蛋，他不屑于做傻蛋。

他在学校也是很调皮的学生，上课不听讲，老师提问会故意说些啼笑皆非的答案，他以为这样自己很酷，会赢得别人的注意。于是慢慢地变本加厉，发展到后来，他和别的不学无术的男孩一起打架斗殴，最后事情闹得很大，学校领导商量后勒令他退学回家，不许他再来学校惹是生非。

王二当然是乐意的，他本来就不喜欢学校，更不愿意像个傻蛋一样上课下课，过这种没有意义的人生，只是苦了他那个没有读过多少书的农民妈，从田地里跑来学校，当着众人的面给老师和校长下跪磕头，求他们收回退学的决定。

王二当时脑袋都炸了，第一次感觉妈妈在给他丢脸，羞得无地自容。

自然，王二妈下跪磕头也挽回不了什么，倒让王二一家成为镇上最大的笑话。

从那以后，王二爸打王二妈更凶了，而且还公然带别的女人回家。

王二有一次不小心回来早了，恰巧碰上他爸和小三在房间里做不见得人的事，十几岁的少年，正值躁动不安的青春期，顿时炸了。

他看到了不该看的一幕，为了不被自己的老子狠揍，只好匆匆忙忙地跑出门去。

那是一个秋高气爽的午后，小镇上的人，上课的上课，上班的上班，谁也没闲情在外面闲逛，王二一边气急败坏地走着一边脑袋里像播电影一样地闪过刚刚看到的画面，他感觉到身体上某个部位在尖叫，他终于受不了，不由分说地闯进一个邻居家里，把一个当时只有七八岁的小女孩给强暴了。

他甚至忘了是怎么扑过去，怎么开始这种禽兽行为的，只记得那个小女孩一直在哭，一直在躲，他心烦，伸出手粗鲁地挡住她的嘴，让她别吵。然后他解开自己的裤子……

那家邻居他熟悉得很，生了一个智商低下的女儿，过了入学年龄也没办法送去学校念书。

大人们白天都要上班，小女孩总是自己一个人在家。

那时候镇上的房子没有防盗措施，而且邻里邻居都互相认识，谁也没想过隔壁邻居的小孩会对自己家里人做出丧心病狂的事情。

等王二发泄完生理冲动，他邻居家的小女孩吓得哭晕了过去，王二忽然很害怕，提起裤子就跑了。

那几天他一直在外面躲着，好几天不敢回家，怕事情被发现，他更怕会被自己的爸爸毒打。

最后他身上的钱花完了，才讪讪地跑回家。让他意外的是，他几天前做的那件事竟然没人发现，邻居家的小女孩根本没和任何人提起过！

以后，王二更猖獗了，他已经压抑不住生理的躁动，他本来白天就不用再去学校，大人都去上班，谁也没在家，他总是跑去邻居家猥亵那个小女孩。

谁也没想到，这个看上去普通平凡的十几岁男孩，对邻居家的小女孩进行了长达两年的坏事，糟糕的是，这两年来竟然没有别人发现这件事。

事情终结在两年后的冬天，小镇的冬天无比寒冷，王二在两年后长得更壮更高，还是没有念书，也没有出去工作，他也谈了几个女朋友，但仍然时不时地跑去隔壁家找那个小女孩。

他是料定那个小女孩永远不会说出他做过的事情，他也心安理得地一直对她做这样的事情。

但是他没想过，那个小女孩会自杀。

在王二的心里，自杀的人，简直不如乖乖念书的傻蛋，可是那个被他糟蹋了两年的女孩，真的死了，而且用最古老的上吊自杀的方式，结束她仓皇又悲哀的一生。

这件事对王二还是有一定的影响，但所谓的影响，也并没有持续很久，他依旧不学无术，依旧无所事事，依旧走马观花地谈恋爱。

直到半年后，邻居家的大人在小女孩的遗物中找到一本被锁上的日记本，不知道后来是怎么打开的，反正他们看到小女孩歪歪斜斜画了很多画，上面记载着王二对她做过的龌龊的事情。

然而，女孩的爸妈只知道女儿被人侵犯了，却不知道是谁。

他们要查这件事，可是苦无证据，小女孩又是智力有障碍的，谁愿意管他们家这门事，没多久他们可能是太伤心了，从小镇上搬走，再也没有回来过。

王二一直混到二十岁，他爸也老了，打不动了，但仍然操持王二的终身大事，给他选了镇上一个看着美貌的姑娘，王二是被他爸逼着结婚的，他爸说只要他肯结婚，他就拿棺材本给他做小生意，让他不至于饿死。

于是王二匆匆结了婚，一年后妻子怀孕，王二就忍不住出去偷腥了。他好像总是这样，做着很荒唐的事情，却没有人站出来教育他，这样做是不对的，是不道德的。

妻子给他生了一个白白胖胖的儿子，王二的父亲不久酒精中毒暴毙，他学着他父亲那样，什么事都喜欢用暴力解决，而且总是在外面拈花惹草，把家里的妻子惹得伤心难过。

很多年过去，他把老父亲留下来的遗产败光，妻子不堪忍受暴力，学会反抗，带着儿子逃离了他。

又过了几年，王二那苦命的妈也去世了，这个时候，小镇上开始有人贩卖孩子。王二记得那天天气很阴沉，有人一早来敲门，他迷迷糊糊蹬着拖鞋去开门，看到一个个子矮小、长相猥琐的男人牵着一个七八岁的男孩，小声地问他要不要买孩子，价格是一千元。

那个男孩，就是唐河，他被人贩子拐走了，拐到这么一个陌生的地方，他本来想逃跑的，可是那人贩子发起火来很吓人，说他要是敢逃跑，就拿西瓜刀砍掉他的手脚。

唐河当时年纪也小，听到这样的话吓得直哆嗦，根本反抗不了。

那天，对唐河来说，就是他这辈子噩梦的开始。

他被卖到王二家里，王二基本上没拿他当孩子看待，从早上六点就残忍地把他从睡梦中揪起来，让他给自己弄吃的喝的，一日三餐都要做，做得不好就重做，做到他满意为止。

王二家里还养着几头猪，有时候看着唐河不听话，王二直接把他拎到猪圈里，让他和几头猪同吃同喝，那画面惨不忍睹。

这些都不是最惨的，最惨的是王二总是拿唐河出气，像小时候他爸打他那样，狠狠地打，疯狂地打，打到血肉模糊才肯罢休。

“求求你不要打我！求求你不要打我！！”当时只有七八岁的唐河，哭着求饶的模样多么凄凉，可是王二又怎么可能手下留情，他是一个多么可恶的人啊，把唐河当成畜生一样对待，喜欢就抓来抽打一顿，不喜欢就把他塞到猪圈里和猪同吃同住。

但畜生不能照顾他，唐河可以照顾他，所以他又不舍得把他打死，他要是把唐河打死了，谁给他做饭。

哈哈哈，他才没有那么傻呢！

就这样过了几年，王二是没有闲钱让唐河去学校读书的，唐河甚至想自学也不行，几年的痛苦折磨，他变得瘦骨嶙峋，长时间的压迫和折磨，他变得神经兮兮的，一点儿风吹草动都能让他害怕。

到了后面，王二已经不太记得唐河到底是什么时候逃跑的，他只记得那几年他喝酒喝得太厉害，是那种醉得分不清白天或黑夜的程度，也不知道今夕何夕，他恍惚过上了自以为醉生梦死的生活。

他是在某天醒来后发现唐河跑了的，他还以为唐河会回来的，他认定唐河这辈子都逃不出去的。然而一天天过去，他没有等到唐河回来。又过去许多年，他都过得穷困潦倒，直到有一天他咯血去医院做检查，发现自己得了肺癌，他恍恍惚惚地去找从前的亲人，发现没有一个人愿意见他。

他住进了第一人民医院，却在电视上看到唐河。

唐河，唐河啊，我错了，我做错了，我求你原谅我可以吗？

那个自杀的小女孩，我也对不起你，真的对不起你……

呜呜呜！

不知道是不是有心灵感应，唐河当晚也睡不好，他做了一连串的噩梦，他已经很久没有梦到小时候发生过的残忍的、不堪的画面，他原本以为，他这辈子再也不会想起这些。

他以为自己已经好了。

当他又一次梦见自己小时候被王二一天天地虐待、抽打，他必须像一头牛一样不停地做家务来换取两个馒头当食粮的画面时，他在黑暗中好几次徒劳地张开嘴巴，却发不出一个音节，他又感觉自己像是被什么东西强行压着一样，浑身动弹不得，他想尖叫，失败了，他想醒过来，还是失败了。

这一刻，他只感觉到像巨浪一样涌过来的黑暗，无边无际，威力无穷。

等他浑身是汗地醒来时，已经是第二天的早上，还不到七点，和他平时自然醒的时间是一致的。

他慢慢地从床上坐起来，神情呆滞，身上凝着一股生人勿近的冰冷气质，他像是感觉到什么事情已经发生了，那种感觉随着他清醒的时间变长，变得越来越清晰。

他怎么有一种感觉，王二已经离开这个世界了？

他忽然想起他的手机，他很快找到手机，也很容易地看到邹静森在今早凌晨的时候给他发了一个微信。

她说："王二去世了。"

很简单很普通的几个字，唐河像是忽然之间不会汉字，仔仔细细地看了一遍又一遍，他的眼睛慢慢泛起一片红潮，没多久便控制不住地号啕大哭起来。

他把手机贴到自己的胸口，没有一点儿节制地大哭着，如果当时有人在现场，肯定会因为他的哭声而感到动容。

那天，唐河破天荒地跟医院领导请了假，没有人知道他到底去了哪里，连他的“正牌”女朋友陈聪也找不到他，打不通他的电话号码。

邹静森下午赶来第一人民医院，听护士说唐河今天请假了，她仿佛和他心有感应，知道他去了什么地方，二话不说又离开医院，用手机软件包了一辆车子，去距离云城三百公里的一个小镇。

她猜测唐河也许去了那个地方，但心里没底，毕竟王二是她入行以后接的第一个项目，她无比重视，也不管周北川听说她今天要请假时，在电话里像炸毛的狮子冲她咆哮的模样。

“邹静森，你得告诉我你今天要去哪里！”

其实周北川要是认真起来，那样子还是很吓人的，但邹静森只是很勇敢地告诉他：“我得去安抚一下唐河的情绪，王二虽然已经离开这个世界，但唐河的心理创伤仍然没有完全好起来，我得去……”

“哦？”周北川别有意味地笑了一下，笑容并不友好，“你以为你是救世主啊？能拯救唐河？我劝你，这个时候不要去惹他了，让他安安静静躲起来疗一下伤不好吗？”

“我已经决定要这样做了，你当我旷工也好。”说罢，邹静森狠心地挂了周北川的电话，让电话另外一端的人无比震撼。

周北川几乎没被人挂过电话，邹静森是第一个敢这么做的。

而且，他也不知道是怎么回事，一想到邹静森要跑去找唐河，心里泛起一股酸涩气。

三个小时的车程后，邹静森终于来到王二的家乡。

近些年来城市发展的速度一日千里，连小镇的发展也以光速进行着，邹静森下了车看着眼前的景色，心里泛起一阵凄楚的惶然。

她包的车子只有单程，司机重新发动车子走了。

她来不及问他这里的路到底要怎么走，只看到车屁股冒出的一团黑色尾气。她记得第一次去王二家的时候，听他说过他一直住过的房子在什么位置，她好不容易一路问了过去。虽然小镇发展得很快，面貌变了许多，但很多路没怎么改变，她循着路标，一边走一边问，好不容易来到王二从前住的房子，但那里早就被夷为平地。

王二没说他家乡的房子已经变成眼前的模样，邹静森看着已经变成光秃秃的土地，一时百感交集，不知道该怎么办。

她贸然地打车过来，连唐河的面也没见着，还发现王二的老家已经变成一片废墟，她算不上很失望，但至少，她今天所做的一切看来都是白费的。

邹静森没听到一串轻微的脚步声忽然从身后靠近。

唐河刚好去了一趟附近的小卖部，王二的老房子虽然被拆了，但附近的房子还是在的，小卖部的老伯伯早已不认得他，看着他一身光鲜地出现在这片地方，一眼看出他不是这里的人，只觉得莫名其妙，但也没有多问什么，卖了一包烟和一瓶汽水给他。

唐河从来都不会抽烟，他知道吸烟危害健康，而且他又是医生，更知道这句话的严重性。

但他记得清楚，王二抽烟很凶，一天可以干掉几包，他当时年纪小，但有一些事情，不是说忘记就可以轻易忘记的。

他只是没有想过，他会在这个地方碰上邹静森。

他还以为是自己昨晚做了太多噩梦，导致神志不清，他腾出另外一只空着的手拍了拍脑袋，发现邹静森不是自己凭空想象出来的幻象，她仍然傻傻地站在那，不知道要做什么。

唐河的情绪忽然激动，他一把扳过邹静森的身体，一只手紧紧捏着她的手腕，问："邹静森，你怎么会来这个地方？"

听到唐河的声音，邹静森也很诧异，她回头看到他这么生气，知道他肯定是误会自己了。

"你跟踪我吗？"

果然是误会了。

"没有……"

"哼！"他们二人四目相对，空气中飘浮着淡淡的泥土味，除非是住在这一片的人还会偶尔走动，基本上不会有外人特意跑到这个地方来。

唐河的一双眼睛燃着火，他实在想不到别的理由可以解释邹静森为什么也会在这里出现。

重遇以后，唐河其实也没想和邹静森再发生什么，邹静森给他的感觉也是一样的。

大不了，他们当陌生人就好了，河水不犯井水，各自做好自己的本分就行。

他也想不通的是，他们俩怎么每一次见面都要吵起来呢。

唐河捏着邹静森的手腕，两人僵持不下，要是有人经过，肯定以为他们是一对闹了别扭的情侣。

邹静森最讨厌自己被人误会了，她这次是好心遭雷劈，她本来还害怕唐河会因为王二的离世做出什么不好的行为，看来她是想多了，想太多了！唐河好着呢，他能做什么……但如果他真的像表面上看来那么冰冷无情，他又为什么刻意回到这个地方？

邹静森真的无法看明白唐河的内心。

"唐河，其实王老先生的去世，对你来说也是一件痛苦的事情不是吗？”邹静森终于沉不住气，色厉内荏地质问他。

黑夜中，她的一双眼闪着让人无法忽视的光芒：“我知道你无法原谅他，但你是一个善良的人，现在的你，已经在努力地释怀当初他对你做过的所有过分的坏事，我说得没有错吧？是这样的对吗？”

“你误会了。”唐河狰狞地笑了一下，“对于这个人，我做不到原谅。邹静森你太自以为是了，你不要以为你什么都知道……”

“我是不知道，因为你总是把所有人隔绝在自己的世界外！没有人能搞得懂你心里在想什么，但我能肯定地告诉你，你再这样下去，你这辈子都不会有一个真正的朋友。”

“我不稀罕……”最近几年，敢这么跟他说话的，只有邹静森一人。

唐河也不知道自己怎么会请一天假跑到这个地方，是像邹静森说的那样，他其实真的在慢慢释怀王二多年前对他造成的伤害吗？他只是死不承认，仿佛承认一下就会死去一样。

“我知道你不稀罕，我也不打算管你了，哼！再见！”

这么晚了，邹静森一个人怎么回去，唐河看着转身离去的背影欲言又止，终究还是一句话也没说出口，目瞪口呆地看着她的身影和黑沉沉的夜融为一体。

唐河站在曾经住过的王二的家的位置上，脑海里各种思绪乱飞，他感觉胸口被许多东西填满，压抑得快要爆炸一样。

邹静森走后，他不自觉地思考了很多事情。

他忽然想到，他好像真的没有他所认为的那么憎恨王二，他是害怕，他在许多年后的今天竟然打算原谅这个做过许多荒唐事情的老人。

他只好逼自己不去见他，不去理会他的病情，他以为这样心里面就会好受一些，也算是报复了王二。

但是，他最后也没有报复成功啊，王二死了，他其实一点儿开心的、轻松的感觉也没有。

他是真的觉得难过，像一团乌云狠狠地积压在自己心里头，他不知道怎么排解这份难受和痛苦，请完假后，他刚开始也没想回这座小镇，他也不知道怎么就把车子开过来了……

唐河的记忆忽然飘到七岁的那年。

他很清楚地记得，那一天他刚刚过完七岁的生日，又是周末，爸爸妈妈很早就商量要带小唐河去游乐场玩。

对于一个孩子来说，游乐场无疑是天堂，小唐河那天醒得很早，本来想跟着爸爸和妈妈出去玩的，没想到两个大人一早就为了什么事情大吵大闹起来，小唐河一脸紧张地走过去，想劝劝爸爸和妈妈，可他们俩当时都在气头上，谁也没有空搭理小唐河。

后来，唐河妈妈抱着小唐河一气之下出了家门，他们都有司机开车接送的，当时小唐河还以为妈妈要兑现承诺带自己去游乐场，可是车开到半途，唐河妈妈突然接到一个电话，让司机开车去某个地方，没多久车子停下，唐河妈妈下了车，让司机看好小唐河，自己去办什么事。

唐河感觉自己睡了一觉，司机偷偷地重新发动车子。

等车子再停下来时，后座的车门被人打开，一个长相猥琐的男人把他从后座上拽了下来。

后来唐河才知道，那个男人是人贩子，他应该事先和唐河家里的司机串通好的，司机用计支开唐河的父母，让人贩子有机可乘。

唐河被人贩子卖到王二家，一开始他想着爸爸妈妈肯定很快找过来的，王二每天变着法子折磨他，让他一早就爬起来干活，然后还要给王二做好一日三餐，如果饭菜做得不合他胃口，还得全部倒掉然后重新弄，弄到他觉得好吃为止。

而且，他要是稍微偷一点儿懒都会被王二拿鸡毛掸子抽得半死，晚上王二也不会给他睡床，都让他睡在环境恶劣、一股臭味的猪圈里。

一天天过去，每天唐河都觉得生不如死，他开始愤愤地想，他的爸爸妈妈为什么没有找他，他们为什么不去找他？他们难道没有报警吗？他们难道以为他已经死掉了吗？

不，他还活着，可是他每天都生不如死，他想要逃跑，但王二基本上每天都躺在家里，一双眼睛始终死死地盯着小唐河，不让他有任何逃跑的机会。

唐河后来长大了一点儿，发现王二生活不如意，闹得众叛亲离，王二偶尔也会对他好，虽然这样的机会很少，例如买几颗糖果丢给他吃，例如拿他的手胡乱揉他的头发，例如会带他去理发店剪头发……都是一些很小的事情，这个时候唐河就恳求他放过自己，让自己回家，王二就又会生气，甚至不让他吃晚饭。

就这样过去几年，唐河终于长到十三岁。

那一晚王二喝醉了，喝得醉醺醺的，唐河一直没睡，脑海里划过一个闪电般的想法：他要在今晚逃跑，要是不跑，以后就跑不成了！

他住了几年，已经很熟悉这个家里的任何东西的摆设，他摸黑偷偷下了床，到厨房里摸出一块砖头，他心惊胆战地拿着那块砖头走到王二面前，犹豫了大概半分钟，最后把砖头高高举起，然后朝他的脑袋砸去。

当时，唐河吓坏了，他也不知道王二怎么样了，会不会被他拿砖头打死，他只是想逃跑而已。他吓得连门也不会开了，直接从窗户那里跳出去，一边跑一边哭，差不多天亮才被几个大人发现，然后跟着他们去报警。

最后，唐河终于如愿以偿地回到亲生父母身边，唐河爸妈看到他的瞬间，脸上也涌现各种复杂的情绪，当时唐河不知道，等待他的还有各种各样的困难和麻烦……

回忆到这里戛然而止。

唐河发现天色已经快亮了，他揉了揉眼睛，不太敢相信自己竟然坐在这片荒地一晚上，身后忽然又传来细碎的脚步声。唐河回头一看，赫然见到邹静森一脸疲惫地出现在自己眼前。

“你……”

邹静森当然哪里也没去，但她生着气，宁愿在荒地的另外一边抱着自己坐一晚上也不愿意再找唐河。这下可好了，他们俩都在外面傻坐了一晚上，邹静森身体没那么强壮，吹了一夜的冷风开始咳嗽。

唐河听到她的咳嗽声，就知道她感冒了，他连忙走过去，伸出手直接不客气地把她带走。

邹静森紧张得心跳都没了章法，然后她听到唐河那冷冰冰的声音。

“上车，回云城。”

Chapter 5 舍我其谁（上）

回程又是三个小时。

邹静森困得不行，一上车就睡过去了，唐河也没有说话，忍着强大的困意把车子安全地开回云城。

把邹静森送回“世外桃源”后，邹静森下车的时候回头对唐河说：“唐河，对不起。”

唐河身影一顿，不知道她为什么要莫名其妙地道歉。但邹静森也不多做解释，头也不回地跑去花园里。

唐河看着她的背影，嘴巴一抿，重新发动车子，赶回医院上班。

他喝了三杯咖啡，强打精神完成一天的工作。晚上也没有回家休息的打算，他突然想回父母的家和他们简单吃一顿饭。

唐河从十八岁后就自己一个人住，回国后也很少回去看自己的父母，不得不说，当年他是真的怀疑父母没有尽心尽力地寻找他，也觉得是父母疏忽照料，才会让人贩子有机可乘把他拐走。

就算他后来逃跑成功，回到家里，他和父母的关系也没办法修复好，后来……他得了抑郁症。

唐河一直羞于将这件事告诉别人，虽然他是医生，可他不是心理医生，他一直不敢确定自己的病到底好没好。

那些年，唐爸和唐妈感到愧疚，也想尽办法去弥补唐河，然而好像无论怎么做，唐河都是一副恹恹的样子。

幸好唐河在学习成绩上一直名列前茅，不用长辈操心，从小就有自己明确的目标，他想学医，当一名伟大的医生，治好很多人的病，让他们安然无恙地从医院离开。

这个心愿直到现在也不曾改变过，但他也明白，如果他小时候没有经历过被拐卖的事情，没有被王二折磨了那么长时间，他猜想自己现在的性格一定会很好，和父母的关系也会很好。

如果，没有如果就好了。他心中感慨万千。

唐河离开医院去停车场，然后直接开车返回父母的家。

回到唐家，刚好是晚饭的时间点。

佣人四姐帮唐河开门，看到他回来，没忍住地欢呼了一声：“小河，你回来了？！”

四姐很多年前就来到他们唐家干活，唐河也很喜欢四姐，虽然表面上他没有和四姐显得特别熟络，但毕竟这么多年的主仆关系，关键四姐性格爽朗人也靠谱，所以他每次回来也会和她说上一两句话。

“嗯，我回来了，爸爸和妈妈呢？”

“他们……”四姐听他这么说，嘴角的笑容像是凝固了一样，露出为难的表情。

唐河心细如尘，很容易察觉四姐脸上的变化，他探头看向餐厅，赫然见到杨永正端端正正地坐在饭桌前。

当然，还有唐河的父母。

他们三个人坐在一起吃饭的画面，俨然是真正的一家人一样，而唐河，事先没有打一声招呼，打算给把爸妈一个惊喜，反而像局外人一样。

听到门口的动静，餐厅的三人回头看过来。

是杨永正率先站了起来，冲着唐河呆愣站着的方向，嘴角很用力地绽放着笑容。

“哥哥，你回来啦？”

杨永正话一出口，唐爸和唐妈也立刻站起来，热切地迎向唐河。

“小河，你回家啦？”是唐妈的声音。

“回来也不说一声，要不现在让四姐多做两道菜吧！”唐爸一向是喜怒不形于色的人，看到唐河回家，也没有表现得特别激动，但心里终究有点欣慰。

唐河的爸妈都是大学教师，教书育人几十年，却偏偏不知道怎么和唐河的关系变得更好。

唐河刚刚的一腔热血渐渐冷却了下来，他懊悔得想去撞墙，然后用自嘲的口吻说道：“很抱歉，一时冲动就回来了，没有打扰你们吃饭吧？”

杨永正快步走过去，亲切地笑了起来：“大哥，你说什么呢，快洗手过来吃饭吧……四姐，多做两道菜可以吗？不了，还是我来做吧！我知道大哥喜欢吃什么菜！”

他不是嘴巴上说说而已，一边说着一边准备走向厨房。

杨永正是在唐河被拐卖到王二那边时，唐河的爸妈从孤儿院领养回来的孩子。

那时候，唐河的爸妈都以为这辈子都找不到唐河了，或者唐河已经发生了什么意外……他们俩没有精力再生一个，但又是好面子的人，所以商量了很久，决定去孤儿院领养一个男孩回来。

这件事，也是唐河十三岁那年，好不容易从王二的魔爪下逃跑，回到家以后才知道的。

杨永正比唐河小几岁，当时也只是一个十岁的小男孩，但在唐河爸妈面前无比乖巧和懂事，知道唐河是才是两个大人的亲儿子，他会讨好地跟唐河说话，奶声奶气地叫他“哥哥”。

唐河无法忘怀他最初重新回到家的那段时光。他被逼和这个非亲非故的小男孩生活在一起，毕竟，唐河爸妈也养了他几年，也是有感情的，不可能说唐河逃回家了，就不要杨永正了。

可唐河心里的创伤很难好，后来还得了抑郁症，两个大人没有办法再去照顾杨永正的感受，把全部精力一心一意地扑在唐河身上。

而唐河也没有办法把杨永正当成自己的兄弟，更别说是亲人，他对杨永正总是冷冷的。不论杨永正做多少讨好他的事情，也于事无补。

后来，唐河的爸妈对唐河也感到内疚了吧，面有难色地对杨永正说，要送他去寄宿学校念书，杨永正当时那么小，仿佛也感觉到自己不能再享受这两个大人的关爱，含泪点头。

但唐河还是清楚地知道，这些年，爸妈经常和杨永正在私下联系，只是没有让唐河知道而已。

不论杨永正要念书还是要去做什么，爸妈都会全力支持他，让他没有任何后顾之忧。

“算了！”唐河忍不住又想起从前的事情，好不容易平复心情又一次被彻底摧毁，他冲着杨永正已经进去厨房的背影说道，“我突然想起医院还有事情，我得先回去了，下次再吃。”

杨永正的身影微微顿了一下，然后不动声色地转过头来，他没有说什么，只是若有所思地看着唐河。

唐妈好不容易盼到唐河回家，没料到他刚回来又说要走，连忙好声好气地劝他留下来吃完饭再走也不晚。

“不了，爸，妈，你们吃吧，我走了。”

说罢，唐河没有多作停留，在几个人的注视下头也不回地离开了唐家。

杨永正很快走出来，张罗着唐爸和唐妈重新坐下来：“爸，妈，我们先吃吧！待会儿吃完饭我给哥哥打电话。”

“不要打了。”唐爸闷哼了一声，把筷子重重地拍向桌子，发出一声巨响，“他爱怎么样就怎么样，这么多年了，每次回家都要给我和你妈脸色看，别人不知情的，还以为是我和你妈从小到大都虐待他呢！”

唐妈伸手扶了扶唐爸的手臂，示意他不要继续往下说：“孩子他爸，你说什么呢，小河也没做错什么啊。”

杨永正拿起饭碗和筷子吃饭，好好的一桌子丰盛的菜，是四姐忙活了几个小时才做成的，两个老人却没有任何食欲，光顾着吵架去了。

只有杨永正一个人吃得津津有味，还不时地点头称赞四姐的厨艺。

谁也没看到，杨永正的眼底闪过一丝伤痛和狠毒，他看着没心没肺、心思单纯，但并不是真的没心没肺。

一早，闫安安和宝琳不知道因为什么事情狠狠地吵了起来。

在“世外桃源”里，吵架倒不算是什么严重的问题，这里本来就是女多男少的地方，女孩子多了，除去上班时间，她们不是聚在一起讨论八卦就是会一言不合地吵起来，但如果吵到周北川那边，就算是很严重的事情。

周北川本来还在优哉游哉地喝着他的爱尔兰咖啡，听说两个女生吵起来了，也没当回事，后来听说快要打架了，才连忙放下咖啡杯，皱着眉头，但仍然仙气十足地走出去看到底发生了什么事。

周北川随便拉了一个人问她们因为什么事情吵起来，据说是闫安安不小心弄坏了宝琳的单反相机，闫安安也说要赔她一部新的，可是宝琳就是不肯要钱，她要的是相机完好无缺，于是她控制不住自己的情绪拉着闫安安大吵起来。

如果不是有人及时地冲过来把她们分开，宝琳那股生气劲，看着就要挥拳头打上闫安安了。

闫安安是东北人，长得也够魁梧，就算来五个宝琳，可能也不是她的对手。

“行了行了，我以为是什么大问题，我来修修看！”一看到周北川，闫安安顿时没了脾气，脱变成一个小女孩，用捏着鼻子才能发出的娇滴滴的声音道：“老板，宝琳她……”

“好了，都散了吧！”周北川说要帮宝琳修单反，他就会说到做到。

宝琳看到周北川的时候也顿时没有了脾气，让闫安安心里郁闷，该不会是她也喜欢周北川？

周北川亲自出面解决她们俩的事情后，木头人陈朝阳独自一人去找闫安安，他帮宝琳向她赔罪，一连说了许多声对不起。

闫安安抱着手臂看着他，伸出手拿手指指着他，口气也变得酸巴巴的：“现在算是怎么回事？明明是宝琳先闹起来的，你们男生一个个都争着帮她求情，好像变成是我的错一样了？”

“不是这样的。”

“那是怎样？”

邹静森这时经过，不小心听到他们俩在说话，看到陈朝阳像一只鹌鹑缩着脖子被闫安安指着鼻子骂的样子，想当然以为闫安安又在欺负自己的同事。

她二话不说就加快脚步走了过去。

“陈朝阳，周北川找你！”

陈朝阳听到邹静森这么说，像是看到救星一样，眼里迸发出强劲的光芒。他临走前还是冲着闫安安深深地弯下腰，希望她不要再怪宝琳，然后像是火烧尾巴一样，飞快地跑走了。

闫安安没处发火，顿时把目标转移到喜欢多管闲事的邹静森身上。

“喂，丫头！”闫安安中气十足地吼了一句，“我让你做的卫生都做完了吗？你这么喜欢帮别人啊，医院的临终慰问做完了吗？”

一开始，邹静森还以为闫安安是专门针对自己的，总是喊她做这些那些事，要是没做完或者做不好（是以闫安安的标准），她准会变本加厉让邹静森做更多事情。

后来相处久了，邹静森才发现闫安安没有特意要针对她的意思，而是她根本看不起这里的任何一个人，除了周北川。

邹静森一向秉承“多一事不如少一事”的原则做人做事，如果闫安安不是下达什么十分无理的要求，邹静森都会乖乖去做，做到她满意为止。

闫安安不是不知道，王二的临终慰问事件上了新闻，毕竟是他们临终慰问团队和第一人民医院合作后的第一个项目，很多媒体都把这次详情报道了出来。

自然，唐河和王二那段千丝万缕的关系没有被外人知道，邹静森和周北川瞒得好好的，而且两人也默契地不会再在外人面前提起这件事。

下午的时候，邹静森经过周北川的房间门口，他刚好没有完全关好门，留了一条缝，她的脚步一时迟疑，竟停在门口没有继续往前走。

房间里光线充足，空气中飘浮着的尘埃也清晰可见，周北川身长玉立地窝在大班椅上，他认真钻研手中的单反相机的模样也仿佛被加上一层滤镜，让他看上去特别迷人。

邹静森莫名地吞了一下口水，她从来不是那种犯花痴的女生，不知道今天怎么了，竟然觉得周北川远远看上去长得蛮不错？

“想看我的话，光明正大地看就好啦，干吗一直躲在门口看？”周北川忽然出声，吓到了邹静森。

邹静森更觉尴尬，只好虚虚地笑了一下，“我刚好经过而已……”

“你进来，我正好有事情要找你。”周北川头也不抬地说道。

邹静森进了房间，周北川忽然举起单反相机，对准邹静森无比错愕的脸拍了一张照。

“还不错！”她不知道他说的是相机不错，还是他拍她的照片不错，然后又听到他用很轻的语气说道，“宝琳肯定不会再闹。”

他的语气有点儿轻，但充满宠溺，邹静森忽然感觉很奇怪，周北川和宝琳难道也有一些别人不知道的关系？

但她真的不是多嘴八卦的人，尤其是在六星级酒店工作过，见识过各种各样不能流于表面的事情，她的职业操守让她学会沉默是金。

“老板，你找我有什么事？”过了一会儿，邹静森想起什么，连忙出声问道。

“是这样的，”周北川听见邹静森开口问他，才仿佛想起她似的，他静静地抬起脸看了她好一会儿，才不紧不慢地说，“唐河最近去了邯城，邯城你听过没？是一个很小的县城。他去那边当义务医生。他好像以前也经常当义务医生，还去过非洲当无国界医生，他这人有时候理想还蛮崇高的。”

邹静森没有说话，她其实最不愿意见到的人就是唐河。

周北川看她没什么反应，接着开口说道：“刚好那边有一个老人生了一种不能治愈的病，据说她的病情反反复复，但时日已经不多了，我想让你和闫安安一块儿过去，去做这一单临终慰问。”

闫安安？邹静森一听见她的名字就头疼，周北川不会看不出来闫安安的能力这么高，这样的项目她一个人就能办妥，何必又要搭她进去。

更何况，这次又得面对唐河，虽说王二那件临终慰问的项目已经结束了，但这不代表邹静森想和唐河见面或者接触。

她也可以无比肯定的是，唐河也并不想见到她。

他们俩还不如做一对最实在的陌生人比较妥当。

“我最近身体不是很好，我能申请别人代替我吗？”邹静森思考了几秒，脱口而出。

“不行。”周北川说，“我知道你和闫安安的关系不怎么好，就是要让你们俩迅速修补好，说到底，我是为了你好呢。”

邹静森郁闷地翻了一个白眼。

“回房间收拾一下吧，明早的车，你和她一起出发。”

邯城距离云城大概有五百公里，加上路上堵车，邹静森和闫安安虽然是一早出发的，但车子开了一路，堵了一路，又颠了一路，到了邯城以后还要继续往前开。

她们俩在下午四点的时候才赶到郸城的其中一个县城。唐河的同事亲自到汽车站接她们俩，邹静森脸色发白，忍着要吐的冲动，苦苦撑着又上了另外一辆车子。

从汽车站到唐河他们的医疗义务队也有一段距离，饶是闫安安这种身体素质过硬的人，也感觉吃不消，更何况是比她整整小了一个SIZE的邹静森。

当唐河忙完看到载着她们的车到了这边，她们俩风尘仆仆地下了车，邹静森刚下车就吐得厉害，唐河的眉头皱得很深，然后急忙忙地打电话给远在云城的周北川。

“邹静森和闫安安怎么突然过来了？你怎么事先也不通知我一下？”

“怎么，我在邯城也有项目要处理，妨碍到你们医疗队了吗？”周北川优雅地抿了一口咖啡，声音带着很明显的笑意。

唐河懒得和他理论，挂了电话后就看到两个医疗队的护士分别扶着闫安安和邹静森走过来，问唐河是不是要安排住的地方给她们两个人。

唐河细看了一下邹静森的脸色，她晕车比较严重，不仅脸色苍白，嘴角也没有一丝血色。

“弄两间干净的房间给她们俩。”

“唐医生，只有一间空房间了。”唐河在“世外桃源”住过几天，知道闫安安和任何人都不合群，更别说邹静森。

“把我的房间收拾出来，给邹静森住。”

“那你自己呢？”小护士无比诧异。

“我随意，住哪里都一样。”交代完，唐河又转身去忙活了，一直忙到傍晚时分。

邹静森在曾经唐河住过的房间里睡了两个小时，她睡觉前喝了热茶吃了药，然后睡了一个很安稳的觉，睁开眼的时候才发现已经很晚了，她穿好鞋子走出房间，看到唐河在外面忙着做大锅饭。

一些小护士围在他身后观赏着他做饭的身影，不时大呼小叫的，唐河对这样的声音早就免疫了，安安心心地做吃的，动作娴熟利落，不一会儿又做好一盘菜。

闫安安休息好也从旁边的房间走出来，有小护士发现她们俩，很热情地迎上来："你们感觉怎么样？头还晕吗？"

邹静森礼貌谢过她的问候："好很多了，谢谢。"

"今晚唐医生亲自下厨做饭，你们有口福了！"

邹静森又抬头看向唐河那边，她刚刚还以为唐河到这边后每天都做饭给大伙儿吃。怎么只是今天才做？是看到她和闫安安来到这里的原因吗？

下一秒，她又飞快否定自己这个想法：肯定不是这样，我一定是想多了。

果然，唐河做好满满一桌菜，也没招呼邹静森她们俩，仿佛没看见似的，都是小护士叫上她们赶紧过来一起吃饭。

唐河的厨艺很赞，其他同行的医生和护士一边吃着一边赞叹，邹静森刚吐过，还以为吃不下什么东西，没想到胃口也好得不得了，可能是唐河做的菜比较符合她的胃口。

这时她看中盘子里的一颗香菇，刚伸出筷子过去，无意中和唐河的筷子撞到一起。

刚刚还闹腾得不行的饭桌一下子安静了下来，他们好像都在等看好戏。

唐河不动声色地把筷子缩回去，随意扒了两口饭，就说吃完了，你们继续吃。邹静森看着他刚吃完又要去卫生所忙着做什么，心头涌上一层淡淡的失落。

吃完饭，邹静森主动留下来收拾碗筷，唐河似乎忙完了，背对着她和别人打电话。

她不想偷听，可是他的声音又刚好大小适中地飘进她的耳朵里。

"……嗯，我在这里一切都很好，你不要担心，也不要总是给我打电话，我会自己照顾自己的。”

对方不知道在电话里说了什么，唐河有点儿无奈，但邹静森怎么感觉他的嘴角挂着一抹甜蜜的笑容。

“好，你也多吃点，拜拜。”

挂了电话，唐河转过身来，不经意地看到邹静森原来就在自己身后，似乎把他打电话的内容都听了去，脸上的表情更不自然。

“是陈聪打来的吧？”两个人一阵尴尬，然后邹静森下意识地开口问道。她也不知道是怎么了，明明都知道答案，还是要明知故问。

“嗯……”

邹静森勉强笑了一下：“你们的感情真好。”

话一出口，唐河没有说话，她忽然也觉得自己够神经的，无缘无故说出这样的话。

人家小两口感情好，好像和她没有任何关系吧。

唐河只是模棱两可地笑了一下，又继续进卫生所忙活去了。

翌日一早，邹静森是被外面吵闹的声音弄醒的。

她昨晚临睡前听其他护士说，这次唐河之所以组织医疗队伍过来邯城边区做义务医生，是因为这边的居民很容易患上癌症，就算他自己也知道，现在医学发达，科学家研究出各种各样的抗癌药物，但也没有办法根治一些疑难的癌症。他所能做的，不过是带着药物千里迢迢来到这些贫穷落后的地区，想办法给当地人做一些防御措施。

这时，邹静森又想起十年前，唐河每次放学都会跑去喂流浪猫狗的画面，纵使他们俩之前的关系不怎么样，但她想，唐河在这些年里一定在别人看不见的地方默默付出着、努力着，他用自己的实力和努力证明，他在一步一步走向心中的理想。

明知道道阻且长，追梦的路上肯定还有许许多多意想不到的意外，然而他对医学的追求还有梦想，始终不会有所改变。

想到这里，邹静森忍不住地长叹了一口气。

“邹小姐，听说你和唐医生是高中同学？”

这时，昨天接待过她的护士忽然有点儿八卦地凑过来，神秘兮兮地问：“唐医生以前是什么样子的？他工作的时候好严肃好认真，平时我们都不敢和他开玩笑，他也长了一张不能被开玩笑的脸，所以我们有时候都不知道怎么和他相处。

“不过啊，唐医生长得是真的帅，迷死了医院里许多新来的小姑娘！”

邹静森闻言只是淡淡一笑，她该怎么告诉他们，其实她也不是很了解唐河，唐河现在很讨厌她，他们俩是眼不见彼此为净。尽管他们十年前谈过一段无疾而终的恋爱。

“你们不要把他神话就好了，他除了有点儿高冷，其实就是一个普通人。”

聊完这些，她们就没再聊天，各自回各自的房间。等邹静森被吵醒，然后睁开眼的时候，她走出房间，想看看闫安安起来没有，发现她没在房间。

她拿起手机看了一眼时间，快早上九点，其他人肯定一早就起来出去忙活了，她倒好，不小心就睡到这么晚。

洗漱完后，邹静森连忙跑出房间，她找了闫安安一圈，才发现她正在和周北川说的那个需要临终慰问的病人在说话。

对方是一个快八十岁的老太太，她在恳求闫安安给她安乐死，她不知道得了什么怪病，辗转去过几个大医院查过，医生也检查不出来是什么病。

她这个病，每天总会无缘无故地疼好几个小时，对于一个八十岁的老太来说，每天这样长时间的疼痛简直生不如死。

她实在觉得太痛苦了，所以在闫安安问她还有什么心愿要帮忙完成时，她只求她安乐死的事情。

“老太太，我们不是医生，没有权力给您做安乐死，更何况，医生也不会随便建议您安乐死的。”闫安安无奈地说道。

“我真的太痛苦了，每天都那么疼！我还不如直接死了算了！”

“老太……”闫安安面对过那么多临终病人，第一次感觉束手无策。

那么多临终的人渴望着生，可是有时候，也会有那么一小部分人，一时想不通，寻求一死得到所谓的解脱。

邹静森在旁边听了个大概，她想她差不多弄明白是怎么回事了。

她几步走过去，轻轻地握了握老太太的手：“老太太，我们先不讨论安乐不安乐死这个话题好吗？”邹静森冲闫安安挤了挤眼，闫安安无奈点头，然后起身走出房间，把空间留给邹静森。

“您不如给我讲讲您年轻时候的故事好吗？我很想听！我爷爷和奶奶在我还很小的时候就相继去世了，我都没有来得及和他们说说话，小时候我爸妈也很忙……现在我看到您，觉得您很亲切，如果我奶奶还在世，应该和您差不多大吧。”

老太太大概也没想到邹静森会想听自己讲故事，她也紧紧地握着邹静森的手，开始慢慢回忆自己小时候和年轻时候发生的故事，把自己还能想起来的部分，慢慢地说出来，给邹静森听。

之后的几天，邹静森一起来就会找老太太，拉着她从早上聊到晚上，不知道是怎么了，老太太的怪病很少发作，即使发作了，邹静森也一直默默地陪着她。

有她的陪伴，老太太的疼痛好像也减轻了一些。

闫安安也觉得很神奇，虽然她不屑知道为什么邹静森做得比她好，但她的眼神出卖了自己的情感，被邹静森一下子看得出来。

邹静森这人不小气，也很乐于和闫安安分享工作心得。

“其实老太太根本没有得病。”邹静森悄悄附在她耳边说。

“诶？”闫安安觉得无比奇怪，“这又是怎么回事？”

“老太太年轻的时候经历过战争，后来也生儿育女了，但儿女都早已离开人世，现在只剩下她自己一个人，可能……”说着说着，邹静森忽然有点儿伤感，“可能，她是太孤单了，只是想有一个人陪她说说话，听听她以前的故事而已。”

“那她不是说自己每天都疼……”

“心理作用罢了。”

闫安安没有再说什么，但不得不说，她对邹静森打从心里有了不一样的看法。

处理完周北川交代的项目，邹静森和闫安安打算明天一早就离开，小护士把她们要离开的消息转达给唐河，他没多说什么，邹静森问小护士他们一行人准备什么时候回云城，小护士说还得再过两周吧。

其实唐河他们在邯城边区的工作也差不多告一段落，他们带来的药也用得差不多了，这里的居民也都服下，之后他们只能等待和观察，等过去一段时间再抽空回来看看居民们的身体状况。

当然，唐河也不是时时刻刻可以带队去边远地区做这些义务的，他只是负责参与这一次的医疗义务工作，他的主要职责还是脑外科的诊治和手术。

大概是看到闫安安和邹静森准备出发回去云城，医疗队的一个医生提议要搞一个欢送烧烤Party。

她们俩都说不用大费周章弄这些，但他们还是以最快的速度简单布置了一下。

唐河一直没出现，后来听小护士说他开着一辆小卡车去隔壁的镇子里买了许多食材回来。

晚上，大伙儿一起露天烧烤，不知道是谁提议要喝酒，然后几个医生勾肩搭背地往小卖部走去，没一会儿扛回来两件啤酒。

邹静森看着啤酒，吃惊地问："你们今晚要喝酒？明天不用干活了？"

"唐医生说了，明天放假半天！"

邹静森努了努嘴，心想唐河什么时候变得这么好了。

唐河一开始不喝酒的，后来被人偷偷掉了包，一口喝下去，灌了一嘴啤酒。

本来他们是想小小捉弄他一下，看看他的反应，没想到唐河越喝越来劲，眼睛雪亮雪亮的，不仅没有丝毫的醉意，整个人看上去更清醒。

他大概早就猜到这帮家伙会偷偷给他灌酒，他的嘴角勾起一抹笑，得意着呢。

"唐医生，没想到你这么能喝。"

"啤酒难不倒我。"

可喝了酒的他，看上去终究和平时不太一样，话莫名多了一些，一张俊脸没那么紧绷，对其他人也友好了许多。

唯独对邹静森，仍然是冷冷的。

他烤好的食物，几经辗转来到邹静森的手上，她隐约看到他不屑地转过头去，不知道在气什么。

哼，邹静森又转手把他烤的食物塞给别的小护士，不吃就不吃，她可以自己烤来吃。

一伙人闹哄哄地吃到半夜，最后散了。邹静森本来还很困的，结果过了睡觉的点，反而精神得很，没有一点儿睡意。

邹静森辗转了好几个小时，终于迷迷糊糊地睡了一下。

她隐约做了一个梦。

十年前的自己和唐河，他们俩在做什么呢，其实什么也没做，当时的天空灰蒙蒙一片，好像在下着毛毛细雨，他们俩没有伞，干脆淋着雨一直往前走。

邹静森记得她和唐河在一起的时候，唐河从来都是沉默寡言的性子，但起码在邹静森面前，他算是很难得地多说两句话。

那时候邹静森不清楚他的过去，不够深入了解他整个人，所以总是觉得他即使和自己谈恋爱了，仍然表现得若即若离，让她时刻猜不透他这人到底心里面是怎么想的，到底是不是真的喜欢她，有没有对她的事情上过心。

邹静森觉得，唐河对流浪猫狗的付出比对自己付出还要多，虽然她觉得人和猫狗，没有任何的可比性。

"唐河，你准备带我去哪里？"梦里的天空仍然下着毛毛细雨，她和唐河肩并肩往前走，身边好像经过一对对撑着伞、互相依偎着的情侣，但旁边的人面容模糊，她根本看不清楚对方的长相。

"我还没想好啊。"唐河睁着一双大眼睛，略显无辜地回答。

"什么？那我们不是要走到腿断？"邹静森忍不住小小地发了一下火，虽然她的表情看起来不怎么高兴，但其实能和唐河在一起，不论去哪里，在一起待多长时间，她都觉得是幸福的。

唐河只是笑了笑，他平时虽然沉默，对别人也冰冷冷的，但偶尔露出一个笑容，会有着春风化雨一样的效果。

邹静森看到他嘴角的伶仃笑意，心里甜滋滋的，感觉这辈子再也遇不到别的男孩子，可以给她这样一种心动到不行的感觉。

她忽然就原谅他，主动笑呵呵地牵上他的手指，只想着和他一直这样走下去，最好走到这辈子的尽头，一生一世也不分开。

是啊，人这辈子能找到一个自己喜欢的、对方也是喜欢自己的人，好像很困难呢。

有一些人这辈子都没有遇到这样的一个人，随随便便地结婚生子，然后浑浑噩噩地过完下半辈子。

邹静森，当时只有十六岁的你，怎么会想到，十年以后，等你到了二十六岁的时候，才发现你已经错过了这么一个好的爱人。

梦里面，邹静森感觉自己整个人被悲伤的潮水淹没，窒息一般地难受，透也透不过气来。

Chapter 6

舍我其谁（下）

就在这时，一声巨响震醒了屋里的所有人。

邹静森始终紧紧闭着双眼，她也听到那种震撼人心的巨响，可是她像是被梦魇困住了，不论怎么努力还是睁不开眼睛。

直到她感觉有人在拼命摇晃她的手臂，在她耳边催促道："邹静森，邹静森！你快点儿醒来！"

她一个用力就把梦魇给赶跑，然后惊魂未定地睁开眼睛，看到是闫安安在叫她起来。

耳畔传来一阵阵吵闹，她有点儿回不过神来。

"发生什么事了？"

"那边有一个化工厂突然爆炸了，所有医生和护士都赶去那边了。"

唐河……唐河也去了吗？

仿佛是看穿邹静森心里在想什么，闫安安张嘴说："唐医生也赶过去了。"

邹静森的睡意顷刻间就没了，她赶紧穿衣服鞋子，正要以百米短跑的冲刺速度赶过去化工厂那边。

闫安安伸手拉住她："喂，你还嫌那边不够乱吗？你去那边做什么？！"

邹静森反应迅速地回答："我也许可以过去帮一下忙！"

"你……"

"安安姐，你不用跟我过去，你就留在这里吧，有什么事情我会电话找你的！"

说罢，她不管目瞪口呆的闫安安，飞速地跑出屋子。

外面的世界发生了翻天覆地的变化，居民也因为爆炸声跑出来看热闹，熊熊燃烧着的火光把黑绒布一样的天空擦亮，邹静森其实也不知道那家爆炸的化工厂在哪里，但她还是凭借着感觉向着火光最亮的方向奔跑了过去。

这一路上，她看不见听不见身边的一切人或事，她只顾着迈开腿脚往前奔跑，耳畔的风呼呼地刮过她的脸，因为速度快，她能明显感觉到吹来的风像是一把把刀子一样刮到自己的脸上。

同时，她感觉到自己的一颗心跳得很快，是一种找不到任何词语来形容的紧张感，她明白自己在紧张什么。

她认为化工厂这么晚应该没有人在里面作业，其实根本不用担心里面的情况，她比较担心的还是唐河他们一群人的安危。

都已经发生这么紧急的情况了，她决定放下所谓的怨怼和讨厌。她承认，她最主要的是在担心唐河。

邹静森好不容易跑到出事的化工厂那边，现场惨烈的程度超乎寻常人所能想的，和平时在电视上看到的画面压根不同，只有亲身直面过这样场面的人，才能感觉到爆炸是一件多么可怕的事情。

迎面而来的火热气息几乎要把她给熏晕，她勉强站了好一会儿才慢慢适应了这种空气中都是灼热的感觉。

她努力让自己不要倒下，小镇边区落后闭塞，消防车全员出动也要一段时间才能开进来灭火。

唐河他们一帮人是刚刚来的，看着眼前的画面也是无比心疼。

邹静森很快看到唐河，不管不顾地冲他大喊了一声："唐河！"

唐河很意外邹静森会莫名其妙地跑了过来，他回头一看，果然看到是她，他脚步生风地走过来，一把捏着她的手腕，用了点力度，所以她的眉头不可思议地皱了一下。

"你跑过来做什么？赶紧给我回去！"

她又一次看到他冲自己发这么大的脾气，而且还把她的手腕抓得很疼。

邹静森刚刚跑来时心里装着的都是满满的担心，现在倒好，被这家伙一盆冰水浇了下来，她顿时也清醒了，怪自己多管闲事呢。

"好，走就走！"她气鼓鼓地说，但还是忍不住地问一句，"三更半夜的，这里又没有人，你们一帮医生和护士赶过来做什么？"

"这里有人……"

什么？

强烈的火光映红了半边天，也把唐河的半张脸映照得凄楚壮丽。他的脸上流露出一股无以名状的悲痛："这家化工厂经常半夜作业，据我们所知，里面起码有二十个人。但火势太大了，我们现在也进不去！只能等消防车过来……"说着，几辆火红色的消防车陆续开进来，消防队员们纷纷以最快的速度灭火。

没多久，空旷的场地上，到处都飘浮着一股烧焦的味道。

邹静森忍不住地猛烈咳嗽，她咳得脸色发白，唐河见状，又快步冲她走来，不知道从哪里变出一块手帕，拿给她捂着嘴巴。

"咳咳，咳咳！"

"我劝你给我立刻回去。"

"我偏不回去！"邹静森似乎在努力捍卫着自己的尊严。

看到邹静森不肯走，唐河竟然也一时没辙。

唐河他们一帮人早就摩拳擦掌准备进去救人，原来化工厂除了地面一层的空间，地底下还有两层的空间。他们在等消防车过来的时候已经讨论过里面的内部环境，如果工人在一层作业，肯定救不了，现在他们就希望工人们当时并不完全都集中在一层。

火势慢慢变小了，唐河他们所有人都穿上防高温的衣服准备进去，邹静森完全坐不住，她的良心不容许自己傻傻地坐在一边等唐河他们出来，她也要紧跟过去。

“邹静森，你闹够没有？！”唐河狠狠地横了她一眼，希望她可以知难而退，“里面的环境是怎么样我们也不知道，也许我们进去以后会发生二次爆炸……”其实说白了，唐河不愿意邹静森冒这样的生命危险。

“你别忘了，我现在也算是半个医务人员，我也有义务进去救人。”

“你……”唐河被她这个理由激得说不上话来，脸一阵青一阵白的，“我和你说认真的，别闹，这是人命。”

“我也在和你说认真的！”邹静森认真地说，“如果我一个人继续站在这里，你们所有人都进去了，我发生什么事情也求救不得。但是如果我跟着你们一起进去，就算发生再大的事情，最起码也有一个照应。”

唐河明知道她在说歪理，还是半晌没有出声，只有突出的喉结缓慢而沉重地滚动了一圈。

漫天的烟尘下，他们俩都紧紧地看着对方。

“小张！”唐河忽然叫别的同事的名字，“给她拿一套防高温衣，她跟着我们一起进去。”

所有人都暧昧地看着邹静森，但现在不是八卦的时间，等邹静森换上衣服后，她跟着唐河他们一帮人进了化工厂里面。

一阵阵更浓郁更强烈的烧焦味迎面扑来。

邹静森差点儿被这种让人闻了只想呕吐的气味熏得晕了过去。

邹静森饶是做好了心理准备，可这一刻仍然紧张得不行，她的一张脸看着和平时无异，但腿肚子直打战。

她没有接受过专业的医务训练，刚刚和唐河说话的气势一下子全灭，踌躇得不知道如何是好。

唐河忽然转过脸，隔着一层厚重的面罩，声音遥远得仿佛来自外太空："你现在还有反悔的机会。"

邹静森忍不住地想，他是不是在关心她？偏偏用不近人情的语气说话。

"我不会反悔。"她仍然坚持己见。

"行，那你跟紧了。"唐河没办法，时间紧迫，他不可能一直这样被邹静森耽搁自己的时间，他一张大手袭来，快准狠地抓住她的手腕，他明明应该走在最前面的，不小心做了一回缩头乌龟，为了邹静森，只能落在最后面。

化工厂的一层几乎是全毁了，十几个人手上都提着瓦数很高的电灯，不一会儿他们前面的人开始发出各种各样奇怪的声音。

邹静森一开始没听清，后来很快发现，他们是因为看到地面上被炸得面目全非的尸体，才会发出这么奇怪的声音。

一些小护士没见过这么可怕的惨状，一下子没忍住，"哇"的一声全吐了。

各种复杂的气味在这个被烧焦的空间里不停地充斥着，邹静森也想吐，但手腕传来唐河源源不断输过来的热度，她不知怎的，拼命吞咽了几下，真的把想要呕吐的冲动给压下去。

消防队员们也在慢慢往前走着，他们比起医生更熟悉这样的场景，每个人的脸上都十分肃穆沉重。

邹静森无法和他们一样感同身受，没有人希望发生这样的悲剧，但既然事情发生了，他们现在能做的，就是尽量寻找还有呼吸的活人……

“医生，负一层和负二层好像有人在呼叫！”

“慢着！”其中消防大队长听到这样的话不仅没有一丝喜悦，两道浓黑的眉毛反而蹙得更深，“我们必须走得更慢，一个跟一个下去，现在这里很危险，我们都不知道下面的情况是什么样。”

听了他的话，刚刚一下子冒出来的侥幸的喜悦，又像汽水泡泡一样跑个没影。

他们一个一个地来到负一层，负一层的情况也很严重，虽然爆炸源不是在这里，可是距离不算远，好几具尸体也被炸得四分五裂，距离爆炸源远一点的地方，能发现两三具完好的尸体，消防员帮忙把这些尸体抬上去，然后再抬出去。

渐渐地，邹静森已经能适应底下这种压抑得可怕的气氛，也听见不知道从哪里飘来的细细碎碎的哭泣声。

很多人都哭着，谁也分辨不出彼此的哭泣声。

消防大队长率先走在前面，继续往负二层出发。其他人紧紧跟在他的身后，希望负二层的情况可以稍微好转一些。

他们仍然是一个紧跟着一个往下走，谁都不敢发出别的声音，步子踩得很轻，仿佛在云端行走一样。

四周静谧得只能听见自己跳得越来越快的心跳声。

终于来到负二层，各种各样的电灯乱晃晃地照耀着，他们所有人都感觉还有一线生机。

负二层有七八个工人在作业，他们距离爆炸源的位置最远，虽然也受了不轻的伤，但起码还活着。

有人坐在地上昏迷不醒，有人被爆炸时砸下来的石块压着，也有人……

医生和护士都惊喜万分。

“我们抓紧时间，一人救一个。”消防大队长的声音都在发颤，时间不多，同时他们也害怕这里会发生二次爆炸，所以救援行动必须争分夺秒地进行起来。

唐河和邹静森一起把一个身上落满灰扑，完全辨认不出原本面貌，只能依稀认出性别是男的伤者合力抬出化工厂。

邹静森刚触到新鲜空气，就忍不住号啕大哭起来，她其实刚刚下去也很害怕，甚至是因为心里怄着唐河的气才会冲动进去，里面的情况太残忍可怕了，她这辈子不想再经历第二遍。

唐河定定地看了她一会儿，服软道：“好了好了，不要哭了，难为你了。”

在这种严峻的情况下，唐河的语气也变得莫名好一些。邹静森确实不该跟他们走进去的，她第一不是正经的医务人员，第二也不符合规矩。

唐河心想，他刚刚在想什么，怎么就让邹静森冒这个险呢。

邹静森抬起手臂，狠狠擦掉眼角的红润，她刚想说没事，可哭声收不住，反而哭得更狼狈。

“邹静森，你得坚强一点儿，我要继续进去救人了，你不能再进去了！”

唐河严厉地吩咐了一声，走之前回头看了一眼，脸色很难看，里面的情况仍然很严峻，他一分一秒都不能耽误。

正当他迈腿准备走的时候，忽然听见邹静森的声音从后面飘过来：“唐河，我会等你出来的。”

换作平日，这句话听着多么普通，但在这一刻，这句话饱含着各种各样意义不明的情绪。

唐河没有多想。

邹静森也只是一时激动说出这句话而已。

两个人都同时愣了几秒钟。

“嗯，我肯定会出来的。”唐河好像在黑夜中用力笑了一下，然后头也不回地走了进去。

不一会儿他的身影和这浓重的黑夜融为一体。

可是出乎邹静森所想，唐河他们一直没有再出来。

黑沉沉的夜像是一只可怕的怪兽，邹静森的心忽然一阵抽痛，她无比害怕是唐河他们在里面发生了意想不到的突发情况。

这个时间已经容不下她再去思考和犹豫什么，她拿起一只手电，想也不想再次回到那个还透着巨大烧焦味道的地狱。

她摸索、跌撞着跑到负二层。

刚从入口窜进去，邹静森赫然见到唐河他们一帮医务人员还有消防队员在商量着什么事情。

她刚忍不住地松了一口气，转念又想，是不是又发生什么事了，不然他们这么多人围在那里商量什么，才会迟迟不肯出去。

邹静森慢慢靠近，唐河顾着说话，完完全全不知道她偷偷摸摸地又回到这里来。

细听之下，邹静森弄明白他们在担忧什么事情。

原来，因为爆炸的缘故，负二层虽然伤亡最小，但到处都是断壁残垣，他们刚刚在营救的过程中发现，有两个工人刚好分别卡在其中一根断裂的大柱子下，用工具锯掉柱子，柱子偏向一头砸下去，不论是哪一头砸下去，其中一个伤者安然无恙，但是，另外一个得牺牲掉……

唐河一次又一次地询问可不可以两个同时救起来，但消防队队长以最专业的角度分析过，他们二人，只能活一个。

“太残忍了！”邹静森下意识地惊呼出声，唐河飞快地转过头来，看见是她，脸色一僵，“邹静森，我不是让你在外面等我们吗？”

邹静森也板着脸，“我还是不放心……”

“你赶紧给我出去！”唐河发起火来像一只可怕的怪兽，身旁的人都被他这副模样吓得不轻。

邹静森当然不肯走。她刚刚也听到他们的对话，她眉头一皱，问：“所以现在这里只剩下两个人还没救出来吗？然而这两个人里，只能活一个是吗？”

唐河沉默了，消防队长面露难色地点点头。

“那好……”邹静森知道这样的事情非同小可，她也不敢耽误太多时间，“我去和他们俩聊一下！”

“什么？”唐河不可思议地看着她。

“你可别忘了，我是临终慰问师，不论他们俩谁要死，谁活了下来，我也有义务去排解他们心中的遗憾。”

消防队长觉得她说得有理，冲唐河点点头，唐河也不多阻挠，让消防队长带她去见那两个伤者。

他们一人是这次施工队的小头目赵忠祥，37岁，家有儿女，还有老人，另外一人是一个新疆小伙达布，17岁，做过不少偷鸡摸狗的勾当，但无亲无故。

邹静森简单了解过情况以后，又听消防队长开口说：“你还没来之前，我们刚刚已经讨论过，觉得应该放弃达布。”

“为什么啊？”邹静森不理解。

“你想想，赵忠祥家有老母亲，还有儿女要照顾，他是家里的支柱，他要是倒下了，他的家人也会倒下的。”

那另外一个小伙子呢？邹静森只是皱眉，不再多说。她分别去到那两人面前，简单说了一下这里的情况。

达布的人生才刚刚开始，他一听说自己可能要没命，哭天喊地的，至于赵忠祥，他听完邹静森的话后，沉默了将近半分钟，然后他嗫嚅着苍白得没有一丝血丝的嘴唇，气若游丝地说："不如，救达布那个孩子吧。"

邹静森没想到赵忠祥会主动放弃自己的生命，一脸震惊和意外。唐河随后赶来，也听见赵忠祥的话，同样露出不解的神情。

"你为什么这样做？你还有家庭，还有大人小孩要照顾……"邹静森声音凄楚。

赵忠祥的呼吸很慢，很差，他觉得很渴，只能拼命吞咽口水，然后再次缓慢地嗫嚅那张不能细看的嘴唇。

"我啊……我是因为没有人要我……才过来这边上班的……"一句话，他说得断断续续，无比艰辛，"但，但达布那小子才十七岁……他应该活着……"赵忠祥用尽最后一丝力气抓住邹静森的手，他在向他传递一种什么信息，邹静森似乎感应到了，很痛苦地摇着头。

"赵先生，你真的决定了？"

邹静森希望他可以再考虑一下，虽然她也知道，时间不多，没有办法让赵忠祥考虑了。

其实赵忠祥能主动说出这样的解决方法，无疑是最理想的营救状态，刚刚唐河还有消防队长也担心，担心他们俩的求生意志都很强，不论怎么选择都很难取舍……

关于赵忠祥的记忆：

赵忠祥一直住在邯城，长到三十几岁也没离开过这座城市，更没有出过远门，不知道外面的世界是什么样的。

他是二十岁左右结的婚，今年不过三十七岁，儿子也长到十七岁的样子。

别人说起他们家，都觉得他们一家幸福美满，然而别人不知道的是，赵忠祥因为学历不高，这么多年都是在一家儿童玩具工厂里做流水线的工人，和他结婚十几年的妻子总是埋怨他工资太少，反正大大小小的事情都喜欢拿出来和他吵。赵忠祥那时候没想那么多，他虽然觉得自己的老婆是在无理取闹，可他一向疼爱老婆，他挣的每一分钱都会乖乖交给老婆，自己身上带着的现金从来不超过三十块。

直到有一天，他发现老婆和别的男人有婚外情，他当时真的气炸了，想抄一把水果刀杀到那个奸夫面前，和他同归于尽，然而老婆帮着奸夫一起对付自己，他还因此误伤了自己，他的一条手臂有一条淡不去的伤疤，就是那时候留下的伤口。

他不明白，他这么多年来一心一意对待自己的老婆，爱护自己的孩子，做一个模范丈夫，不出轨不抽烟也不会喝酒，他到底做错了什么？为什么老婆要这样对自己？他没有问到这个答案，因为几天后的一个清晨，他醒来发现他的老婆带着孩子跟着那个奸夫跑了。

更过分的是，那个女人把家里的钱财，一切值钱的东西都带走了。

可这还不算什么，更让赵忠祥觉得崩溃的是，他那快要七十岁的老爸一直喜欢赌钱。有天被人设下了局，一下子输掉了好几万，老头儿吓得两只腿肚子直打战，还差点儿尿裤子。老头儿被人逼着写下了欠条，最后还被几个五大三粗的男人挟持着拖回赵忠祥家里。

赵忠祥一听老头儿欠下的赌债，当场两眼一黑要晕过去。

他很快就醒来，因为有人抄起一盆冷水往他身上浇了下去，老头儿用不堪的语言骂着自己的儿子，骂他见死不救，家里有钱也不愿意拿点儿出来救命。

赵忠祥要崩溃了，冲自己爸大声吼叫，说他所有钱都被那个负心的女人拿走了，他现在手头上根本没有几个钱。

老头儿一开始还是不信，到后来赵忠祥当着所有人的面把所有能开的抽屉翻了个底朝天，只找出几枚零星的钢镚，老头儿才肯相信。他吼了一句："造孽啊！"然后不知道是装的还是真的，老头儿晕了过去。

为了尽快帮自己的爸还债，赵忠祥听说在危险的工厂做事工资会比较高，他也不怕什么危险，直接来到这边上班。

虽然说这个边区也属于邯城的一部分，但他从来没有来过，也当是一次散心。

在这个化工厂里，他认识了很多同事，有意无意地询问下，他才发现家家有本难念的经，每个来这里打工的人身上都藏着不同的故事，他不是这里最惨的那个，有时候也会对别人的遭遇感到同情。

达布是这里最小的一个孩子，说他是孩子也不为过，因为他只有十七岁啊。十七岁的年纪该在学校里面念书，一双手该拿来写字，而不是来到这种地方辛辛苦苦地打工。

大概是和自己的儿子年纪一样，赵忠祥特别关照达布，他问达布为什么这么小就出来打工，达布说他不喜欢念书，也不喜欢待在家里，他也没什么朋友，干脆出来打工。

"就这么简单？"赵忠祥不可置信。

"不然呢？"达布歪歪嘴角，露出一个坏坏的笑容，"大哥，你身上有没有钱，我下班后想去网吧打游戏！”

也许，赵忠祥是这里唯一一个肯给达布零花钱的人，达布假意和他套亲近，每次手头上的钱用完了，又会屁颠颠地跑去找他要钱，赵忠祥能给的也不多，他也听到别人在私下说自己是冤大头，但他不介意，反而看到达布就像是看到自己的儿子在身边一样。

其实赵忠祥不害怕死，他觉得人都要死的，没有必要提心吊胆。然而当死亡这么真实地发生在自己身上时，他才察觉到死亡是这样可怕。

化工厂发生爆炸的时候，他和达布在负二层里作业，两个人本来站的距离就不远，耳畔一声巨响以后，他们就不清楚后面还发生什么事了……

赵忠祥也受了很重的伤，他正有气无力地睁着一双浑浊的眼睛，看着眼前的人。

虽然他不认识他们，但他看得出来，这些人都是好人，都是好人哪。

这些好人在想办法救助他和他的同事们，但有时候，意外就是这样突如其来地发生在这些人身上，谁也没想到化工厂会爆炸，谁也没想到，自己竟然会在这一个晚上或死去或受重伤。

一切都是这么突然，天灾人祸，谁也无法估计。

赵忠祥的眼珠缓慢又沉重地转动着，唐河心情复杂地看着他，过了一会儿才发现邹静森莫名不见了，这么紧要的时刻，她反而不见了？到底是去哪里了？

就在唐河准备跑去找邹静森时，邹静森捧着手机气喘吁吁地跑回来。

废墟下视野很差，他们虽然一手一只手电，但因为已经在里面好几个小时，手电的光渐渐微弱，如果不凑近看，都不能把人的表情看得仔细。

唐河不知道她是从哪里弄来的手机，后来才知道这支手机是赵忠祥的，邹静森也够大胆，看人家手机，把赵忠祥老婆……应该是前妻的电话给翻出来了。

赵忠祥一开始不知道邹静森在做什么，他虚弱地看着她把自己的手机递过来，屏幕上显示着"艾静"俩字，那是他前妻的名字。

他还以为自己眼花了。

"赵先生，这是你前妻的电话。"邹静森拼尽力气说。

顿时，整个空间都安静了下来。

废墟里负责营救的大多都是男人，他们无法理解邹静森心里的想法，唐河认真思考了一会儿，眼底滑过一抹惊喜，他没有说什么，嘴角微微上挑，看向邹静森的眼神多了几分赞许和表扬。

换作十年前，唐河认为邹静森不是这么细致的人，然而十年时间倏忽一过，邹静森好像从这份临终慰问工作中得到了意想不到的进步。

是这样吗，邹静森？唐河目光沉沉，自然只敢在心里面发问。

其实，赵忠祥在心里无比想念他的前妻，但他又知道，他这辈子大概也留不住这个女人的心了。

然而这一刻，他这一张因为受伤而血肉模糊的脸变得有了些许光彩，他那双浑浊的眼睛也一同绽放了光，邹静森体贴地把手机递到他耳旁，让他方便和艾静说话。

"哎，艾静……"赵忠祥嗫嚅着嘴唇，轻缓地叫了电话里头的人。

"阿祥！"这么深的夜里，艾静也没想到会有人打电话给自己，她现在的生活过得并不如意，新的丈夫对她一点儿都不好，随随便便就会对她破口大骂，可是她又是一个要面子的人，不敢和家人或者朋友提起这种事，怕说出去会丢了自己的面子。

其实，她每次被丈夫痛骂的时候，她都会想起赵忠祥。她知道赵忠祥这辈子都不会有什么大作为，说白了就是一个穷光蛋，她从前是多么看不起这个老实可靠、没有大作为的男人，然而她现在总是想到他，但她已经对他做出那么过分的事情，她哪还有脸面、有资格想他呢。

就在这时，邹静森拿赵忠祥的电话打给她。她看到赵忠祥的号码时，心底滑过一抹惊喜，她偷偷地抱着手机下了床，跑到屋外很远的地方才敢接起电话，然而电话刚接通，邹静森用最快的速度和艾静交代了一下现在赵忠祥的情况。

当听到她说赵忠祥和她通完这个电话后，将要舍生取义地离开人世时，艾静倍觉崩溃，眼泪忍不住掉下来。

“你是骗我吧？”艾静一边痛哭一边询问。

“我没和你开玩笑……”邹静森又解释了一遍，然后抱着电话跑回去找赵忠祥。

没有人计算赵忠祥和艾静到底聊了多久的电话，也许是三分钟，也许是五分钟，让邹静森意外的是，赵忠祥已经做出牺牲的准备，可最后只和自己最爱的、最放不下的人简单聊了几句，就迅速把电话还给唐河他们。

“都聊完了？”邹静森作为赵忠祥临时的临终慰问师，她现在只有一个心愿，就是让赵忠祥可以放下遗憾，安心离开人间。

她其实也不太了解赵忠祥以前发生过什么，为什么愿意做出这样的牺牲，她刚刚离开了一会儿，是跑到外面问还没送走的伤者，问谁认识赵忠祥，然后从他们口中简单问出一些关于赵忠祥的信息来。

紧接着，电光火石之间，邹静森就想到要给艾静打电话。

她当时也不确定艾静会不会接电话，更不确定他们之间还会聊什么话题。但是这一刻，他们都看到赵忠祥脸上绽放出花朵一样灿烂笑容的表情，他们似乎明白，赵忠祥已经把最想说的话，都统统表达给艾静听了。

空气又突然都安静了下来，没有一个人敢吭声。

就在这时，赵忠祥的声音传来："可以了……各位……我已经没有什么遗憾了，你们……你们开始吧。"

接下来的工作，不是唐河他们能够处理的，消防队长叫无关人等速速离开负二层的区域，邹静森还傻站着呢，唐河直接走过去，抓住她的手腕，把她带离负二层。

最惊险的几个小时营救以后，天亮了。

达布是最后一个成功救出来的伤者。

每天都会正常天亮，这一天看着也和往常任何一个天亮没有多大区别，可对于邹静森还有唐河等人来说，这一夜过得十分漫长。

漫长得好像已经过完了所有人的一生。

赵忠祥永远地合上了眼睛，而变成昏迷状态的达布已经被他们送到邯城市区的医院。

邹静森跟在唐河的身后走出废墟，唐河满脸都是厚厚的灰，看着无比狼狈，哪里还是平日那个冷冰冰的英俊不凡的脑外科主刀医生。

其他医疗队的人都先上了车，他们也没叫唐河一起，所有人的心情都不太好，没有一个人敢说多余的话。

唐河的一双眼充了血似的，看着像是小兔子的眼睛。

邹静森本来已经默默地绕过他往前面走去，虽然她这一刻觉得很难受，可是再难受，他们要做的事情也已经做完了，她今天一早要和闫安安一起回云城。

她打算自己一个人先回去找闫安安的。

可默默地走了一会儿，她又不知道是怎么了，还是选择回头去，发现唐河正一脸悲伤地站在那里。

刚好日出东方，金色的光线不偏不斜地洒在他的身上，他整个人慢慢变得轻盈和透明，快要和日光融为一体似的。

仅仅过了几秒，邹静森就发现不对劲儿，她看到唐河在掉眼泪。

他一张脸发着光，被光线折射成金色的眼泪一颗一颗迅速地往下掉，眼前的画面，又唯美，又悲伤。

待邹静森反应过来时，她已经亦步亦趋地重新走到唐河面前。

她难以理解这一刻自己心里的想法，也无法真真切切地体会唐河深藏在心里的悲伤，不同的人面对同样的惨况，感受都是不一样的。但她还是能感觉到，唐河十分难过。

至少在她的记忆里，唐河几乎没有在别人面前哭过。

她甚至怀疑，眼前的一幕到底是不是真的，抑或只是一场梦，梦醒了，唐河流泪的模样就会狠狠碎掉。

邹静森张了张嘴，终于吐出几个字："唐，唐河。"

"我已经尽力了。"仿佛过了一个世纪，唐河哭累了，徒劳地张了张嘴，"邹静森，我觉得我已经尽力了，可是为什么我还是这么难受？"

眼前这个哭得像小孩一样无助的男人，肯定不是唐河。

邹静森的第一反应是这个。可是很快，她慢慢回过神来，这个人真的是唐河，脆弱的、柔软的、受到挫折也会感到无助和郁闷的男人，唐河也是普通人不是吗？

"唐河，想哭就哭吧，没有人会笑话你……也没有人会怪你的。”邹静森深呼吸一口气，努力强装镇定，然后把心中最想说的话，说出来。

虽然她也知道，这些话对唐河来说，没有多大意义。可是如果不说，她又会觉得心里难受。

其实刚刚那一幕，邹静森回想起来也心有余悸，大概以后，她会接触到越来越多生离死别的画面。

有时候她也不太明白，人活着到底是为了什么。

为了什么……人从生下来的那一刻开始，注定最后是步向死亡的，人一死，就什么也没有了，不是吗？

人为什么要活着，到底为什么要活着。邹静森痛苦地甩甩头，不想再纠结这个问题。

也许，活着就是为了等待死亡吧，然而在死亡还没来临之前，活着的人唯一能做的，只有一件事。

就是要好好活着。

邹静森最后还是没有立刻从邯城赶回云城。

她还是放心不下唐河在这边的工作，最后让闫安安自己先走，她多留几天，看能不能帮上什么忙。

其实她什么忙也没帮上。

化工厂爆炸的事情很快被媒体添油加醋地报道出来，邯城边区一下子来了许多要采访的记者或者自愿组织过来的志愿者，类似的新闻其实也不少见，消防员也查明这次爆炸纯属意外，之后关于死伤者的赔偿金，还有各种零零碎碎的事情，就不是他们这次参加救援的人可以管得了的事情。

达布也被送到邯城最好的医院接受治疗。

期间，唐河被媒体记者找到，他们对他进行了访问，问他这次自发组织自己的医疗队伍参与化工厂爆炸事件救人工作的感想和体会。

唐河几天没有合过眼睛，一脸憔悴，下巴也长出青色的胡碴儿。

邹静森在电视里看到他，莫名觉得有点儿心疼。她仿佛也没有那么讨厌这个总是高高在上、又咄咄逼人的家伙。

她决定先暂时原谅他。

唐河一向不喜欢接受这种采访，更不喜欢自己出现在电视或者网络上。他记得化工厂刚发生爆炸的第二天，陈聪一连打了几十个电话给他，问他现在安不安全，要不要立刻赶回云城。

唐河没有那么矫情，他本来就没打算那么快回去，现在还发生了这么严重的事件，他当然要带着一帮同事留下来看有没有可以帮上忙的地方。

“唐河，我让你立刻回来！”陈聪仿佛没听明白他话里的意思，声音拔高几分，让他为了自己的安全迅速回来。

唐河觉得自己和她无法继续交流下去，索性挂了电话，然后关机。

他也不想被记者采访，没办法，他去医院看望伤者的时候被记者们找到，他走也走不成，只好傻站在原地，接受采访。

他也不太记得清楚自己到底对记者说了什么，他好几天没休息，看什么都是模模糊糊的，精神状态也不好，他也不在乎自己上镜的样子好不好看，只想着赶紧结束这种没有一点儿意义和作用的采访。

好不容易回答完问题，成功摆脱掉记者，他转身来到达布的病房，却发现邹静森不知道什么时候在他的病房。

达布早早醒来，但他的情绪很不稳定，他不知道从谁的口中得知，他能活下来，完全是因为赵忠祥的舍生取义。

他这几天闷闷不乐的，也不积极接受医院的治疗，甚至不吃不喝，谁也拿他没有办法。

唐河抬起手揉了揉发疼的太阳穴，他忽然顿下脚步停在门外，倒想看看这次邹静森是否有办法让达布的心情好起来。

“达布，你好，我姓邹。”

邹静森也知道达布的情绪为什么这么低落，如果她是达布，被救后被别人告知，她的命是用别人的命换回来的，她肯定也会自责和懊悔。

更何况，她认为赵忠祥生前和工厂里所有同事中，只和达布一人的关系是最好的。

达布对任何人的到来都是不闻不问的，尤其是叽叽喳喳、吵闹不停的记者，每次有人想要进病房采访他时，都会被他发疯一般的咆哮给轰出去。

达布最先以为邹静森也是电视台或者报纸的记者，正准备用对付别人的方法对付她时，却听到她用稀松平常的口吻说道：“你不要紧张，我不是记者，也不是什么坏人……我是堂哥的亲戚。”

“堂哥？”达布疑惑地看向她。

“我是赵忠祥的堂妹。”

听到她这么说，站在门口的唐河莫名觉得脑子疼，邹静森这一次怎么不按常理出牌了？

他也没有出拆穿她，抱着手臂站在那里静观其变。

“我只是想来看看你……看看你，看看我哥为什么愿意放弃自己的生命，给你一个活下来的机会。”邹静森有条不紊地说着，“可是你看看自己，这几天状态都很糟糕，不论看到谁都像狗吠一样冲他们吼，我对你真的失望透顶，并不认为我哥的牺牲是值得的！”

听到邹静森这么痛骂自己，达布的情绪终于开始激动，却接近崩溃。

“阿祥哥牺牲了，但他被人赞扬说是英雄，所有人都来责备我，觉得我只是一个混混，不值得人家一命换一命……我现在多希望是他活着，死掉的人是我！”

“你说谎，你当初被困在地下时，你也想要活着。”

“我后悔了……”这是这几天来，达布第一次当着别人的面号啕大哭，

“你后悔什么？”邹静森厉声质问。

“我后悔我活下来了……”

病房一下子安静下来。

唐河看得出来，邹静森听完达布的话后十分生气。

邹静森的一张脸绷得紧紧的，牙齿都快要咬碎，达布仿佛不知道，目光幽森地看着某个虚空的方向，也仿佛没有瞧见邹静森一样。

过了好一会儿，邹静森颓唐地后退几步，就在唐河以为她要放弃做劝说工作的瞬间，邹静森突然演技爆发，说哭就哭。

“呜呜呜！呜呜呜！”

什么情况？唐河也不知道她怎么了，莫名其妙的，说哭就哭。

躺在病床上的达布更是一脸不可思议地看着她。

“姐姐，姐姐……你是怎么了？”达布不认识她，但她说自己是赵忠祥的堂妹，和赵哥有关系的人，达布都觉得很亲近。

虽然，他刚刚和她说话的时候有点儿尴尬。毕竟是第一次见面，而且又是因为他赵哥才丢了性命的……

就在这时，达布看到邹静森一边抹眼泪一边走向病房的窗台前，他一开始没看明白她想要做什么，等到反应过来时，门外一抹

人影比他更快速地闪了进来。

邹静森没料到唐河也在，趁着达布没有看过来，她冲唐河挤了挤眼。

唐河不傻，顿时心领神会。

这家伙……果然不按套路出牌。

“唐河，你这个始乱终弃的坏蛋！”

唐河从未被人这么骂过，虽然明知道在演戏，但心里也觉得怪怪的。

没办法，他一下子被戏神附身，口不择言地吼了一句：“你不要胡乱骂人，也不要在我面前做傻事！”

说时迟那时快，邹静森已经走到窗台前。

而唐河，接收到邹静森投来的意味深长的眼神，沉默地抿了抿唇，然后大摇大摆地走出病房。

达布身上有伤，艰难地挪动身体才能勉强下床，他是真的以为邹静森闹着玩的，可当另外一个男人头也不回地走出病房，邹静森的眼泪真的止不住地流下来。

就像是时光一下子回到十年前，当年邹静森提出分手时，也是这么头也不回地走掉吧，当年的唐河，看着她这么决绝离开的背影，会有多伤心啊。

“姐姐，你不要哭了，也不要做傻事啊！”

达布很害怕，比当时爆炸时他被埋在地下还要害怕，也许是因为经历过这样的事故，他更觉得生命很脆弱，也许是因为眼前的姐姐是赵哥的亲人……

总之，他就算痛死，也不能让她寻死啊！

“你一个被救的人也说想死，我被男人抛弃了为什么不可以死？”邹静森终于把藏了很久的话吐出来。

达布看着她的脸，不自觉地把她和记忆中赵忠祥的脸重合到一起。

“我，我没说啊。”虽然他真的不想活下去。

“我堂哥希望你活下去，而你呢，你说后悔活下来了，他要是在天之灵听到你这么说，肯定会鄙视死你。”

“嗯，我知道……”达布的声音越来越小。

“现在有那么多人，动不动就说要死，说不活了，可他们到底知不知道，有那么一部分人，想活下去也不行啊？”

唐河一直没走，站在门外偷听着里面的情况。

邹静森是什么意思？谁想活下去又不行？

“姐姐，你什么意思？”达布显然也没听明白。

“我得了绝症，我好想活下去啊。”邹静森崩溃地大哭，哭得达布的心更疼。

“那你也不能死啊！”

“你别管我！”邹静森半个身体挂在窗台上，达布抬头看了一眼窗外，才五六层的高度，但也足够让他感觉胆战心惊。

邹静森当然不会傻到要跳楼，达布无比艰难把她拉回来，这一拉一拽，他身体疼得要裂开一样。

但她还是在哭。

“那你要我怎么办？你要我怎么做才能不哭啊……”

“那你答应我，你要好好活下去，你要对得起我堂哥救你的命，你不能再有一丝想要寻死的想法。”

……

仿佛过了一个世纪那么久，邹静森的半个身体还挂在窗台上。她腿都软了，看着没希望了，却在这个时候，看到达布犹豫地、沉重地点点头。

“你不许骗人。”邹静森像小孩子一样，伸出手要跟他拉钩。

达布忽然惨兮兮地笑了，也伸出自己的手，和她拉钩，盖章。

“好，我会好好活下去的。”

赵哥，我会好好活下去的。同时，达布也心里默默地说。

两周后。

邹静森从邯城回到云城几天了，听说唐河的医疗队也要从那边回来，她想起她回来的那天，唐河忽然出现在汽车站时的画面。

他一脸不可思议地看着她，幽深的黑色眼睛闪烁着，仿佛在想着什么严重的事情。

“哦，没想到你会来送我。”邹静森直觉他不仅仅是送她这么简单，他欲言又止的表情像是有话要对她说。

唐河半眯着眼，从头到脚地打量着邹静森。

气氛有一瞬间的尴尬，窒息一般的尴尬。

“我过来是要确认一件事……你之前在病房里和达布说的话，是认真的吗？”

邹静森已经想到，他是来问这件事的。

那天她用业余但精湛的演技成功征服达布，让他答应自己不要放弃自己的生命，她好几天没再见过唐河，唐河忙得不行，好几次闲下来想找邹静森问一下的时候，发现已经是半夜两三点，于是每次都只能作罢。

“我不知道你在说什么。”邹静森用稀松平常的口吻回答。

“你说你得了绝症……”唐河一脸沉重地说道。

“唐河，你是不是傻？当时那种情况，我不这么说，怎么让达布相信？”邹静森遏制不住地大笑起来，她笑得太夸张，惹来许多路人的围观。

本来汽车站就是人来人往的地方，邯城只是一个小城市，很多人心思单纯，突然看到有人这么夸张地笑起来，开始有人围过来看到底有什么好笑的。

唐河的脸寒冰到极点。

他确实是傻，傻得离谱，才会被她当天的演技给骗到，而且对这件事心心念念了好几天，总想着一定要亲自问个明白才行。

“好了。”邹静森狠狠吞了一下口水，掂了掂手上的行李，“我要进站了，我们云城再见。”

“喂……”唐河还是忍不住开口叫了一声，很多话滑到嘴边，又莫名说不出口，“没什么，路上注意安全。”他微微叹了一口气。

“嗯，你回去吧。”

幸好她转身的动作够迅速，其实刚过安检口，她的脑袋开始莫名其妙地疼起来。就像是脑袋里藏着一颗定时炸弹，邹静森也不知道这颗炸弹什么时候会爆炸。

幸运的是，唐河当时没看到。

一天深夜，邹静森接到达布的电话，接通电话后，达布说了一句抱歉，他知道现在时间很晚，他不该这个点打来的。

邹静森难得没睡，但也没想过达布竟然有她的号码，而且还打过来。

“姐姐，我今天出院了，我不打算留在邯城，我想去北京，或者深圳打工，你给我出主意，我该去北方还是南方。”

邹静森一时半会儿没有反应过来，经历过那么可怕的爆炸，这小子的身体恢复得这么快，两周就可以出院，而且还要去别的城市打工。

“你实话告诉我，你的伤还没好，对吧？”邹静森口吻严厉地问。

“……嗯，不过都不要紧的。”

“等你养好了再想打工的事情！”邹静森狠狠命令道。

电话里头，达布虽然被吼了，但一点儿生气的感觉也没有。

他从来都是那种没爹妈管教的孩子，他总跟别人说自己是天生天养的。

他之所以这么快就出院，是想着既然他的命是赵哥救回来的，不能就这么白白蹉跎光阴。他也觉得自己没什么事了，剩下的都是一些皮肉伤。

他的命真的不错，负二层的爆炸程度是最轻的，不仅如此，负二层其他受伤的同事或多或少都有烧伤，他倒好，除了有比较严重的压伤外，身体没有很明显的烧伤痕迹。

加上他年轻体质不错，骨头恢复能力也强，在医院养个两三周身上的伤口已经好得差不多了。

“姐姐，你是在担心我吗？”达布鼻子一酸，声音陡然变了调。

邹静森没听出来：“当然。”

“其实你不是赵哥的亲戚对吧？”达布犹豫了一会儿，决定还是把这件事说出来，“我自己打听回来的。”

邹静森愣了几秒，她其实也知道谎话不能说，但当时那样的情况，她是迫不得已。

“是的，对不起。”

“不不不！”达布把这件事说出来，不是要让邹静森感到愧疚的，他其实无比感激她当时这么做，如果不是她演那么一场戏……应该这么说，他当时如果只有自己一个人的话，他很有可能真的会慢慢走到窗台旁，直接往下面跳。

到时候，他不仅浪费了自己的生命，更浪费了赵哥的舍生取义。

“我认为姐姐做得很对！如果不是你劝我，我可能……”

真的吗？邹静森仔细回味着达布说的话，她平平凡凡地活到二十七岁，自以为自己没做过对社会有任何贡献的事情，被周北川从鬼门关拉回来后，她才糊里糊涂当了所谓的临终慰问师，经历了王二和唐河那个项目后，她并不认为自己做的就是对的。

起码，她因为王二的事情得罪了唐河，换来他更冰冷的对待。

她本来就没想过这辈子还能再见唐河，但也没想过要和他当关系这么尴尬的陌生人。

而这一次，经历过赵忠祥和达布这件事后，邹静森更体会到生命无常。

天灾人祸不断，谁也不知道意外和明天，哪一个会先来。

“姐姐，要不我就去云城找工作吧！”达布笑呵呵地说，“就这么说定了，如果我们哪天在街上碰见了，你不要不认得我啊……”

邹静森静静地听着，忽然眼角潮湿。

真好，她又做了一件有意义的事情，她为自己感到骄傲！

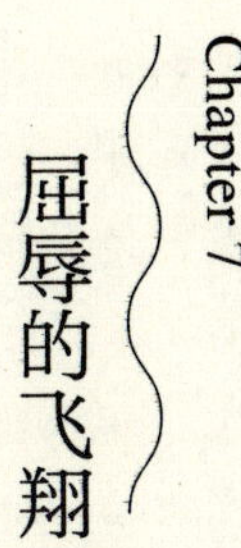

Chapter 7 屈辱的飞翔

唐河是深夜回到云城的。

这一次他们自发组织的义务医疗队取得不错的成绩，但唐河还是感觉挫败，因为邯城边区化工厂爆炸的事件，覆盖了他们这些日子以来所有的有用功。

媒体争先恐后关注的都是化工厂爆炸的事情，而不是他们在化工厂爆炸之前做的事情——为邯城当地的市民提供新药物，减少得癌症的机会。

唐河有时候也会怀疑这个社会是怎么了，就连医者做的事情有时候都像是在作秀一样。

很多时候，他根本不希望得到任何媒体的关注，他只是想尽力救治好每一个有需要的病人而已。

陈志涵看到唐河回来，第一时间让陈聪联系他晚上一起吃饭，唐河早就料到，在电话里推脱说自己很累，想休息两天再吃饭。

“那我和爸爸上你家给你做饭吃就好了！”陈聪十分想念唐河，她是不会放弃任何一个可以见到他的机会。

唐河明明记得自己是拒绝了，可中午还不到十二点钟，陈聪和陈志涵却依旧登门拜访了。

陈志涵就在医院附近的餐厅里打包了一些热菜，唐河其实刚睡下不久，他这人一刻也闲不得，虽然昨晚回来的，但回家以后也没怎么休息，一直埋在电脑前写这段时间的工作报告。

陈聪看到他憔悴的样子，心疼极了："唐河，你怎么瘦了这么多……"

陈志涵一双精明的眼也微微闪了一下："确实，你再休息一段时间，不用急着回来上班。"

"院长，不行……"

唐河不是在逞强，而是他前段时间还没回来的时候，接到一个病人的电话，说他的脑癌已经很严重，但因为很信任唐河，所以愿意等他回来再动手术。

但他又不想在自己家里和陈聪父女俩说那么多，只微微摇头摆手说："谢谢院长的关心，我过两天就回去上班。"

作为院长，陈志涵自然很喜欢这样时刻念着工作的员工，而且他现在简直把唐河当作自己的女婿，他劝了两句，看唐河依然坚持己见，便不多说了。

"好了好了，我们先坐下来吃饭吧。"

吃饭途中，几乎都是陈聪在问，唐河有板有眼地回答，陈志涵偶尔插两句嘴。吃完饭，陈志涵很识相地说有点事先走，让陈聪留下来陪着唐河。

门一关上，陈聪就迫不及待跑到唐河跟前，伸出手，看样子就是要紧紧地抱着他。

唐河身手敏捷地缩开了。

"唐河，我问你一件事。"陈聪早就习惯唐河的冷态度，她也不恼，毕竟她是唐河光明正大的女朋友，唯一一个女朋友。

“嗯？”

“那个叫邹静森的，是你的初恋？”

唐河一听邹静森的名字，忍不住皱了眉头。

他不知道陈聪是从哪里听来的消息，但他也无意隐瞒……毕竟，十年过去，一切已经时过境迁。

虽然，爆炸案发生的时候，他们俩的关系好像缓和了一点儿。

不过，那应该是错觉。

“是的，但我和她没有任何关系。”唐河静静地看着陈聪，想接着说“跟我和你的状态其实是一样的”。

陈聪也不知道信不信他的话，但她能从他口中听到这句话，还是觉得很开心的。

两天后，唐河说到做到，还没休息好就回医院上班。

看到他出现在脑外科，他的那些粉丝都开心得欢呼。

虽然唐河平时给人的感觉总是冷冷的，但是他一旦穿起白大褂，投入到工作状态中去，他给人的感觉又是专业的。

别人要是遇到不懂的地方，跑过去问他，他肯定知无不言言无不尽，不仅仅只是脑外科，凡是关于医学的，只要是他知道的，他都会解答，专业程度堪称云城第一人民医院之最。

看到他回来，同事们都很开心，也很关心他之前遇到的化工厂爆炸的事。

“唐医生，情况最险峻可怕的时候，你的脑海里浮现什么样的画面？”

是一个小护士提的问题，之前也有很多人提过各种各样的问题，他都没空去解答，反而听到这个问题的时候，他莫名感觉胸口一窒，愣了几秒。

当时……

情况最险峻可怕的时候，唐河眼前浮现的景象，竟然是邹静森。

他们好不容易走出那个化工厂，而他又要第二次进去的时候，邹静森看向他的一双眼。

其实他当时也不知道，自己到底还能不能活着出来。

他们俩，距离那么近，可是下一秒，也许就会天人相隔。

当时的画面，他竟然一直牢牢印在脑海里。

"唐医生？"小护士没料到唐河会一直失神，好奇地叫了他一声，他迅速反应过来。

"没，当时的情况都很严峻，我的头脑一片空白……只是想着一定要尽可能地把人救出来。"

就是这样而已。

唐河约了那个要动手术的病人见面，他的头发已经剃光，见到唐河时，灰败枯萎的一张脸明显绽放了一下笑容。

前一秒是冬天，下一秒又是春天。

唐河的内心也柔软了一下，他其实之前接触他也不多，他认真对待接手的每一个病人，认真处理每一台手术，自然赢得很好的口碑。

要动手术的人姓唐，刚好和唐河同姓，唐老伯拉着唐河聊家常，还让他放轻松，不要紧张。

旁边的小护士忍不住笑了："老伯，我们家唐医生医术高明，您不要那么紧张。"

"我才没有紧张咧。"唐老伯哈哈笑，"不就是要在我的头顶划几刀吗？我活了几十年，什么大场面没见过，怎么会怕动刀子？

还有，唐医生年轻有为，一定会让我这个老头活着走出手术室的。"

老爷子和其他很多病人一样选择相信唐河，可连唐河自己也没想到的是，手术竟然失败了。

唐河是最后一个走出手术室的，唐老伯的家属一起冲上来，唐河面无表情地看着他们，半晌说不上一个字。

唐老伯没有死，但手术出现了最坏的情况——脑瘫，唐老伯以后只能成植物人的状态活着。

“手术为什么会失败？”唐老伯的孙女红着眼质问唐河，“我爷爷本来说不开刀的，不开刀的话还能撑个一两年，是你跟我们说要开刀的。现在好了，他直接醒不过来了。”

唐河几乎没有做失败过手术，他以前很难理解别的大夫做失败手术后被病人家属指责和谩骂的心情是怎样的。

他现在倒是狠狠地体会到了。

确实是他建议唐老伯动开颅手术的，也是他说过成功的概率是百分之五十，但他也说了，他从未做失败过这样的手术。

唐老伯相信他了。可是，唐河辜负了这个老人……

从邯城回云城后，邹静森发现周北川对她的态度似乎好了许多。

例如回来第一天，周北川一身白衣特意站在花园门口迎接她。

看到她没有受伤，平安回到“世外桃源”，他嘴巴上虽然没说什么，但一切关心体现在行动上——他一个人做了二十一人分量的饭菜。

当然，仅此一次而已。

闫安安似乎也对邹静森有所改观，换成从前，她肯定让邹静森做这做那，但这次难得也没吩咐她做什么，只是让她多休息两天，等休息好再想工作的事情。

这段时间，邹静森也没接活，也没觉得无聊，她平心静气想了一下邯城发生过的事情，心里到底有一些后怕。

如果当时她不幸地困在化工厂里，是不是已经死掉了。

虽然这个假想……听着很无厘头，但她还是有点儿后怕。

这天下午，周北川喝着最爱的爱尔兰咖啡来找邹静森，他抬起眼皮看着她，把她看得心里直发毛。

“你干吗？”大概仗着自己经历过那样一场灾难，邹静森也不怕他了。

“哎你……”周北川故作高深地停顿了一下，“没听说唐河出事了？”

“什么？！”

一听见唐河的名字，邹静森忍不住惊呼了一声，周北川看她这个反应，挥挥手让她稍微镇定下来。

然后，他把唐河手术失败的事情添油加醋地说了一遍。

“最要紧的，是他的未来岳父，云城第一人民医院的院长大人，他很生气呢。”

邹静森在傍晚的时候离开“世外桃源”，直接坐上去市区的汽车。等她来到第一人民医院时已经是晚上，唐河下了班，一个人静静地来到住院部的天台上发呆。

邹静森买了两罐冰啤上来，其中一罐递给唐河。

“你怎么来了？”唐河看到邹静森，脸上划过几分不自然。他想，周北川这个大嘴巴……

“我看你肯定因为我听说的那件事意志消沉，为了答谢在邯城你帮过我的份儿上，我觉得我有必要过来开导你。”

“我什么时候帮过你？”他又恢复平日的冰冷嘴脸。

“一直护着我安全，不算帮忙吗？”

“也算吧。”

两个人安静了一会儿，随后邹静森重新开口：“唐河，我不知道你这些年到底经历过什么，我也没有恶意批评你，因为我没有资格……我只是想对你说，你对自己施加太多压力了，所以你才会一直活得这么不痛快。”

唐河抬起下巴，微微迷茫地看着她。

璀璨的夜空下，邹静森的侧脸洁白如玉。

“我不是心理辅导师，我只能给将死之人做慰问，所以你这个大活人，不要在这里伤春悲秋了！赶紧站起来，该干吗就干吗去！不能因为一次手术失误就被打败！”

说完，不等唐河说话，邹静森转身就走了。

邹静森……她好像变得不太一样。唐河心里默默说了一句。

邹静森虽然不知道唐河这几年的经历，但起码通过最近的接触，知道他不会那么容易被打败的。

就算再高明的医生，也总有马前失蹄的时候。

她想，等时间过去，唐河自然会好起来的。

一周以后，周北川在吃早饭时一直打量着邹静森。

邹静森最怕别人没事的时候看自己，但她也明显感觉到，周北川不是没事才看她的。

“待会儿吃完饭，邹静森和宝琳跟我出一趟任务。”

每次说到工作，周北川特别严肃认真，邹静森已经习惯了。但她没想过，她这次要和宝琳一起出任务。

怎么……难道这次的任务和以往的不一样吗？

吃过饭，周北川亲自开车，宝琳戴着巨大的耳麦听歌，邹静森尴尬地坐在车上，默默地看风景。

车子很快在一所高中门口停下。

周北川酷酷地停好车子，还没来得及布置任务，突然发现整个校园一片沸腾。

邹静森也不知道发生了什么事，怎么会这么吵闹？而且所有学生都跑出来了，他们不上课吗？

难不成学校白天还会发生什么灵异恐怖事件？

周北川领着她们俩跑到学校操场那边，隔着很远一段距离，周北川仰起头看了一眼，不由自主地叫了一声："我靠！"

虽然他这人平时没点儿正经，但不至于张嘴说脏话的。起码邹静森认识他这么久，还从没见过呢。

邹静森和宝琳一起抬头看，发现一个女孩站在教学楼楼顶上，一条腿跨出护栏，要自寻短见。

平时电视上才能看到的画面，今天在这个学校里看到了，所有学生和老师都没心思上课了，统统跑出来看热闹。

听说有人报了警，但警察还在来的路上。

"走！我们不要傻看着！"周北川火急火燎地说，"我们去天台看看！"

邹静森再回神，宝琳已经率先跟在周北川身后往教学楼的天台跑去，她咬咬牙，连忙跟上。

在警察还没来到之前，许多认识要跳楼的女生的师生都挤在天台附近，七嘴八舌说着一些从电视上学来的话，希望对方可以回头。

"陈嫒嫒！"周北川用尽力气叫了一声，叫陈嫒嫒的女生果然回头看向他。

刚刚还在说话的同学都纷纷合上嘴，也是奇怪，他们一帮人说了那么久，口水都浪费了，怎么这个男人一来到，陈嫒嫒就看过来了？

邹静森也没搞懂现在是什么状况，情况太紧急，周北川之前也没交代好事情是怎么样的。

周北川又开口了："陈同学，你之前不是联系过我吗？我现在过来了，你有什么话可以跟我们说，如果你愿意相信我们的话！"

邹静森听明白了，原来这个要跳楼的女生在之前就联系了周北川，想要做临终慰问。

周北川大概没想到会看到这种画面，在什么也没搞明白的情况况下，他不能眼睁睁地看着一个如花似玉的女孩去寻死。

说时迟那时快，宝琳冲到陈媛媛面前——距离她三米远。不等周北川吩咐，邹静森也一鼓作气跑了过去，紧紧跟在宝琳的身后。

这个叫陈媛媛的女孩，年轻，苍白，但看得出来，长得很漂亮。

天台上风声猎猎，她一头黑色瀑布的长发随风飘舞，有一种惊心动魄的美。

"妹妹，你冷静一点儿。"宝琳缓慢又有条理地说着，"不管发生什么事，你要相信的一点是，如果就这样跳下去了，一切都没有了。"

"我知道，所以我叫你们来，是来听我临终遗言的。"

我去。邹静森忍不住要爆粗口了，她看着年纪也就十六七岁，说什么临终遗言？

"傻瓜！"邹静森直接把宝琳推到一边，自顾自说，"我像你这个年纪的时候也想死，就是站在你这个位置上呢。"

周北川一听，完了。这家伙又不按常理出牌。

邹静森并不知道，她不是每一次出这种招式都能成功，陈媛媛听后，咧开嘴凄惨地笑了。

她本来还有一肚子遗言要说，被邹静森这么一刺激，她什么也没说，直接转过头，合上眼，往下跳去。

陈媛媛就这样跳下去了，大概整个过程只用了十几秒的时间。楼下传来很震撼的一声巨响，天台上的人都能听到底下的大片喧哗……

邹静森愣了几秒，然后爆发出一阵惊天动地的呼叫声。

她又一次直面一个陌生人的死亡，而且眼前死去的人，是这么年轻漂亮。

宝琳也受到很大的刺激，眼前一黑就晕了过去。

陈媛媛确实是死去了。

邹静森多希望这是一场噩梦，可不论她再怎么希望，一切都已成定局。

据说陈媛媛的死相极其残忍可怕，许多人看了都忍不住吐了出来。

是周北川把邹静森和宝琳送回的“世外桃源”，周北川平时一旦脱离工作，总会碎碎念个不停，这件事发生后，他难得也跟着沉默了好几天。

这几天，各种社会新闻已经被陈媛媛的跳楼自杀事件霸占，可邹静森也知道，再过几天这样的新闻很快被善忘的人类遗忘。

这样的新闻，其实屡见不鲜，只是那么凑巧，他们几个刚好是目击者而已。

也不知道怎么了，邹静森这几天总是做噩梦，梦里面都是陈媛媛那张漂亮但毫无血色的脸，还梦见她凄惨地笑了笑然后转过头义无反顾往下跳的画面……好几次她都被这样的噩梦吓醒，事情已经过去了，跟她也没有多大关系，但她总觉得心里不安，总觉得，这件事远远没有结束。

邹静森难得有一天休假，她也没打算休息，反而坐上开往市区的车子，直接去第一中学看看。

第一中学就是陈媛媛就读的高中，也是云城数一数二的重点高中。

这几天很多媒体记者都过来跟学校的老师、陈媛媛班上的同学还有各种领导做访问，第一中学倒是变成了一个闹哄哄的菜市场，什么人都能混进来。

邹静森也装作自己是记者，很容易就进了学校。

陈媛媛是第一中学毕业班的学生，近年来学生自杀寻短见的事情越来越多，加上她又是毕业班的，同学和老师猜测她这次自杀，很有可能是因为临近高考，心理压力太大才造成的。

邹静森来到陈媛媛就读的班级，和其他班级的气氛明显不一样，临近考试，高三整层楼都特别安静，大部分同学都埋头苦干。

邹静森在陈媛媛班级门口站了一会儿，发现可能是受陈媛媛的影响，整个班看上去死气沉沉的，看到门外站着陌生人，好些同学犹如惊弓之鸟，仓皇地看了一眼，又快速低下头去。

邹静森唏嘘不已，想来这些天他们被各种媒体和记者打扰得无心读书了。

这时，一个老师模样的中年妇女走到邹静森身后，问她是什么人，为什么站在班级门口。

“老师您好，请问陈媛媛是您的学生吗？”邹静森懒得绕圈子，直接开门见山地问。

这几天大概都是回答这类地问题，这位老师略显疲惫地点点头，“我是她的班主任。”

班主任似乎都准备好怎么回答邹静森的问题，但邹静森不是那些要采访的记者，不愿意问她案发那天的经过。

她问的都是陈媛媛在班上有什么朋友，和什么人来往，家里有哪些人。

班主任倒是惊讶：“媛媛她平时不怎么爱说话，家里就一个奶奶在照顾她，成绩也很普通。”

看邹静森没有别的问题，班主任松了一口气。

邹静森感觉线索断了，其实她也没抱多大希望可以问出点什么，毕竟她不是警察，也不是记者，不过是一个临终慰问师……而且陈媛媛找的临终慰问师是周北川。

邹静森准备要走的时候，班主任忽然追出来，她说在体育器材室的一个柜子里找到一些陈媛媛没拿走的东西，她本来要去陈媛媛的奶奶家把东西归还过去，但突然要去校长那边开会，实在走不开。

邹静森心想，这个老师也敢推卸责任，也不怕她是什么坏人，就这样把东西都交给她。

兴许，她也不想面对失去唯一孙女的老人吧，所以才让一个陌生人去代劳这件事。

邹静森还是答应了，问到陈媛媛家里的地址后，立刻拿着她的东西赶过去。

邹静森来到陈媛媛奶奶家时，看到老人搬一张小板凳坐在自家门口，烧一堆金银元宝，悲恸欲绝地哭着。

对一个老年人来说，最悲伤的莫过于白发人送黑发人。

别的老人都可以享受天伦之乐，和家人一起团聚，可这个世界还有一些人，他们要忍受唯一的亲人离开，再也不能和他们团聚的悲痛。

“奶奶，您好。”邹静森鼻子一酸，话也说不上来，怕多待会更伤感，她现在只想把陈媛媛遗留在学校里的东西放下就走。

然而等她把东西都拿出来时，一张数学竞赛的照片从里面掉了出来。

邹静森不过是好奇瞅了一眼，却莫名心想，陈媛媛留着这张照片，会不会有什么线索？

她自杀的原因，至今没人知道。虽然很多人都认定她只是临近考试心理压力太大，或者是得了抑郁症才选择自杀。

邹静森又赶忙翻了一下陈媛媛的其他物品，虽然她觉得这样做有点儿缺德，但她顾不了那么多，只想着能否从里面找出什么有用的信息。

然而除了那张照片，其他都是很平常的小物品。

邹静森问奶奶，她能不能借用这张照片几天，等她用完就还回来。

奶奶反应很大，哭得声音沙哑："我的孙女不会自杀的！一定是有人害她才会这样……"

"奶奶，那您知道她最近有什么烦恼事吗？"

"没有，我不知道。"老人心疼地摇摇头，"如果我知道，我一定不会让她出这种事。"

事不宜迟，邹静森拿着这张照片又回第一中学。

照片上的几个同学，她一个个找过去问，都是一些数学成绩特别好的同学，但邹静森明明记得，班主任说陈媛媛成绩一般，那她怎么可能会去参加数学竞赛呢。

最后，邹静森来到数学老师魏国栋面前。

数学老师魏国栋看着年纪不大，斯文儒雅，穿白色衬衣，鼻梁上挂一副金边眼镜，一双锐利的眼透过薄薄的镜片射出一道光，刺得邹静森差点儿睁不开眼。

"陈媛媛是我的学生，她曾经是我眼中的尖子生，也是我的数学课代表，不知道为什么这半年来成绩下滑得厉害。我之所以带她去参加奥数比赛，也是希望她可以重拾当年对数学那份热情。"

"她有参加比赛吗？"邹静森问。

“没有，但那两天也陪着要参赛的同学一起上课和复习。”邹静森一听，总感觉哪里怪怪的，陈媛媛不用参加比赛，为什么还要跟他们一起去？

“她那两天有什么异常吗？”

“没有。”这时，魏国栋才开始好奇邹静森的身份，“你不是记者？请问你是媛媛的什么人？”

“哦，我是她的邻居，我们家和她奶奶很熟的。我也是刚从外地回来，听到这个消息……有点儿受不了。”

邹静森为了了解真相，又一次睁着眼说瞎话。

万幸，她已经不是第一次这么做，所以魏国栋很容易就被她骗过去了。

“魏老师，我可以留一下你的号码吗？”

邹静森好像看到魏国栋的肩膀抖了一下，他虽然感到意外，但还是很有风度地把号码给了邹静森。

当晚，邹静森回到世外桃源，添加魏国栋为微信好友，他几乎是秒回的，通过她的验证。她仔细翻了翻这个数学老师的朋友圈，他发的东西不多，几乎都是关于学习和数学的，连半张照片也没有。

可越是这样，越让人觉得奇怪。

女人的第六感一向很准，她竟然觉得这个数学老师有点儿可疑。

但愿她是想多了。

之后，邹静森偶尔找魏国栋聊天，仅仅在微信聊，偶尔问他一些关于陈媛媛生前的事情。

聊天次数多了，邹静森试着约魏国栋出来见面。最开始，魏国栋会找理由拒绝。邹静森不肯放弃，加上她的意思很明显，让魏国栋这样一个单身男老师也难以拒绝。

邹静森只约他到人多的餐厅或者咖啡厅吃东西，吃完了就会各自回家，不会再有更多纠缠。

邹静森平时要是忙完，也会去看看陈媛媛的奶奶。

老人的心情慢慢平复了一些，但情绪还是十分低落，作为一个临终慰问师，她也有必要安抚好奶奶的情绪。

偶尔，宝琳也会陪她一起去看陈媛媛的奶奶。

宝琳主动跟邹静森一起去，还是让她觉得意外的。她之前和宝琳不是很熟，宝琳除了和周北川说话，就只和陈朝阳待在一块儿。

邹静森感觉她像是一个谜，既远又近，很难接触。

宝琳大概也觉得那次陈媛媛跳下去，也有一部分她自己的责任。她既然精通心理，人都到现场了，却没帮上任何忙。所以她愿意和邹静森一起去看望陈媛媛的奶奶。

说回邹静森和魏国栋每次见面吃饭的过程，她和他的话题仍然是围绕着陈媛媛。

魏国栋倒是积极回答关于陈媛媛的问题，看着很像正经人。

邹静森没办法解释自己为什么会对他产生怀疑，他也不像是会和陈媛媛产生感情纠葛的人。

莫不成是陈媛媛暗恋他？后来一时想不开就跳楼自杀了？

她仍然不敢确定，可还是会主动联系魏国栋，直到有一天，魏国栋约她去看午夜场电影。

她看着这条微信，莫名觉得心慌。这个数学老师，到底在想什么呢。

邹静森并没有太多时间思考，因为魏国栋的这个邀约看着很正常。她要是不去，倒显得自己小人之心了。后来，她大胆赴约，幸运的是魏国栋并没有做什么，但显然以为邹静森对自己是有好感的，刚分别就发来一句下次再见面的话。

看完电影，邹静森回到“世外桃源”已经是半夜，没想到周北川竟然没睡，大仙一样站在门口，等着她。

“邹静森，你知不知道自己最近在做什么？”

周北川看着像什么事情也不管，但其实默默地把所有人做的所有事情都看在眼里。

“我知道啊，我最近都是去陈媛媛家看她奶奶。”

“还有呢？”周北川眼眸一敛，又问。

这一下，她答不上来。

周北川微微叹了叹气，实在不知道怎么说她才好：“你最近是不是和第一中学的一个数学老师走得很近？”说了一句，他再次开口道，“是宝琳和我说的，但她感觉你和这个人走得近，是有目的的。”

“哦，宝琳这么厉害？”邹静森不好意思地笑了一下。

“你到底在做什么？我是你的老板，难道你不能告诉我吗？”

“我就是觉得这个数学老师有点儿奇怪……”

“然后呢？你干吗要牺牲自己去接近一个有可能是害死陈媛媛的男人？如果你到时候出什么意外，我……”周北川莫名生气，他不该管下属的私事，可这个人是邹静森，他只要一想到邹静森有可能发生不好的事情，他一定会懊悔和内疚。

毕竟，她的命是他亲手捞上来的。

“邹静森，我警告你……”他话还没说完，邹静森不容反驳地说了一句：“老板，你不要担心我了，我知道自己在做什么，我不是警察，也不是记者，但我就是想弄明白这件事的真相。一个年轻又美好的生命，我眼睁睁看着她陨落，自己却什么也做不成，我觉得很愧疚。”

“但你也……”

"如果我真的遇到什么事，我答应你，我会随机应变的，我不会让自己轻易发生任何意外。因为，我的命是你救上来的！"

周北川知道，邹静森这人是劝不来的。邹静森大概也觉得累了，挥挥手和他说了一声再见，就先回房间去了。

周北川看着她的背影慢慢消失，一脸沉重地回自己的房间，可回到房间后，他并没有立刻睡觉，而是发了一个微信给唐河。

他写道："邹静森最近和一个数学老师走得很近，请问你有什么感想？"

唐河已经从手术失败这件事的阴影中走了出来。

他照旧忙碌，每天两三台手术，最早一个来，最晚一个走，偶尔，也会偷偷去看一看还住在医院里的唐老伯。

唐河见过许多植物人，后来院长也不说他了，事情也随着时间的流逝而渐渐淡去，可他仍然对唐老伯感到内疚。

他这段时间也很少和周北川联系，前不久他也是从电视新闻里看到第一中学发生花季少女跳楼自杀的案件。

然而，每天的社会新闻层出不穷，他没办法事事关注到，却也没想过，邹静森会和这个新闻扯上关系。

"你什么意思？"

唐河看到周北川发来的微信，是第二天一早，他迅速回了一句，周北川不可能秒回，这个点正常人都还在睡觉。

几小时以后，唐河忙完第一台手术，才看到周北川懒洋洋回他早上发过去的微信："你自己问邹静森啊。"

真是气死人的口吻。

他也没想到，两天后，会和陈聪出去吃饭时碰到邹静森。

作为陈聪的正牌男朋友，唐河再忙还是会抽空陪她吃一顿饭，或者看一场演奏会，仅此而已，不会有更进一步的发展。

陈聪一边在他耳边絮叨“我们俩已经快一个月没出去吃饭”，一边拉着他来到这家新开的西班牙风格主题餐厅，其实唐河对吃的没多大研究，山珍海味到他嘴里都没多大差别，所以他不是很明白有些人为什么一定要吃那么好、那么昂贵的食物。

就在这时，唐河注意到邹静森和一个戴着眼镜、看上去很斯文的男人坐在不远处的一张桌子上。

那个男人倒是体贴，把服务员递来的餐牌推给邹静森，询问她的口味，然后又问她餐厅的空调合不合适，要不要让服务员帮忙调高一些。

唐河的眼睛微妙地闪了几下。

他这一顿饭吃得并不愉快，吃饭过程中，还多次看到邹静森冲那个男人暧昧温柔地笑。

他本来也不相信她和这个男人会有什么，这下可好，他也觉得这两个人有什么关系。

陈聪自然也吃得不愉快，自己的男朋友在吃饭过程中不搭理自己也就算了，还总是看着隔壁桌的女人。

邹静森是差不多吃完饭才发现唐河和陈聪也在这里，看到唐河那张冰山脸时，她一脸惊愕。

唐河优雅地挥手叫来服务员买单，付完饭钱，他慢悠悠地站起来，和陈聪经过邹静森身边时，脚步硬是停了一下。

“邹静森，你原来喜欢这样的口味？”

邹静森不知道这家伙的口吻怎么会这么恶劣，也不知道他是不是吃错药，她只是好奇，她和魏国栋出来吃个饭也能碰上他呢。

这不是存心让人添堵吗？！

魏国栋倒是明理通透的人，一看到唐河走来，就知道这人和邹静森的关系不简单，但他没说什么，因为这样的场合下碰到，肯定不是故意的。

魏国栋找邹静森的次数愈发频繁，邹静森才会提出出来吃饭的想法，他也是一口答应的。

这一顿饭也吃得不错，是邹静森在这顿饭的过程中又套到一些话，魏国栋无意说出口的，邹静森感觉到，他似乎和陈媛媛的关系不错，就是不止是同学和老师那么简单。

“媛媛下课的时候会去办公室找我问数学问题，我看得出来，她很想学好数学。”魏国栋自然而然地说出来。

“那她的成绩为什么会下降得这么厉害？你知道吗？”邹静森若无其事地问。

“可能……压力太大吧。要学好数学，不仅要求学生刻苦，最重要的是讲求方法。”说完这句，魏国栋很巧妙地转移话题了。

邹静森心不在焉地听着。她还需要一点儿时间去深挖这层关系，她不能前功尽弃。

她感觉到魏国栋好奇探过来的目光，悠悠说道：“是啊，我现在喜欢这样的，你还有意见啦？”

唐河哪里想过邹静森会这样回答，心里一下子凉了。

虽然，他也知道自己的口吻不太好。

“很好。”唐河忍耐着说了一句，“我只是作为一个高中同学提醒你一下而已。”

“嗯，劳烦你费心了。”邹静森若无其事地看向他身后一脸冷冰的陈聪，“你还是多关心一下你的女朋友好了。”

唐河当着邹静森的面拉上陈聪的手，走出餐厅。

邹静森看着他们离去的方向，有点儿怅然若失。

她却不知道，魏国栋把一切都看在眼里。

把陈聪送回家以后，唐河也开车回到自己的住处。

洗完澡后，唐河冷静地想了一下今晚在餐厅碰见邹静森的事情。

他一开始以为邹静森不会喜欢别人，虽然他也不知道自己为什么要在意这件事，可看到她真的和其他男人姿态亲密地吃饭后，他又恍惚觉得，邹静森有新生活也是一件最正常不过的事情。

他在愤恨什么？

他自己不也是陈聪的男朋友吗？虽然他名义上是和陈聪在一起，是男女朋友的关系，但他们俩没有一丝一毫实质性的发展。

他一直等着陈聪状态好一些，向她提出分手。

他感觉自己已经没有任何要谈恋爱的能力，有些人，这辈子爱过一个人，已经是很难得的事情，从此往后，再也遇不到可以再次心动的人。

他不知道自己是不是这样的人。

邹静森没有想过会碰巧撞见唐河，虽然他们俩的关系很冷淡，但毕竟，曾经也是交往过的。

邹静森想，她和别的男人在吃饭的地方遇到前男友和前男友的现女友，怎么说也觉得气氛奇妙。

那一晚后，魏国栋开始对邹静森展开强势进攻。

这几年，邹静森不是没有被不错的年轻男士追求过，但不知道怎么了，她就是没有办法重新谈恋爱，觉得谈恋爱浪费时间，还不如多赚点钱，把钱包撑满，才有足够的安全感。

如果真要细想，她的大学学弟杨永正应该是对她最长情的一个追求者吧。

她的脑海里刚冒出这个人，杨永正就打电话过来。

“喂。”邹静森接了电话。

“学姐，你最近怎么样？”杨永正的声音充满蛊惑人心的魅力。

邹静森最近忙着和魏国栋打好关系，浑然不觉自己被这些事情弄得身心疲惫，这时听到有人这么温柔地问自己，心里滑过一丝暖流。

“我还好，就是最近有点儿忙。”

“我可以约你出来吃饭吗？”杨永正问。邹静森其实不想答应，但又想到她刚来“世外桃源”的时候找过他帮忙，于是点点头：“好的。”

吃饭的地方是杨永正安排的，邹静森只负责按时过去吃，哪想到，她刚进去餐厅就感觉不对劲。

一记冷冷的眼刀莫名射了过来。

等邹静森看到唐河这家伙竟然也在的时候，她想逃跑也没机会了。

杨永正亲自走到门口接她进去，然后把她领到唐河也坐着的餐桌旁。

这又是什么意思？唐河和杨永正是认识的？

邹静森一头雾水地看着这两个男人，发现唐河的表情扭曲得可以，算得上特别难看。

三人当中，只有杨永正在笑着。

“学姐，这位是我的哥哥，他叫唐河……”

“你不用介绍，我认识他。”

“哦？”杨永正露出好奇宝宝的一张脸，然而那张单纯帅气的面孔上，一双漆黑的眸子不动声色划过一丝狠毒，“原来你们俩认识啊，我怎么一直不知道呢。”

邹静森心里嘀咕，小子，你不知道的事情多了去了。

唐河似乎事先不知道邹静森会来，他突然接到杨永正说一起吃饭的电话也觉得很莫名其妙，可他以为是爸妈吩咐的，硬着头皮来了，没想到来的人却是邹静森。

唐河抬起头紧紧地盯着杨永正那张单纯无害的脸，没想明白这小子心里在打着什么算盘。

见人都到齐了，杨永正叫服务员上菜。

杨永正的本意是，想让学姐也认识他的好哥哥，在杨永正的嘴巴里，唐河是只应天上有的中国好哥哥，邹静森听他夸唐河，没觉得唐河会喜欢，果然，她看到这家伙的脸冰冷可怕。

“你们俩只是学弟和学姐的关系？”忽然，唐河冷冰冰撂下一句问话。

杨永正没有说话，可脸上闪过一瞬即逝的害羞和不好意思，让唐河看到莫名觉得窝火。

邹静森在搞什么？她昨晚才和一个没见过的男人一起吃饭，今天又来和杨永正吃饭？

他虽然和杨永正不熟，但不会看不明白这家伙脸上的羞涩。

是看到自己心爱的女生时才会露出的羞涩。

邹静森感觉，她这两天连续见到唐河，果然没什么好事。

唐河肯定以为她变成了水性杨花的女人，她又不能当着别人的面跟他解释，她其实一直没有改变过……

不对，她干吗还要在意他什么看法呢。

饭后，唐河迫不及待要走了，他虽说是医院的事情还没忙完，但邹静森还是可以从这句话中听出他不想多待的意思。

杨永正送邹静森离开。

“学姐，不知道你还记得吗，读书的时候我也经常送你，有时候你在图书馆看书看到很晚，我就等在门口，装作和你偶遇的样子，然后借机送你回去寝室……”

邹静森没有说什么，其实这些事情过去很久，她记不起来很正常。更何况，她一向对杨永正没有任何好感。

一直以来都把他当学弟对待而已。

她以为他早就不喜欢自己了，哪想到，他会突然旧事重提。

晚上，魏国栋不停发来许多信息给邹静森，她有一句没一句地回复着，本来想着多吊他一阵子的胃口，却没想过，他似乎有点儿等不及。

“静静，我今晚喝了很多酒，”邹静森看到这个男人这么称呼自己，只觉得头皮发麻，心里划过恶心的异样，“我发现我是真的喜欢你了，你现在能来陪陪我吗？”

邹静森抬头看了一眼时间，现在这么晚了，她赶过去合适吗？

如果这个男人要做什么事情，她到时候该如何脱身？

但正是因为魏国栋说自己喝了酒，不是有句话叫“酒后吐真言”吗？邹静森在找他之前先打开手机录音，然后套他的话，说不准真套到什么有用的信息来！

不管了，不要想那么多，魏国栋也许不会做什么，是她自己想多了。

她在跟魏国栋接触的这段时间，其实觉得他为人似乎不错，风度翩翩，又有礼貌，儒雅得像语文老师，但不知道从什么时候开始，一个略显大胆又惊悚的想法在她心中形成，盘旋不退。

她为自己冒出这样的想法感到毛骨悚然。

她没有任何证据，也不敢跟其他人说。所以今晚，她一定要想办法验证自己心中所想的到底是不是真的，不然她会一直坐立难安。

邹静森果然赶去魏国栋喝酒的地方找他。

魏国栋的脸庞被酒精熏得通红，邹静森把他扶着走出酒吧，夜风一吹，两个人都不禁缩了缩脖子。然后她问魏国栋：“我怎么送你回家？”

“我就住在附近，你不如打车先走，不用管我。”

“你醉成这样，我怎么能不管你？”

……

魏国栋不再拒绝，邹静森扶着他打了一辆车，他给司机报了一个地名，邹静森陪着他到他家去。

魏国栋的家里布置得很文艺，邹静森把他扶到客厅的沙发上，他长得人高马大的，这一路走来还是累得不行。

邹静森到处找一次性杯子，想给他倒一杯水喝。

没想到这家伙突然从后面把手缠上来，他的手很烫，让多年来不近男色的邹静森莫名被什么东西电到一样。

“你今晚跟我回家，是不是说明你很喜欢我？”魏国栋略带暧昧的声音从她的耳旁悠悠划过，她的耳朵很快就红了起来。

“我是看你醉了……”

“呵呵。”

“魏国栋，”邹静森懒得和他绕圈子，她的一只手插进口袋，低头抬头的瞬间，她已经打开录音功能，开始录音，“既然现在在你家里，我得问问你，你到底对媛媛做了什么？”

身后的男人突然一动不动，仿佛僵硬一般。

邹静森没想到他会给出这样的反应，一阵强烈的不安涌上心头。

下一秒，魏国栋把邹静森按在洗手台上，他俯下身体居高临下地盯着她，一只手紧紧地掐着她的下巴，问：“你到底是谁？你是警察还是记者？”

突然，她感觉自己遇到了变态杀人犯。

“你……”邹静森其实一点儿证据都没有，但她还是努力往最坏的方面说，“你是不是强暴了陈媛媛？”

“哈哈！”魏国栋完全变成另外一个人，他确实喝了酒，邹静森想，不然这家伙平日这么谨慎细致，不可能轻易被她激怒，然后成功套出话来，“原来你也知道我强暴了她？”

邹静森心想，这人果然是禽兽！

“她明明答应我不会到处说的，她怎么会告诉你？你到底是什么人？！”魏国栋的眼睛红得骇人，像一只暴躁的野兽，“啊！你已经知道了，那我更不能留你了！”

因为，她活着离开这里的话，魏国栋所有的罪行都会被揭发！

“如果你不知道就好了，我还可以和你玩玩……现在，就让我把你弄死，再好好品尝一下你的美好吧！”

邹静森吓得眼瞳骤缩，窒息一般的痛苦。

他似乎不是第一次干这种事情，他看起来无比熟练的样子。

邹静森心想，原来是这样，果然是这样！

她其实不知道从什么时候开始，就怀疑陈媛媛和这个老师有见不得光的关系，但她又觉得，陈媛媛不像是会爱上老师的那类学生。

别问她为什么会知道，她就是有这样的第六感。女人的第六感，准起来的时候还真的很可怕。

魏国栋趴在邹静森的身上，不论她怎么反抗，他的力气大得惊人，轻而易举就能把她死死地压在身下。

“你今晚是逃不掉的！”魏国栋哈哈大笑，笑容狷狂可怕。

原来这个世界上，是真的有恶魔存在的。

邹静森无法想象，陈媛媛在面对这个可怕的魔鬼时该怎么逃脱，她才只有十六七岁，长得瘦弱单薄，怎么可能是这个恶魔的对手！

她想起陈媛媛，就忍不住悲伤。

现在这个社会上，关于性侵的案件数不胜数，往往都是熟人作案，可受害者一般都软弱胆小，被侵犯了也不知道该怎么保护自己！甚至很多人都是披着道貌岸然的外表做坏事。

例如像魏国栋这样的衣冠禽兽。

“陈媛媛还那么小，她还未成年！你这个禽兽，你怎么下的去手？！”邹静森不管不顾地咆哮道。

“你管我？！”魏国栋已经开始撕扯邹静森的衣服。

对一个禽兽来说，什么女生到了他手里，不过是一个个猎物而已，她们在他心中，连人也算不上。

邹静森心想，她守身如玉这么多年，竟然要被这个禽兽给毁了……

她现在心里只有一个念头，她的手机还在录音，她要把这个禽兽说过的话，对她做过的罪行给录下来。

外面的门就在这个时候被人狠狠撞开。

眼前的世界仿佛一下子变了样。

邹静森几乎听不见任何声音，只看到唐河和周北川像两个骑士一样闯了进来，一把就把魏国栋拎起来，然后狠狠打倒在地。

周北川负责把魏国栋狠狠暴打，唐河目光悠悠地看着邹静森，那眼神，带着一股说不清道不明的情感。

然而，只是一瞬间而已，邹静森明显感觉他怒气冲冲地走到她面前，直接把她扛起来。

“你到底还要做多少让人不省心的事情？！”唐河也不客气，直接就冲她吼，这下可好，把邹静森刚刚憋着不敢掉的眼泪，都给逼了出来。

邹静森很少在人前哭。

她从小到大都是一个很刚强的女生，工作以后更是如此，习惯当一个女强人，当久了，慢慢地忘记自己也是水做的女人。

原来，在邹静森打算赴约的时候，她打电话给周北川，并且分享了魏国栋喝酒的酒吧位置，还有魏国栋的家庭住址。他家里的住址，是邹静森在学校走访调查时，在教师办公室看到并且偷偷拍下来的。

她让周北川赶去酒吧，如果酒吧找不到她，就直接去第二个住址找她。

当时周北川看到她发来的信息时，心脏都要吓得停住了，他不敢想象，如果晚来一步，会发生什么样的后果。

周北川报了警，警察很快上门，然后把魏国栋抓走。魏国栋不知道自己刚刚说的话都被录音了，还笑嘻嘻的。

直到看到邹静森倔着一张脸冲他扬了扬手上的手机。

“魏国栋，你这个禽兽！你这辈子要完了！”

其实他们在场的几个人都知道，魏国栋被揭发了又怎么样，社会上还有许许多多魏国栋这样的衣冠禽兽。

更何况，他最多也只是被判刑而已，因为陈媛媛是当着所有人的面，自己往下跳的。

没有任何人逼她做出这个抉择。

陈媛媛，如果你在天上看到这一幕，会后悔就这么不管不顾地跳下去吗？但你还是会有点儿欣慰吧，毕竟，邹静森努力做好你这一单临终慰问了。

在警察局录完口供后，邹静森、唐河和周北川一起从警察局走出来。

三个人都很沉默，为了不被骂，邹静森想要拉着周北川回去“世外桃源”，可唐河却主动开了口：“我们找一家咖啡馆坐一下，聊一会儿再散。”

气场最冷的人都这么说了，另外两个人还有什么话。

到了咖啡馆，邹静森乖乖地把最近做的事情原原本本都说了出来。

坐在她对面的两个男人一脸无语地瞪着她。

“你有没有想过自己的安全？如果我们赶不来呢？”这句话，是周北川问的。

“我没想过，我只是想帮陈媛媛拿回公道。”

“你真的疯了……”

气氛一阵尴尬，唐河忽然慢悠悠地站起来，冷冷撂下一句话：“周北川，走吧，下次不要再多管闲事了。”

邹静森也忍不住了，拍桌而起，据理力争地说：“如果我最后被那个禽兽……我也认命了！你们不理解我，我是可以体谅的，但你们凭什么说我做错了？

“如果要我牺牲，可以把坏人抓进监狱里，我觉得没有做错。”

邹静森这次私自行动，差点儿酿成大祸，让周北川无比懊恼和惊讶。

她做的“好事”也很快传遍整个“世外桃源”。闫安安代表其他同事来到周北川面前，第一次替邹静森说话。

“老板，你不要再生气了，邹静森下次肯定不敢再犯这样的错。”

很多临终慰问师都是女性，她们大概可以理解这种不怕危险也要把真相给查出来的态度。

周北川在淡定地喝着爱尔兰咖啡，神情悠闲，他让邹静森面壁思过。所谓的“面壁思过”，就是把她关到一个小房间里，里面啥也没有。

大概其他人也不能理解，周北川这次为什么这么生气，为什么惩罚得这么严重呢。

连闫安安最早来到世外桃源，也没见过周北川罚谁去面壁思过。

被罚的时间是整整一周。

邹静森那几天确实过得生不如死，最重要的是手机被没收，她只能每天在那个啥也没有的小房间里静坐和思考。

比较幸运的是，周北川不算太绝情，找人把一日三餐定时送到小房间里。

最开始的两天，邹静森觉得自己并没有做错什么，更不该被罚，她确实想不明白，所以一直生着闷气；又过了两天，她整个人渐渐平和了下来，她思来想去好久，感觉周北川似乎是要通过这样的方式让她想东西更长远，但他到底让她想什么呢，她暂时还理不出具体的思路来；最后三天，她知道自己快要出去了，反而开始感到难过，因为她从小到大也没试过七天的时间不能见到任何人，不能跟别人说话，但有一个好处便是，她可以静静地思考很多东西，这是她最意想不到的一点。

她在最后一天好像想明白了，其实周北川也不是真心要惩罚她，他只是不想看到她因为任何项目而把自己的生命安全搭进去。

最后一天，周北川来到小房间看邹静森，七天不见，她看上去瘦了一圈，又因为无法出去运动，没有晒到阳光，她的脸色差得离谱。

周北川亲自开门把她放出来。

“周北川，你知不知道你这个行为算是非法拘禁啊？！”邹静森凶巴巴地冲他吼。

“我知道，你尽管去警察局告我。”周北川欠揍地回了一句。

“你……”

“你想明白了没？”周北川紧紧地看着她，眼角滑过一丝心疼和无奈，“我知道你的出发点是好的，也知道你想为陈嫒嫒做点儿什么，可你不应该一个人私下行动，万一你真的出什么事了……”周北川的声音也低了几分，“我感觉我这辈子都会过得不安。”

邹静森身体一震，她无比诧异地看着他，感觉这句话不像是他说出口的。

“你不要把自己当作是个体那么简单，在这里的所有人，他们都是你的同事、你的朋友，当然……我虽然是你的老板，每个月给你发工资，你如果觉得可以，我也愿意当你的朋友。”

认识这么长时间，这大概是邹静森和周北川最正常又走心的一次对话。

邹静森莫名觉得鼻子很酸，真奇怪，她怎么有点儿想哭的感觉?

最后，千言万语，只是化成一句话：“老板，谢谢你，我知错了。”

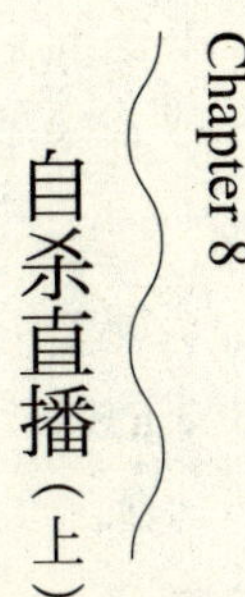

Chapter 8 自杀直播（上）

魏国栋的事情告一段落，邹静森特意去看陈媛媛的奶奶，被数学老师害死的少女不能复生，她本来不敢告诉老人家这个真相，可是奶奶从街坊邻里的口中知道了。

她哭得很惨。

魏国栋不承认还性侵过其他女学生，邹静森他们猜，肯定是律师教他这么说的，他只承认对陈媛媛做过这样的行为。

剩下的事情，也不是邹静森他们可以管得了的。

这个项目以后，邹静森觉得世界太不公平了，本来应该是人人平等的世界，可不知怎的，慢慢出现了越来越多的罪恶，甚至很多罪恶在暗中悄悄滋生，让人防不胜防。

媛媛，对不起，我只能做到这里了。

邹静森对着天空的某个方向，神情悲伤地默念道。

接下来的两个月，“世外桃源”一片风平浪静。

大概临终慰问这样的生意也有淡旺季之分，其实对邹静森他们来说，生意不好，有时候也是一件不错的事情。

毕竟，如果生意太好的话，就证明将死的人很多。

周北川看生意冷清，特意放自己几天假，去了一趟日本北海道，他一个人去玩，倒是有无数美少女主动帮他拍照，他也不害臊，把照片统统放到网上，羡慕死其他人。

周北川刚下飞机的那天，他人还没回到“世外桃源”，一个弹出来的视频闯入他的视线。

视频里，是五个长得还算嫩的少年，视频的名字竟然叫“自杀直播”。

他拿着手机的手抖了抖，差点儿就要摔手机了。

现在的小孩子，到底都在想什么啊？！周北川骂骂咧咧地说。

他也是好奇才点开这个视频看的，哪想到视频里的其中一个小孩，是他认识的。

视频里的内容也很简单，就说他们几个相约一起自杀，现在不是很流行手机直播吗？他们合计着弄出这么一个“自杀直播”，吸引别人的注意。

视频只有短短几分钟，视频的最后还有一组字幕，上面写着“敬请期待”几个字。

也算是一个小小的预告吧，他们准备去距离云城不远的一个海岛，并且会在那座海岛上结束自己年轻的生命。

果然，周北川一看完视频，其中一个少年的妈妈打电话给周北川，哭哑着声音问他看视频没有，还问他怎么办才好。

“阿姨，我找人去那个海边看看吧……小孩子年纪小，也许是贪玩呢。”

“你亲自去不行吗？”

“啊，阿姨，我在日本呢，听不见，先这样了，拜拜。”

挂掉电话后，周北川真佩服自己，他都能接电话了，怎么可能还在日本。

他迅速回到“世外桃源”，把所有没有去医院做临终慰问的同事聚在一起开会。

“这五个少年的项目，谁去跟？”周北川当众把在网络上传遍的视频又播了一遍。底下的人都看得很认真。

“这是小孩子玩玩而已吧！”闫安安这么说，“我总觉得他们是要吸引大人的注意力而已。”

“我也觉得是这样。”人群中另外的同事附和了一句。

“这几个小孩里面，有一个是我认识的阿姨的儿子……”周北川皱着眉不满地嘟囔了一句，“我刚从日本回来，累得要死，你们总要有个人代替我去看看到底怎么回事。”

这次，没有人吭声。

不是他们见死不救，而是他们都认为，这几个小孩是在搞恶作剧，不值得浪费力气去跟这个项目。

“我们报警就可以了吧？”

“他们能把视频拍下来发到网上，早就不怕警察了。”

“那和我们也没多大关系啊……”

很多人跟着点头，确实是这样，如果不是因为周北川认识其中一个小孩，这个视频，和临终慰问根本扯不上一点儿关系。

十五分钟后……

“好了好了，你们都不用去了。”周北川盯着手机看了一会儿，不知道看到什么，忽然大叫了一声。

“云城第一人民医院刚好组织一些医生去那个海岛做活动，我让唐河去就行了。”

唐河？

又会这么巧！

邹静森想了一分钟，莫名喊了一声：“我去！”喊完以后，她就后悔了。

周北川仿佛是在等她这句话，冲她赞扬地点点头："好，你去！"

从云城出发去那座海岛，要从码头坐船过去，大概要两个小时的样子。

周北川对邹静森很放心，真的只派她一个人过去。他大概觉得，多派人手过去只是添乱，本来就是小孩子为了吸引大人的注意才弄出来的恶作剧，看一下就算了。

视频里的五个人笑得纯粹又天真，怎么可能会寻死？

更何况，他们互相看着彼此，就算有这么一个想法，到最后也不太可能会一起寻死。

邹静森也不知道自己为什么要说"我去"，直到轮渡快要抵达海岛的码头，也没想明白这件事。

终于上了岸，邹静森反反复复又把视频看了几遍，她坐上三轮车去人比较多的海边，先找到住的地方再说。

她在一家客栈刚放下行李，就又接到周北川的电话。

"邹静森，赶紧看视频……他们几个又发了新的视频！"

周北川的口吻很严肃也很急，看来这次的内容一定很劲爆。

邹静森拿起手机，很快找到五个少年最新发布的一个视频片段。

视频上，背景一片黑漆漆的，光从视频的画面来看，完全看不明白他们几个人到底在哪里。

紧接着，手机的镜头一阵摇晃，然后邹静森听到他们几个争执的声音，为了谁拿手机拍会比较帅一点儿这样幼稚的问题而争执。

确实看到这里，还不太感觉他们像是会自杀的。

等到终于有人把手机拿好，他们几个人突然变得安静下来，不再嬉皮笑脸的。

其中一个头发染成红色的男生对着镜头说道："好的，各位久等了，我们五个刚刚下船，来到这么一个风景优美的海岛……我们将要踏上自杀死亡之旅了。”

背景是黑色的，加上说话的人口吻严肃又阴森，邹静森大白天的也被吓出一身冷汗。

另外一个男生不知道从哪里变出一只打火机，不停掀盖，关盖，“啪嗒”“啪嗒”的声音让人感觉毛骨悚然。

意想不到的一幕出现了：镜头中出现一把泛着冷光的小刀。

第三个男生把小刀拿起来，他伸出白白细细的胳膊，另外一只手拿着小刀，在自己胳膊上慢悠悠地比画着。

手机直播的各种弹幕已经把整个画面给霸屏了。

就在这么紧要的关头，画面突然黑掉，仿佛快要演到高潮的戏，被人按下一个键，一切画面戛然而止。

手机再一次恢复安静，显得突兀的诡异。

邹静森心跳得飞快，她感觉越来越不对劲儿，这些小孩好像在闹着玩儿，也不是单纯为了吸引大人的注意力这么简单。

他们是真的要直播自杀！！

现在不是旅游旺季，来海岛旅游的人也不算多，但要一下子找到这五个“主角”，也不是一件容易的事情。

海边林立各种各样的客栈，邹静森一边拿着手机一边飞奔出去，海岛上的警察也被这个视频惊动，纷纷出来找人。

整座海岛被这几个少年弄得乌烟瘴气！

警察也出动的话，不用多久就能找到人，但主要问题是，他们几个很有可能在这段时间里做出无法挽回的行为……

但邹静森只有自己一个人，该上哪里找去。

她只好傻傻地跟在这些警察身后，随着他们一家一家客栈找。有警察眼尖地发现她，问她是什么人，她只好故技重施：“我，我是其中一个孩子的熟人！”

警察还以为她是什么厉害的人，他们平时最怕的就是做事时一些没带脑子出门的亲戚找过来，不仅帮不上任何忙，还会妨碍他们做事。

“我保证，我默默地跟着你们就好！我一定不会添乱！”邹静森拍着胸脯保证。

她这句话只遭来无数个白眼球。

但只要能跟在警察屁股后面，事情不会到最坏的地步。

找到第十家客栈的时候，带头走在前面的警察忽然大呼了一声。

“找到啦！”

找到了？邹静森落在最后，心里一紧，有点儿不敢相信。

邹静森连忙扒拉开前面的人，努力挪动自己的身体，一点一点往前面靠。

眼前的画面让人不可置信——

四个少年一边喝啤酒一边打牌，聊天聊得不亦乐乎，哪里像要自杀的人？！

所有人都面面相觑。

尤其是找了一路的警察，怀疑自己是不是找错人了。

其中一个少年最先反应过来，把手上几张牌往桌子上愤愤一摔，佯装生气地吼：“吵死了！你们是什么人？哪里来的？”

过了几秒，被震慑得不轻的人慢慢找回理智，带头的警察晃了晃手上拿着的手机，声音严肃地问他们几个：“这几个视频，是不是你们几个人拍的？”

几个少年一看，脸色变得刷白刷白的。

邹静森的脑袋从后面探了过去，问：“不对啊，怎么还差了一个人？”

刚刚问话的警察这时才想起后面跟来一个“家属”，回头瞪着她问：“这几个孩子，哪个是你的熟人？”

四个少年抬起头愣愣地看着邹静森，不管是谁先开口否认，她都知道自己很快就会被警察给撵出去的。

但现在，明明是五个人的闹剧，怎么只剩下四个人呢！

“警察叔叔，”终于，其中一个少年开口说话，“你们不用那么紧张啦，我们拍视频是为了好玩而已，没想过要自杀啦。”他笑嘻嘻地说，是那种让人看到会想要狠狠痛揍一顿的嘴脸。

警察们一脸隐忍的怒火，又不能发作，其实他们早就猜到，只是无数网民一直打电话报警让他们去寻人，他们逼于无奈才会执行这个任务。

几个少年放松心情，又重新坐了下来，继续打牌喝酒，声音很大，仿佛把其他人都视作空气一样。

“警官，看他们几个打牌打得那么欢乐，怎么可能要自杀啊！小孩子闹着玩而已。”这时，客栈老板也出现，帮着说了一句。

这么多人聚在这里，他可不好做生意呢。

“是啊是啊，害我们找了那么久，浪费了不少警力。我们收队吧！”其他的警察大叔也如此说道。

邹静森仍然一脸凝重的表情。

不对不对！邹静森用过来人的经验感觉到，还是有什么蹊跷的地方！问题在哪里呢……她垂下眼扫视一圈那四个被抓包的少年，一个一个看过去，没看出什么不对劲儿的地方。

突然，一道白光闪过，她仿佛感觉到什么——

问题出在那个不见了的少年身上！

“等一下！”邹静森不管不顾地大叫了一声，“我问你们，还有一个人在哪里？他在哪里？！”

“哦，你说赵高吗？”另外一个少年说道，“我们也不知道啊，我们住进来以后，拍完一组视频发到网上，他就不见了。”

“可能出去找吃的吧！”

“你们有没有他的电话号码？赶紧打一下！”

“喂喂，你是谁啊？”少年们不满意地嚷嚷起来，“我们都说是恶作剧吓唬一下网民而已，哪想过要自杀啊！你是不是傻？”

“对啊，我们不认识你，你别站在这里影响我们啦，赶紧出去吧！”

邹静森被他们几个气得说不上话来，但她确实也没有证据，问题可能是出在那个不见的少年身上。

赵高？她现在只掌握那个失踪的少年的名字而已。

“警察先生，你们不能就这样走了！”邹静森眼看着警察们准备收队离开，连忙抓住一个人的手臂，“我们最起码要把最后一个不见的男生找到，确保他安全无恙，才能收队啊！”

所有人都在用看怪物的眼神看着邹静森，谁也不知道这个女人到底从哪里来的，她一直缠着他们做事也就罢了，现在还多管闲事，瞎操哪门子的心呢！

那几个已经在打牌的少年扬起嘴角露出嘲讽的笑容，也在用行动表明这个女人多管闲事。

这时，外面忽然传来一阵震天响，客栈的老板忽然闯进来，手里的手机快要掉在地上。

他颤抖着说：“快，快看手机！‘自杀直播’又开始了！”

什么？！

闻言，所有人都拿起自己的手机，打开视频网站，点击刚刚发布的、写着“自杀直播”四个字的视频。

画面一阵虚晃，十几秒的虚晃后，镜头中出现了赵高的脸，他拿着一把小刀划破了自己的皮肤，顿时鲜血淋漓，场面无比恐怖血腥。

接着，又是一片黑屏……

刚刚还嬉皮笑脸打牌的四个少年都吓得不敢吱声。

别说他们几个，就连几个当地警察也吓得脸色惨白。

“这家伙，是疯了吗？！”其中一个警察大声呼喊了一句，“还愣着干什么，我们赶紧去找人啊！”

“你们这几个小子！知不知道你们的同伴跑哪里去了？！”

他们几个都被吓坏了，迷茫地、傻傻地摇头。

其中一个警察抓起其中一个少年的手机，让他打电话给赵高。可想而知，赵高的号码已经显示停用。

一种毛骨悚然的感觉直接侵入身体四肢。

“我们一起分头去找，手机要备着流量，保不准赵高待会儿又会发视频上去！”所有人都回头去看，看到邹静森充当军师的角色，头头是道地说起来，“还有你们几个，如果赵高联系你们了，记得报警！”

“你到底是谁啊？！”警察忍不住问道。

“临终慰问师。”

临终慰问师？那是什么职业？警察们都一头雾水。

邹静森说完这句话，第一个率先冲出客栈。

邹静森其实也不确定，赵高到底在哪里。刚刚那个视频里，她似乎听见很明显的海浪声。那倒是奇怪，这边的客栈虽然都临海，但即使推开窗户也未必听得那么明显的海浪声。加上手机拍摄，能录下来的声音更是稍弱……

赵高是在一个离海特别近的地方吗？

这个小岛上，到底还有什么地方，应该是什么房间，距离海特别近呢。

她给周北川打了一个电话，把心中所想的问了出来，听到周北川回答："这个小岛也有一个叫'渔人'的地方，那里是一个海上餐厅，顾名思义是建在海上的。海浪声特别大。"

邹静森谢过周北川后，想了一会儿，决定给唐河打个电话。

他和陈聪不是都在这里吗，也许他们能帮上忙。

"唐河，'自杀直播'这个视频你看了吗？"

"什么？"

出乎意料的是，唐河那边海浪声特别大。

"邹静森，我听不清你在说什么，也不知道你说的那个直播是怎么回事……我和陈聪还有一些同事在海上餐厅聚餐，如果你没别的事情，先挂了。"

挂了电话后，唐河回头看着一脸戒备的陈聪，她的眼神像一道道刀子，射了过来，仿佛要在他身上戳下无数个血窟窿。

事不宜迟，邹静森立刻拦截一部三轮车，让司机载着自己赶去海上餐厅。

就在司机大叔在呼喊海上餐厅快到了时，邹静森在三轮车上也听到海上餐厅那边传来惊呼声。

她迅速地给了钱，下了车，一股脑地往那边跑过去。

谁也没有想到，在唐河他们一帮医生和护士吃得正开心时候，一个手拿尖刀的少年突然闯了进来。

紧接着，门口又莫名跑进来一个人。

唐河抬头看去，竟然是邹静森。

赵高的脸上有着同龄人没有的奸诈和阴险。

他看着年纪不大，但一脸沧桑老成，仿佛经历过很多事情的样子。

邹静森从他身后飞扑过去时，她的大脑其实是一片空白的。认出赵高的瞬间，她就觉得这个男孩子会对这里的人做出危险的事情。

唐河把整个过程目睹下来，忍不住惊呼一声："邹静森！"

突然听到熟悉的人叫自己的名字，邹静森的大脑一片空白。

赵高很迅猛地反应过来，胳膊使出力量，狠狠地撞向身后的邹静森，刚好撞上她的腰窝，疼得她直不起腰来。

待邹静森的疼痛减缓，她忽觉脖子上多了一抹寒意。

赵高阴冷地笑着，手上的尖刀架在她雪白如玉的脖子上。

"你，你做什么？！"这不是玩具刀，冰冷锋利的质感如此真实，邹静森吓得心脏骤缩。

海上餐厅里的其他人也吓得大气不敢喘一口。

这到底……算是怎么一回事！

唐河痛苦地皱了皱眉，怎么每次有危险事情要发生的时候，邹静森总要出现，还要莫名其妙地卷入进来！

她难道就真的不怕死的吗？！

"姐姐，我认识你吗？"忽然，赵高低低地笑了一下，手上的尖刀又往她的皮肉里多扎两毫米。

这一深入的刺探，让邹静森惊愕得血液都凝固了。

因为紧张，她用力地吞咽口水，距离她最近的少年听得个一清二楚。他又笑了，咯咯地笑，阴森森的。

"你又不认识我，干吗多管闲事呀？"赵高腾出另外一只手，举起自己的手机。邹静森微微侧过脸看向他，发现这家伙竟然有闲情打开手机直播视频——

继续他的"自杀直播"！

唐河急得一头大汗时，他竟然看到有人也偷偷拿起手机，对着邹静森和赵高肆意拍摄起来。

唐河拿出手机准备报警。

这时，赵高用尖刀胁迫着邹静森把她拖出去。他不知道什么时候备了一辆小车，他拖着邹静森上了小车，然后把车子反锁，往远处开走。

唐河是第一个，也是唯一一个冲出来的。

“唐河！”陈聪在他身后大喊，“危险啊！你别去啊！”他们一行人刚刚租了好几辆摩托车，唐河很迅速地开走其中一辆。

他怎么能不去呢……

现场的人除了他，都是一副漠不关心、事不关己的模样，他们宁愿掏出手机拍视频发网上，也不会给邹静森报警，更不会说做出什么让她远离危险。

他心里着急，摩托车开得很快，差点儿要撞到路上无辜的行人。

赵高的车技完全不行，他只有一只手在打方向盘，还要兼顾着看邹静森，怕一不留神她就从自己的眼皮底下溜走。

虽然他可以很确定的是，他已经把车上四个门都上锁了。

“赵高，我不知道你为什么要做这样的事情……”邹静森已经冷静下来，虽然脑门儿还在源源不断地渗出汗，但理智战胜情感，她倒没有多害怕，毕竟，他也只是一个少年罢了。“我要劝你回头，不要一错再错。”

“我错了吗？”赵高口口声声地反问，“我没有错！错的是这个社会！这个世界！”

听完他的话，邹静森心里一震。

她不清楚在赵高身上发生了什么事，让他做出疯狂报复社会的举动。他一开始伙同几个天真无邪的小伙伴一起上岛，打着开玩笑的名号拍下“自杀直播”，可后来他又在众人不注意的情况下逃出去，心里不知道在盘算着什么，但看得出来，他一定会继续拍摄“自杀直播”。

邹静森是莫名其妙冲出来的。

如果不是她突然在赵高背后搞袭击，他肯定不会把她挟持然后拉走的。

被袭击的那个瞬间，赵高仿佛觉得更刺激。

他和同伴专门来这座小岛，结果他的同伴只是以为拍“自杀直播”吓唬网民而已。赵高想，光是拍几个吓唬人的视频显得太逊了吧！眼下有一个人正好送到他面前，如果拍下更劲爆的视频……啧啧啧，他要红了吧！

车子终于停下，赵高拿着刀粗鲁地威胁邹静森立刻滚下车去。

邹静森一脸凝重地看着他，随后听到一阵刺耳的摩托车声在耳旁响起。她回头一看，顿时心里一紧，更多的，是震撼和不可思议。

唐河一身飒爽地赶过来了。

“放开她！！”

唐河一声怒吼，声音巨大，仿佛天地也在瞬间被震慑得安安静静。

邹静森不可置信地看着他，本来只是一个遥远的黑色小点，慢慢地，这一抹小点移动的速度飞快，越来越快，不一会儿整个人跑到邹静森和赵高的面前。

赵高吓得瑟缩了一下，肩膀都要垮下去了。

“你是谁？你干什么？！”赵高对付一个女人还是绰绰有余的，但这个时候莫名其妙地来了一个身强力壮的男人，他倒是开始害怕起来。

邹静森看到，赵高的腿肚子开始打战。

“你别过来！不然我把她给杀了！！”

这一刻，赵高彻底失去一切理智，他的情绪被点燃到最高点，他仿佛也不知道自己在做什么，学着从前在电视剧上看到的桥段，把手中的那把尖刀抵到邹静森的脖子上，他没有控制好力度，锋利的刀片划过皮肤，邹静森一痛，她雪白的脖颈上立刻显出一道微小的血痕。

唐河眉头一皱，脸色十分凝重。

唐河有时候也觉得邹静森很烦，她总能惹上各种各样的事情！如果时光可以倒流，他一定要好好回到过去某个时刻，好好劝劝她，不要多管闲事！她知不知道她每次多管闲事，都会让很多人担心，她难道就不怕自己会因此丢了性命吗？！

可惜，他回不到过去。

眼下的这一刻，不是演电视剧，如果那个少年真的一时冲动，杀人也是有可能的。

怎么办，他到底该怎么办才好！

“唐河，你不要管我……你赶紧走吧！”邹静森难道不知道她这次又因为不按常理出牌惹祸上身了吗？她心里是知道的，可是事已至此，她还有任何退路吗？没有！如果赵高一时失去理智要动手杀人，她就算大叫“救命”，也快不过这家伙手上的尖刀啊！

她欲哭无泪地看着站在不远处的唐河，这个时候她没有别的希望，只能希望唐河能平安无事地走出这个地方。

“别吵！再吵我就杀掉你！”赵高电视剧看多了，第一次这么真实地感觉到角色扮演的刺激和痛快，他的一双眼不知道什么时候变得血红，如魔鬼一样可怕，然后他恶狠狠地冲邹静森吼了一句，后者一听到他这么说，乖乖地合上嘴巴。

“小孩！”过了三秒还是五秒，时间太紧张，容不得唐河思考更多，“你把你身旁这个姐姐放走！换我当人质！”

如果是按照电视剧演，那好吧，让他根据电视剧的套路走一下！

唐河的话让邹静森紧张得全身血液都凝固了，但却让旁边的赵高再次兴奋。他本来没想过事情会演变得这么精彩。赵高在心里面狠狠地笑着，他原本拉上那几个头脑简单的家伙上岛，也没想过能干出什么轰动的事情来，拿手机玩“自杀直播”也是临时起意的，幸好那几个家伙一开始也算配合。

可等到了岛上，他们几个人都想着去玩，压根儿不理会赵高了，赵高也懒得和他们继续一起，寻思着要拍出更劲爆的内容。

他当然也知道直播的轰动性有多大，前面几个直播就让他的账号在很短的时间里迅速涨了很多粉，他拿着手机看到这些上涨的数字，犹如被人注射了兴奋剂一样，心脏怦怦地乱跳着，都能清晰听见心脏快要跳出身体的声音。

他感到神奇，又感到一股前所未有的兴奋。

杀人，也是临时起意的。

对，他要做一件大事！他要做一件事情让所有人都认识他，知道他赵高是谁！既然直播这么多人收看，那他干吗不搞点更好玩的事情呢……例如打着“自杀”的旗号，其实是为了在岛上杀一个人！

杀谁呢……为什么一定要费尽脑筋想杀谁！他想杀谁就杀谁！只要能得手，管那个死掉的人是谁！

“别吵！再吵我就杀掉你！”赵高又紧张又期待，他已经迫不及待想要尝试一下杀人的感觉！

直到他听到对面的年轻男人跟他说，他要一命换一命，把旁边的女人换掉时，赵高确实觉得兴奋。

因为，杀掉一个手无缚鸡之力的女人，一点儿也不酷！如果能杀掉这个高大英俊的男人，肯定更有噱头和话题吧！

好啊，换就换吧！赵高神经质地点头，招招手，让唐河过来。

唐河真的走过来了。

他的眼神透着一股说不出口的坚定，还有薄薄的一层镇定。把邹静森换回来的瞬间，他们俩有一秒钟短暂的眼神交流。

作为一个男人，保护一个女人是天经地义的事情。

然而下一秒，意想不到的事情发生了——

赵高举起握了很久的尖刀，对准唐河的右手手臂，狠狠扎了下去。

顿时，唐河的右手手臂鲜血如注，触目惊心。

“唐河！”邹静森一看到他受这么重的伤，哪里还管自己的安全，连忙又跑回到他身边。

“邹静森，你快跑啊！”唐河很快反应过来，这个男孩确实够丧心病狂的，他以折磨别人为快乐，也不管认识不认识，只是那么不幸运，邹静森袭击了他，反而成为他的囊中之物。

命运有时候就是这么想让人骂脏话。

邹静森不舍得跑，她想留下来陪唐河。赵高虽然年纪小，但他不瞎，怎么会看不懂这两个人身上都藏着千丝万缕的关系。他恶狠狠地笑了，又是那种很邪恶、让人觉得毛骨悚然的笑容，随后发了狠地往邹静森身上也划了一刀。

他们俩是一对命苦的鸳鸯！一起受伤，一起见血，真好！

“跑！”唐河看邹静森不愿走，没办法，他们俩都受了伤，但脚还是没事的，可以跑。

哪里想到，赵高没有给他们逃跑的机会。

他的身上还有一个电击棒，摁下开关就可以把人直接给电晕过去。

唐河和邹静森一起被电晕。

……

黑暗中，一切都是看不见的。

邹静森最先醒过来，当她醒来的瞬间，全身的皮毛像是炸开一样。她的眼睛被人蒙上，嘴巴被人封上胶纸，手脚也被绑得很紧。

她想叫，叫不得，她想弄出点儿动静，发现也是徒劳的。她更不知道赵高把她关在什么地方，她现在只是想确认一件事：唐河是否安全？是否和她在一起！

隐约过了几分钟，唐河也醒了。

他也是同样眼睛被人蒙上，嘴巴被胶纸封着，手脚被绑着。他们俩其实被赵高费了很大劲儿关在很近的地方，可因为看不见又发不出声音，他们只能隐隐约约听到一些动静，却又不敢确定对方是不是就在自己旁边。

而赵高，现在他仿佛是上帝，用上帝的视觉来观察着面前的两个人。他觉得真有趣，他从前都没想过，原来现实生活，也可以像电视剧一样有趣和精彩。

不怕不怕，他现在来感受也不算晚！

赵高现在才有空再次打开手机，再一次登上直播的APP，很多人都已经关注他了，看到他再次发起直播，许多人都涌进来看个究竟。

“天啊！‘自杀直播’又开始了吗？”

“这次又要直播什么哦！”

“我看肯定不会死人的，但又忍不住进来关注。”

……

网友的评论五花八门，赵高一开始还会一条一条地细看，看完以后嘴角带着笑容。但这一次开播，评论真的太多了，送的礼物也很多，他看也看不完。没关系，他已经渐渐变得麻木，他可是要干大事的人啊，管这些吃瓜群众干吗！

赵高先是走到唐河的面前，他把手机的镜头对准唐河，画面切换得突然，待各大网友都看个清楚以后，所有人都吓到了。

屏幕上滚动着的留言也是层出不穷，但更多的人都不愿意相信这是真的。

赵高咧开嘴笑，然后腾出另外一只手，一把扯掉唐河的眼罩和嘴上的胶纸。

手机也对准唐河的侧脸，把他脸上的每一寸绒毛都拍得清清楚楚。

“我的天啊！他真的把人家给绑架了！”

“OMG，这不是在演戏？我不看了不看了，太可怕了！”

很多人被画面吓到走掉，又有新的人陆续涌进来看热闹。网络世界好不喧哗。

唐河瞪大一双眼看着赵高，他的眼珠子都快要从眼眶里掉出来，看着无助又悲伤。

“怎么样？现在害怕了吧？”唐河的右手手臂的伤口已经不流血了，但时不时传来一阵疼痛。

比起皮外伤，他更担心的是后面将会发生的不可预料的事情。

事情已经完全失控了，根本不在他可以掌控的范围内，现在是自求多福吗？可是有用吗？

网民们都大胆猜测，少年准备对眼前的受伤男人做什么事，然而谁也没料到，赵高一边移动手机一边再次举起尖刀，在所有人预料不及的情况下，一把把旁边的邹静森推倒在地，然后对着她的肚子，插上一刀。

“呜！”因为嘴巴被胶纸封着，邹静森的痛呼声变得格外脆弱。

唐河目睹整个惊险的过程，失声痛呼——

“邹静森！！！”

Chapter 9 自杀直播（下）

邹静森的嘴巴仍然被胶纸封着。

肚子传来的一阵剧烈的疼痛，她叫不出声音，但脸色煞白，伤口汩汩地冒着鲜血。

唐河的眼罩刚刚被扯掉，可是手脚仍然被紧紧地捆绑着，他动弹不得，却发出惊天动地的惊呼。

邹静森听见了。

赵高更疯狂了，他拿手机对准邹静森的伤口。血液把她的衣服染得红透，这一切不就是电视上经常看到的画面吗？

赵高幸灾乐祸地笑着，他觉得自己这一刻就像是主宰者，拥有至高无上的权力。他可以让人生，也可以让人死。他的脸也对准直播，刚刚的画面，让网民们已经震撼得不知如何是好，紧接着，铺天盖地的评论快要把这个小小的屏幕给撑爆。

“我的天啊，谁告诉我刚刚的画面不是真的！”

“杀人啊杀人啊！赶紧报警啊！！”

“我的妈啊，我从来没看过这么惊险的直播……”

“邹静森！邹静森！你怎么样了？”唐河撕心裂肺地叫着她的

名字，却得不到任何回应。

就在这时，警察姗姗来迟。

赵高还陷入一种癫狂的亢奋的状态中，他似乎没有想到，在唐河一边骑摩托车追他的时候，还一边分秒必争地打电话报警。

虽然，这些警察来得太晚了……但总好过没有来。

“我的天啊！”警察大叔率先闯进来，几个人合力把疯癫不已的赵高挟制住，他的手机从手上摔了出去，摔到好远的地方。

“不！你们不能抓我！我还要直播！我还要直播！我还没杀人呢……”赵高的声音听着格外瘆人，还带着怪异的哭腔。

另外一边，唐河被警察解开手脚，他立刻飞扑到邹静森的面前，察看她的伤势。

“我是医生，我要看她的伤口！”唐河看了一眼她的伤口，只一眼，他的眼睛蓦地泛起一片水光。“赶紧把她送医院啊！”唐河一声怒吼，把旁边的所有人都吓得不轻。

他犹如一只困兽，悲苦、绝望、无奈……

邹静森已经陷入昏迷，看不清，听不见。

整个人犹如沉入深深的海底，被漫天的海水包围，一点一点失去意识。

邹静森做了一个很冗长的梦。

她梦到十年前的某一天，看样子不像是发生什么大事的普通一天而已。但她的情绪好像特别低落，为什么呢。梦境继续进行，邹静森忽然发现自己的手肘下压着一张分数不怎么漂亮的试卷。

哦，看来是她考试考差了，心情特别失落。

这时，她的身边多了一个人，她抬头看去，发现那人竟然是唐河。

唐河似乎没有发现她心情低落，他的脖子上缠了一圈白色的耳机，不知为什么，忽然拔下一只耳机，温柔地塞到邹静森的耳朵里。

"如果你觉得难过，听一下轻松的音乐，会好起来的。"

唐河，能好起来吗？一切不好的事情，最后都会变回好的事情吗？邹静森很想问。

她一次又一次地不按常理出牌，一次又一次地差点儿把自己的命砸进去，她心中有一腔孤勇，但其实也怕得要死，怕真的发生什么意外，出什么事情，她再也醒不过来。

她还有父母，还有一些朋友，还有……

当她在感官都被赵高拿东西封上的瞬间，她其实什么也感觉不到，因为那把刀插进她的肚子之前，她是毫无感知的，反而没有过多的担惊受怕。

当那把刀插进她的肚子，她只感觉到漫天的痛！她想叫，因为嘴巴被封上，连声音也发不出去。

她当时真的以为自己要死了。

邹静森不知道自己昏迷了多长时间，她的刀伤不算很严重，因为赵高没有捅得很深，也没有伤及重要的部位。

可邹静森手术完、麻醉药也过了很久，却一直没有醒过来。

唐河想要把她送回云城第一人民医院治疗，但医生说她的情况不方便转院。

一切都显得杂乱无章，无比混乱。

一只手搭上唐河的肩膀时，唐河下意识地缩了缩，回头，看到周北川一脸寒冰地站在自己面前。

周北川是刚刚上的岛，一下船就立刻赶来这座岛上唯一的医院。

"现在什么情况？"

"邹静森刚动完手术，可是还没醒，我想让她转回云城的医院，但这里的医生不建议我这么做。”

“这样啊……”

“你是怎么回事？”唐河双目赤红，看着很凶狠的样子，“你怎么会叫她一个人上岛来找那个玩‘自杀直播’的孩子？！”

周北川从没见过唐河这么生气的样子，认识这么久，这可是头一回。他踉跄地后退几步，脚后跟碰到冰凉的墙壁，整个人也被冰了一下，脑袋一阵发蒙。

是啊，他当时是怎么说的，怎么做出这样的决定，让邹静森一个人上岛找那些孩子？

周北川想，他最开始不也和看热闹的网民一样的心态吗？以为几个十几岁的孩子能干出什么事情来！如果其中一个少年不是周北川认识的人的孩子，他肯定懒得搭理，也不会管这件事。

“周北川，你知不知道，你差点儿害死你的手下了！”唐河失控地怒吼，当时被赵高抓住的场景，他一辈子也忘不掉。

没有亲自经历过那一幕的人，无法知道那一刻是多么可怕。

周北川确实被唐河吓到了，一个十六岁的男孩子，能对两个大人做出什么事情啊……

“当时到底发生什么了？”

“我和邹静森都被那个男孩子绑起来了，然后他继续拿手机直播，就在我不知道他下一步会做什么的时候，他突然拿起一把刀，捅进邹静森的肚子。”

周北川一听，惊得一句话也说不上来。

“我去看看她……”周北川慌了起来。

“我不是跟你说了吗！她还没醒！”唐河仅有的一点理智叫住他，不让他冲动把周北川打倒在地。不然，他真的会动手的。

直到晚上，邹静森才醒过来。

唐河和周北川先后去病房看她，她的伤口还有点儿疼，她的眼睛一片红，不知道是疼的，还是因为别的事情。

“邹静森，你还好吗？”

两个男人同时问出口。

“嗯，我没事。”邹静森点点头，似乎很累，没有说很多话。

唐河的同事，尤其是陈聪也赶来医院了。陈聪一向跟邹静森不对盘的，但看到她出这么严重的意外，也难得没有板着脸，一脸温和地问她还有没有觉得哪里不舒服。

邹静森不喜欢被那么多人围观，给她的感觉就有一种是被关在笼子里的动物一样。

“我很好，你们有心了。”

“刀伤很难好的，你要多注意……”邹静森的眼前忽然浮现那一幕，她在什么感官都被人封上的情况下，肚子突然传来一阵锐痛，然后她感觉自己要死掉一样难受。

她开始听不见这些人的声音，所有的都是她当时的疼痛感。

好疼，好疼，她无助，绝望，犹如陷入深沉的无边无际的大海，最后归于虚无……

“不要吵了！！”

邹静森痛苦地大呼了一声，众人纷纷合上嘴，不可思议地看着她。只看到她的脸上都是眼泪，豆大的泪水沿着眼角滑落，把她一张脸打得湿透。

周北川开始赶所有人离开，让她好好休息。

“周北川，你也得离开。”唐河虎视眈眈地瞪着他，面色清冷。

“我会……但我要和她说两句话，你们都先走吧。”

“我在外面等你。”唐河回头看了一眼邹静森，率先走出病房。

邹静森显然没有话要对周北川说，但她的眼泪止不住，拼命地往下掉。周北川静静地看了她一会儿，又想到唐河刚刚和他说的话，他想邹静森这段时间恐怕需要接受心理治疗。

“对不起。”良久，周北川在变得黑暗的房间里，沉吟地说了一声抱歉。

平时在人前总是吊儿郎当的人，此刻换了一张面孔，真的有点儿让人措手不及。

邹静森没有说话，但起码，眼泪是止住了。

“那个孩子怎么样了？”

过了一会儿，周北川才反应过来，她问的是赵高。

“我不知道具体情况，应该是被警察带去派出所询问了。”顿了顿，他缓缓说道，“等过两天你的身体好一些，我就带你回云城。”

“嗯。”邹静森说完，不再吭声。

整个世界又是一片骇人的安静。周北川默默退出房间。

在派出所里。

不管警察问赵高什么，他都只是阴沉沉地笑，笑而不答。

谁能想到，一个看着人畜无害的少年，发起狠来会做出这么丧心病狂的事情。

就在这时，一个憔悴的年轻女孩从外面奔进派出所，这个女孩看着年纪不大，但化了很老的妆，化妆品看着也很廉价，让她这张脸一下子老了十岁。

“你好，我找赵高！我是他的姐姐……”

警察面面相觑。

邹静森又一次做了噩梦，梦里赵高化身成一只怪兽，对她虐待和抽打，让她痛不欲生、苦不堪言。

她已经从海岛回到云城，就在第一人民医院休养。刀伤的恢复要很漫长的一段时间，她每天定时换药，和护士说说笑笑，看着也很正常。但只要到了晚上，病房的灯一灭，她就会泛起一阵鸡皮疙瘩，浑身不舒服。

更严重的是，她开始整夜整夜的失眠。有时候她好不容易睡着了，却总是做噩梦，每一次的梦境，都和赵高有关系。

醒来时，外面天光大亮，邹静森的病号服已经被汗水打湿透，她怔怔地看着窗外的阳光，明明那么暖融融的感觉，还是觉得冷。

她隐约察觉这次案件之后，她有点儿不对劲，可她又不想找别人帮忙。

她想，只是时间问题吧！她之所以做噩梦，也是因为这件事情还不算很久，她心里有阴影。她也相信，她会慢慢克服后遗症，重新振作，再次投入新的工作去。

每天早上，她都会慢吞吞地洗漱，然后到医院楼下的人造草坪散步。这一天也不例外，因为做了噩梦，她的脸色不是很好，她慢悠悠地走着，阳光温和地照在她的头顶上，她的唇边扬起一抹轻松的笑容。

不知何时，距离邹静森不远处，一个同样年轻的女孩怔怔地看着她。这个人不知道是什么时候来的，站在这里已经很长一段时间，看到邹静森从住院部走出来，她的目光一直紧紧锁在她的脸上。

大概是感应到对方的目光，邹静森若有所思地看了过来。

这一看，她的心莫名一紧。

明明是第一次见面，可邹静森有一种被人激到的感觉，因为这个女孩，和赵高长得很像。

女孩也感应到邹静森的注视，她犹豫了一会儿，但还是鼓起勇气，主动走到邹静森的面前来。

邹静森吃惊地后退几步，不可思议地看着她。

“请问你是邹静森邹小姐吗？”赵婷婷声音很轻地问。

邹静森仔细地看了看她的脸，看到她的脸有很多坑坑洼洼，脸色也很糟糕，可能是长年使用劣质化妆品造成的恶果。

她莫名觉得心疼，这个女孩看着没有一点儿攻击力，和赵高完全不一样。

“嗯，我是。”邹静森迟疑地点头。

“对不起，对不起……”赵婷婷其实早就知道她是邹静森，可当听见她亲口承认的瞬间，她还是觉得崩溃。

自己弟弟做了这么离经叛道的事情，而且还把事情搞得这么严重，网络上的人都在疯传那个“自杀直播”的视频……虽然后来被网站严令下线，但还是有很多人在私下偷偷转发。

赵婷婷也会上网，也看到这个视频，当她看到赵高那张脸——恶毒和报复社会的快感的脸出现在手机屏幕上时，她差点儿就要把手机给摔出去。

从前那个快乐无忧、积极开朗的赵高去哪里了？手机视频里的赵高，根本不是她的弟弟！

这天上午，和以往无数个住院的上午一样，并不特别。

可对邹静森来说，这天早上又是特别漫长的煎熬。

赵婷婷帮赵高道歉完以后，断断续续地说了她自己的故事，听完她的故事，已经是中午。

邹静森抬头看了看变得灿烂又热烈的阳光，眼角一片潮湿。

在这个残酷又温柔的世界上，每个人的身上都带着不同的故事，有的人命好，一帆风顺，吃穿不愁；而有的人，从生下来就没有任何选择的机会，他们的命运很坎坷无奈，仿佛一直活在不见天日的地底之下，永远嗅不到一丝一毫的阳光的气息。

赵婷婷走了很久，邹静森还是傻傻地坐在那里。

阳光热烈，把她从头到脚都晒得一片温暖，她仍然记得赵婷婷走之前，还是在努力地帮赵高说话，她说了很多，说赵高从前是个懂事乖巧的孩子……她不奢望邹静森会原谅她的弟弟。如果换作是她遇到这种事，她可能也不会原谅这个差一点儿就要杀掉自己的人吧。

又过了一段时间，周北川听说邹静森不知道是哪天偷偷地去派出所找警察调和，想私下和解这件案子。

也就是说，她希望法律可以对赵高网开一面，从宽处理。

周北川听说这件事，连忙赶去第一人民医院找她。

邹静森没在病房，她最近的伤口愈合得不错，能不待在病房就不会在那里。

找了一圈，周北川才发现她去到一些重症病房，看望一些在生死边缘徘徊的重症病人，一个个地给他们做临终慰问。

外面的阳光温柔地洒进这个病房，邹静森的侧脸也被照得一片发光。

周北川靠在门边静静地看了她一会儿，连他自己也没察觉，他的唇边逸出一抹轻柔的笑容。

“啊？”邹静森回头一看，才发现她的老板突然找来，而且还偷偷地看了她好久。“你怎么在这里？”

其实周北川也知道，以邹静森来看，她相信这个世界上的人都是好人，就算真的不小心变成坏人，也是有他们的原因，也是情有可原的。

他一肚子的质问突然跑个没影。

"我来看看你，看你的身体恢复得怎么样。"周北川说得轻松，可眼底深藏的含义，邹静森一下子就看个明白。

"哦，我知道你是为什么找来。"她苦涩地笑了笑，"我按照我所想的去做，希望你不要责备我。"

"我倒是不想责备你，毕竟是你自己做的决定。"

"好，谢谢你。"

说完这一段，两人一同默契地安静了下来。

"明天开始，我让宝琳来看你。"

"什么？"

周北川说完这句话后，似乎不想做太多解释，他看了看时间，然后模棱两可地说："我先回去了，你好好休息。"

"周北川……"邹静森跑了两步，她看着他的脚步停下，没有任何动作，却也没有继续往前走的打算。

他是怎么看出来，她的心理出现状况了？

她最开始认为只要熬过这段时间，一切都会好起来的，可她没想过的是，随着时间的慢慢往前推移，她失眠的情况越来越严重，除此之外，还有掉头发的迹象。头发大把大把地掉，让她觉得可怕。

可是，她仍然不敢跟任何人说起这件事。

"从你出事到现在，你虽然一直没说什么，但我看出来，你需要宝琳这样的人帮你。"

邹静森沉默不语。

"放心，你是我的队员，我不会让你有事的。"周北川回头，重新走到她面前，伸出一只手，紧紧按了按她的手臂，"很抱歉让你遭遇这样的事情，以后，我不会让你再遇到这样的事了。"

关于赵婷婷的记忆：

不记得从什么时候开始，赵婷婷的记忆里，永远都是父母愤怒的争吵和互相撕扯一块儿的画面。

那时候赵高还小，只有四五岁，每次父母吵架，赵高都会躲在赵婷婷的怀抱里瑟瑟发抖。

身为姐姐，赵婷婷那时候已经十岁了，已经开始有自己模糊的人生观。她觉得，家庭原来是这么可怕，他们的父母根本不喜欢他们俩，不仅如此，他们也互相讨厌对方，憎恨对方，恨不得把对方给杀了，也许把对方杀死，另外一个人才会好好地生活下去。

从小到大，赵婷婷都特别羡慕别人。她觉得自己的命不好，她也不求什么，更不求大富大贵，她只是想做个普通的女孩，可是，她连这个愿望都是奢望。

但对赵婷婷来说，不幸中的万幸是，她还有赵高这么一个弟弟，赵高也是她在这个世界上唯一的亲人。

嗯，她已经不记得从什么时候开始，早就没把自己的爸妈当亲人。

赵高比她小几岁，加上父母忙着吵架打架，她从小就照看弟弟。有时候她也觉得活着真没意思，特别烦躁，但看到赵高那张小小的笑脸，她又会觉得这个世界就算再艰难再悲伤，也是值得活下去的。

直到赵婷婷十五岁，赵高十岁。

那天，赵婷婷记得很清楚，因为是赵高十岁的生日。说是生日，但赵婷婷也知道他们的父母根本不记得有这回事，两个大人在这个城市做着卑微的工作，下班以后不是回家吵架，就是到地下赌场赌钱。

那天夜晚，赵婷婷放学后拿着辛苦攒下来的零花钱，到学校附近的蛋糕店买了一只小蛋糕，然后去赵高的小学接他放学。

那天的赵高心情很不错，复杂的家庭环境让他过早成熟，他年纪虽小，但早早就明白这个世界是如何残酷。

幸好，他也有对他很好的姐姐，他们俩是在黑夜中摸黑、艰难生长的两株植物，互相依偎支持，才能好好活下去。

接了弟弟后，赵婷婷带赵高到他们的秘密基地去吃蛋糕。

小小的秘密基地，其实只是一个废弃的停车场，没有人会去那里，所以特别安静。

赵婷婷把几根生日蜡烛点上，赵高当着她的面欢欢喜喜地许下生日愿望。

“我希望我可以快快长大，然后保护姐姐一辈子！”

明明是童言，赵婷婷听完后还是觉得很感动。

那时候的赵高，个头不高，身体瘦弱，加上父母的名声很臭，他在学校经常挨同学欺负。可他从来不会对姐姐说自己在学校的遭遇，他有时候像个小大人，倔强得让人找不到方法去好好疼爱，他仿佛也不需要别人的关爱，一个人顽强地逆着风成长。

但他要保护自己的姐姐。他觉得姐姐是这个世界上最好最好的人。所以他想要快快长大，可以去工作，去打拼，然后让姐姐过上好生活。

当晚，姐弟俩在秘密基地吃完生日蛋糕后，快快乐乐地往家里走。他们断然不会想到，刚打开家门的瞬间，他们目睹自己的爸爸拿着刀把妈妈砍死的画面……

那一刻，屋子里弥漫着一股浓郁的血腥味。

赵婷婷姐弟俩目瞪口呆地看着倒在血泊中再也不能动弹的妈妈，还有已然变成一只魔鬼一样的爸爸。

那个他们早就不屑叫“爸爸”的男人，脸上的五官狰狞地扭动着，看到门口站着的两个孩子，他似乎受到更大的刺激，高举手中的肉刀，直直地冲他们姐弟俩杀过来……

这不是在演电视剧，也不是在看电视剧，这是真实发生的场景!

赵婷婷下意识地说着什么，可是那个男人已经失去理智，听不见女儿和儿子的呼喊。

直到那一把刀真的落下来的瞬间，赵婷婷用尽力气把赵高推到门外，右边肩膀狠狠挨了一刀。

幸运的是，隔壁邻居之前就报了警，警察们涌上来，把赵婷婷姐弟俩的命给救了下来。

后来才得知，赵妈妈在外面有了别的男人，被他们的爸爸发现了，这次妈妈是铁了心要离开，并且不要两个孩子也要和自己所爱的人远走高飞。可赵爸爸疯掉了，被她的所作所为逼疯了，所以才会有姐弟俩不愿意看到的那一幕。

他们的爸爸被抓进了警察局，判刑很重，看样这辈子不会再出来了。可对姐弟俩来说，反而是一种意想不到的解脱。

赵婷婷受了很重的刀伤，在医院躺了两个月才好起来，然而她的右肩被砍伤，医生说她的右手再也使不上一点儿力。也就是说，她今后算是一个身体有残疾的人。

她知道这个消息后，只是小声地呜咽，让刚好在病房门外的赵高听到了。

人生的变故，一场接着一场发生，而所谓的“人生”，好像永远没有最惨，只有更惨。

就在住院养伤的那段时间，赵婷婷喜欢上一个外科医生。姓邓，长得又高又帅，从国外回来的，谈吐不凡，气质翩翩。

其实赵婷婷哪里敢奢望和这样耀眼的男神在一起，但她不能阻止自己心里那份日渐膨胀的爱慕，她每天都希望可以见到他，如果侥幸说上话，她兴许会开心一整天。

爱上一个不可能的人，大概就是这样吧，想靠近而不能，就像是在飞机场上等一艘船的到来。

可赵高没多久就发现了她的这份心思。作为弟弟，赵高只想让姐姐开心一些，他到底年轻，又气盛，直接跑去找邓医生，问他喜不喜欢赵婷婷，其实是用威胁的口吻跟他说，想让他和姐姐在一起。

知道这件事后，赵婷婷气哭了。眼泪一串串落下，止也止不住。她从没有过这么丢脸，她也是花季少女，还是有羞耻心的，更何况，人家医生怎么可能看上自己。

事实上，邓医生很直接地拒绝了赵婷婷。

没过几天，赵高在邓医生下班的路上把他狠狠教训了一顿，因为当时天黑路灯也坏了，邓医生根本看不清是谁偷袭自己，但赵婷婷知道这件事是赵高干的。

大概就是从那个时候开始，一切说不过去的事情，赵高都会用武力来解决。

右手残废后，赵婷婷无法继续上课，她也没心思念书，早早出来打拼。她千叮咛万嘱咐赵高要好好念书，可他偏偏不是读书的料，喜欢在学校惹是生非，没多久被校长勒令退学。

赵婷婷恨铁不成钢，骂了他一宿，可第二天早上看到他红着双眼跪在自己面前时，又忍不住抱着他的脑袋求他原谅。

他们是彼此唯一的亲人，不可能放弃彼此单独活下去。

赵婷婷知道赵高本质不坏，但也没有人帮他，让他走上正路。她也想过要帮他，可她变成残疾，心有余而力不足。

那几年，赵高认识很多狐朋狗友，不是在网吧过夜就是在酒吧玩到通宵。赵婷婷根本不知道，他是什么时候开始欠下债务，直到那些高利贷的人找上她，她才发现一切为时已晚。

赵高说他是被人陷害的，可那么多钱，就算把他们姐弟俩都卖了，也赚不到啊。

万般无奈之下，赵婷婷做了坐台小姐。

赵高本来不知道，可他毕竟是亲弟弟，哪有他不知道的事情。赵高痛恨自己无能为力，让最亲爱的姐姐受苦受累，堕落风尘，他一时想不开，才会做出这样的事情来报复社会。

可是，他就算报复社会又怎样，悲哀如蝼蚁一样的人生，仍然是他们姐弟俩逃不过的命运。

后面的一段时间，宝琳几乎每天都去医院看邹静森。

邹静森直觉，宝琳和周北川的关系非同寻常，因为她感觉宝琳只听周北川的话。

邹静森觉得自己很正常，不需要任何心理指导，但宝琳也不是浪得虚名，她平时虽然很沉默，可一旦牵扯上心理方面的东西，整个人就会异常认真和投入。

邹静森在她的开导下，放松了许多，心情也不再那么压抑。

最重要的是，她不再经常失眠，睡着后也不会再梦见赵高想要谋害她性命的那一幕。

这一天，宝琳带上陈朝阳一起。陈朝阳精通催眠术，在他的指引下，邹静森被他催眠到另外一个世界。

梦中，是十年前，她和唐河一起在空旷无人的教室里复习。唐河不知道说了什么，她轻轻地笑。

之后的十年，她的脸上再也没有出现过这样的笑容。

醒来后，宝琳和陈朝阳一脸紧张地看着她。

“静姐姐，你还好吗？”他们异口同声地问。

“嗯。”邹静森重重点头，“我很好，谢谢你们……也谢谢你宝琳，这段时间每天来给我做治疗和辅导。我觉得，我应该没什么问题了。”

邹静森不愿意一直待在医院，对她来说，时间就是生命，她一分一秒也不愿意浪费。

“你确定吗？”宝琳睁着一双水汪汪的大眼睛，有点儿不确定地问。

“嗯！”邹静森静静地看着她，好几次想问她和周北川的关系，张了张嘴，最后还是没有问。

有一天，她一定会知道的，只是现在还不到时候。

再过一个月，邹静森终于出院了，出院的那天，她感觉整个世界都变得不一样，空气特别清新，人也特别精神。

没有人愿意一直生病住院，原来健康是那么重要和宝贵，她深刻领悟到，一个人要在有限的生命里做多点力所能及的事情，帮助他人，其实也是帮助自己。

让她意想不到的是，赵婷婷竟然也会在医院出现。

一段时间不见，赵婷婷没有初见时那么憔悴，皮肤好像光亮了一些，不再暗黄苍老。

细问之下，邹静森才知道赵婷婷上次见过她以后，又跑到派出所找赵高，赵高一开始还不肯认错，直到赵婷婷把他骂得狗血淋头，他才慢慢醒悟过来。

“这些年，我都太宠他了，让他变成这样，我也有很大一部分的责任。我也和他保证过，只要他以后生性做人，我也不会再做什么坐台小姐。就算生活再难，我也要和弟弟一起努力面对。”

“你们都说好了？”邹静森不可置信地问。

“嗯，他自己做错了事情，我作为姐姐，虽然宁愿自己代替他承受一切罪罚，但我也知道是不可能的，那么让他在里面好好待着吧，不论多久，我也会等他出来，等到他洗心革面重新做人，我想，我们姐弟俩的命，才算是真正好起来吧。”

邹静森听了后很感动，虽然她知道，她这辈子肯定不会想再见到赵高，但还是打从心底为他感到欣慰。

这是一种很难解释清楚的感觉。

最起码，她并不讨厌赵婷婷，当然，和她也做不成朋友。

这件事情，就到这里为止吧，不要追究下去了，剩下的事情，交给命运去处决。

赵高犯下的错，他还年轻，让他好好自食其果，将来才有机会重新变成好人。

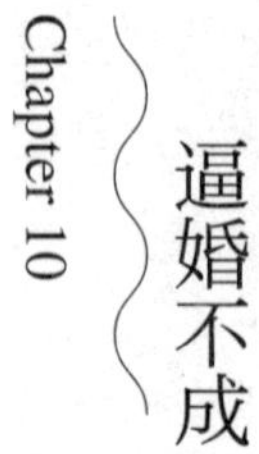

Chapter 10 逼婚不成

刚做完一台手术，陈聪就出现在唐河面前。

上次的海岛事件，唐河被赵高绑走，让陈聪吓得差点儿心脏骤停，她当时无比懊悔没有跟着一起过去，但同时她也发现，唐河似乎对邹静森念念不忘。

如果不是记挂她，他怎么会不管不顾跑去救她？

但陈聪在他平安归来后，选择做个聪明懂事的女朋友，选择选择性失忆，始终没有在唐河面前提过半点儿邹静森的事情。

也因为陈聪看得很紧，就算邹静森被送到云城第一人民医院休养，唐河也没有主动去看过她。

只有好几次，他借着工作之便，趁着没人发现的时候，偷偷走到她的病房门口驻足一会儿，随后快速走开。

直到看到她出院，才忍不住偷偷松了一口气。

真好，她终于出院了。

这天晚上，是陈聪的生日，唐河再不和她见面就说不过去了，何况，他知道陈聪从几个月前就开始筹划着今天要和自己庆祝。

唐河无所谓，只要陈聪开心就好。

陈聪在云城最高的地标订了一家旋转餐厅，她特意等唐河一起下班开车过去。她打扮得美美的，高雅气质从内而外散发，走在路上吸引不少路人的目光。唐河和她走在一起，两个人就是天造地设的一对。

陈聪很自然地把手缠上来，唐河只是略皱了皱眉，没有挣开。

毕竟，是她的生日。

到了旋转餐厅，他们跟着服务员的指引走到预定好的桌子。陈聪一口气点了很多菜，还点了龙虾，饭菜很快就被端上桌，她拿出手机拍照，还央求和唐河合影，发到朋友圈去。

唐河嘴角一抽，淡定回复："我不上镜，就不拍了吧。"

"我今天生日，你就答应我一回吧！"唐河从来不与人合影，别说别人，他甚至没有自拍。

交往这么久，陈聪每次要和他合照，都被他礼貌拒绝，也未被她偷拍。

但这一刻，唐河抬起眼皮静静地观察着陈聪，她的表情不太好，给他的感觉就是如果不拍一张合照，她可以一晚上就这么僵持着，直到他服软为止。

他思来想去，硬着头皮答应，但也是有条件的："我只能露四分之一的脸。"

陈聪一听，犹如听到特赦，很快乐地摆弄手机前置摄像头，然后也很听话地只让唐河的脸露出四分之一的大小。

然后，她心满意足地摆弄手机，不知道弄了多久，终于把九张图一起发到朋友圈，不出五分钟，收获成百个赞。

唐河心想，他们现在终于可以安静吃饭，可这时候，唐河心里涌上一阵不安，他说不上来为什么会有这样的感觉。

他抬起头，看到陈聪正意味深长地盯着他。他被这种目光吓到，全身鸡皮疙瘩都冒起来了。

然后，他听到陈聪用平常的口吻对自己说，“唐河，我们结婚好不好？”

唐河的眼睛蒙上一层水汽。

作为一个堂堂正正的男人，要一个女人对自己说出“结婚”的话，他觉得特别突兀和别扭。

这几年来，陈聪对他的好，他是知道的，也看得见。可人与人之间还是讲究缘分和气场，他和陈聪算是有缘，偏偏合不到一块儿。

“陈聪，我希望你把刚刚对我说的话收回去。”过了几秒，唐河冷静又无情地说道。

“我知道……”陈聪的脸涨得通红，不一会儿却因为恼怒的关系，莫名地笑了一下，“我知道你不爱我，可是你想想看，这个世界上那么多夫妻是因为爱情而结合到一起的吗？我可以打包票地说，并不多！”陈聪陷入一种混乱状态，她也不知道自己在说些什么，但她就是要说点儿什么，好让唐河还有后悔和回心转意的考虑。

“人生在世，不是每个人都可以和自己心爱的人白头偕老的，童话通常都是美好的，而现实却又是残酷的。唐河，我那么爱你，你和我在一起，我可以对你许下承诺，我可以保证我这辈子都不会离开你，你难道不觉得这也是一种幸福吗？！”

唐河郁闷地皱着眉头，他无法相信这些歪门邪道的话，会从陈聪的嘴巴里蹦出来。

她看来已经完全失去理智了。

而唐河的思绪，却飘到好几年前，他在国外留学时，和陈聪认识的那段时光。

他和陈聪是同学，说来好巧，两个人都是中国留学生，学的同一个专业，而且租住的公寓竟然也是对门。

那时候唐河不知道，陈聪几乎每一天都会看到他两三次，碰到的次数多了，陈聪便觉得这是老天爷赏赐的缘分。

更何况，唐河长得像禁欲系的男神，早就在他们那帮华人留学生里顶了一个很高的人气。

只是，有很多女孩子，不论是华人留学生还是国外女孩，她们大胆地用尽办法接近唐河，最后的下场都是很惨——唐河一一拒绝，并且明确表示，他在国外攻读学业的时间里，并不打算谈恋爱。

没有人知道男神的身上到底藏着什么不为人知的故事，更不知道他的心里到底藏着什么样的人。

他的学习成绩很好，每一门功课都是A+，他的人生履历表也很好，“完美”二字仿佛就是为他设定的。

看到那么多女孩子前仆后继还是失败，陈聪心里还是有点儿着急，她一方面从心底嘲笑这些女孩子的不自量力，另外一方便又觉得她的下场是不是也跟这些人一样。

她希望自己在他面前的出场是惊艳的，让他记忆深刻。

无奈的是，陈聪的出场并不惊艳，唐河也只是把她当作众多同学之一而已。

但陈聪没有轻易放弃，她知道自己比别的女孩子更有优势，她的学习成绩也不错，她努力了很久，每天复习到半夜甚至通宵，终于在后面几次考试里，和唐河的成绩不相伯仲。

但她也没想过，她用力过猛，身体吃不消，在学校回公寓的路上晕过去了。

说来也巧，唐河当时就走在她的身后，看到她晕倒，立刻热心肠地背起她往医院跑过去。

唐河不过是好心帮一下，却被陈聪认定是天赐良缘。

之后，陈聪开始对唐河发动猛烈的求爱进攻。

她是那种从小到大都一帆风顺的女孩子，没有遭遇过什么挫折，却一而再再而三地在唐河那边吃闭门羹。

唐河不止一次跟她说，他不是只拒绝她，他是拒绝所有的女孩。

“难道你就没有爱过一个女孩吗？”有一次，陈聪问。

唐河忽然沉默了。

没有人知道，他那一刻为什么沉默，是不是想到了谁。

而让唐河也觉得措手不及的事情发生了，高傲娇贵的陈聪竟然慢慢变得不太正常，不时大哭大笑，晚上总是失眠，精神焦虑，课堂上连很简单的问题也回答不上来。

专家给她检查过，说她得了中度抑郁症。

那段时间，陈聪不敢告诉远在国内的院长父亲，一个人闷着也不去上课，怕被同学当怪物，是唐河害怕她发生不好的事情，总是过去看她。

久而久之，她更依赖他了。

唐河最深刻的一件事，是陈聪控制不住自己想要跑到窗户旁跳下去，唐河飞身扑过去把她救下。

她当场哭得像个小孩，她求他接受自己，也许他们在一起，她的病就会慢慢好起来。

唐河是真的怕她再做出什么傻事，答应了下来。后来陈聪的抑郁症确实好了，也能当医生了，但唐河害怕她的病情会复发，总是顺着她的意，随她怎么高兴怎么来，而且也好挡一下其他烂桃花。

直到，他重遇邹静森……

那一晚，唐河和陈聪不欢而散。

也是因为陈聪突如其来的催婚，让唐河忽然明白，他不该继续和陈聪在一起了，他从来没有爱上她，他之所以愿意和她在一起，不过是害怕闹出一条人命。

他这个时候无比懊恼，懊恼自己几年前怎么会心软，让陈聪入驻自己的生命，并且纠缠了这么多年。

所有人觉得他们俩是金童玉女，那又怎么样，唐河扪心自问，他根本不需要别人的认可和关注。

后来，陈聪仍然不死心，旁敲侧击过好几回，追问唐河有没有和自己结婚的打算。

唐河的回答仍然是冷冷的一声“不”。

陈聪觉得唐河变了，他之前不是这个样子的，他之前对自己的态度算不上很好，不冷不热，起码也不会一次又一次地拒绝她啊！

陈聪很容易便想到，是因为邹静森……如果不是她，唐河不会变成这个样子的！

云城第一人民医院临终慰问病房内。

邹静森已经有一段时间没来，因为之前赵高的事情，她休养了两个月，更何况没有周北川的允许，她一直不能去“世外桃源”上班。

这里的临终病人都不知道她。邹静森环视一圈不由得重重叹息了一声，她不过是一段时间没来，临终慰问病房的病人已经重新换过一批，谁也不认得谁，但他们每天在接受完治疗后，定时被护士送来这边，接受临终慰问。

眼前这个老婆婆，护士告诉邹静森她到了食道癌的晚期，已经很长一段时间不能吞咽食物，瘦成纸片人的模样。

邹静森看过去，目测这个老婆婆只有五六十斤的样子，她看着十分心疼，眼角一片发酸。

邹静森艰难给她介绍自己的身份，老婆婆神志不清，听了好几遍也没听清楚。邹静森也不泄气，在她旁边很耐心地跟她说话，然后问她有没有什么心愿想要完成，如果条件允许，她兴许可以帮上忙。

老婆婆似乎听明白了，听后眼泪无声无息地流了下来，止也止不住。

邹静森心酸不已，问她怎么了，是不是身体不舒服，要不让护士帮忙把她送回去病房。

老婆婆伸出枯枝一样的手臂，紧紧抓住邹静森的手。

"我，我想安乐死……可，可以吗？"

老婆婆说得很小声，就连旁边的护士也没听见，只有邹静森一个人听得清楚。

眼前的世界忽然完全安静了下来，周遭明明还有其他人，还有其他嘈杂的声音，但邹静森仿佛只能看到这个老婆婆，听到老婆婆的声音。

"婆婆，对不起，我不能替您做主。"邹静森一字一顿地说，好让老婆婆听明白她在说什么。

老婆婆其实就算没听明白，看她的表情就知道答案。

邹静森从没试过这种活着却痛苦得只能一心求死的感受，这个世界上最不能体会的一件事，大概就是"感同身受"。她不知道老婆婆有多痛苦，不知道她每天经历多少痛苦……

最后，老婆婆被护士推回病房。临走前，她回头看着邹静森，怎么说呢，那一眼，饱含着太多情绪，而且是很沉重的情绪。

没想到，陈聪突然出现在临终慰问室的门口。

“邹静森，我来找你。”陈聪下午没事，直接上来找人。

看到她气势汹汹的模样，邹静森尴尬地吞了吞口水，俗话说，“不是冤家不聚头”，但她又觉得，自己和陈聪没什么好说的。

“我来找你，是有话对你说。”

“你有什么，直接在这里说吧。”邹静森摆出一副冷硬的态度，她的眼睛投在其他需要临终慰问的病人身上，看着有一些不耐烦。

陈聪只是挑了挑眉，嘴唇微微噘着。

“我只是来通知你一声，我准备和唐河结婚了。”陈聪眼眉一挑，气定神闲地撂下一句话。

邹静森不受控制地后退几步，她的脸色微微一僵。陈聪很容易捕捉到她一刻的失态，忍不住弯弯嘴角，露出胜利者的笑容。

“你们结婚是你们的事，关我什么事？”缓了几秒钟，邹静森很快寻回自己的理智。

她大概这辈子都无法忘记，她和唐河曾经经历过赵高那个事件，他们俩一起经受过生死的考验。

她也无法忘记，在她被赵高挟持时，唐河不惜拿自己的生命做赌注，不管不顾地追上来，

更何况，他们十年前，都是彼此的初恋。

可眼下，唐河的女朋友……应该是准未婚妻，趾高气扬地跑来，炫耀她要和唐河结婚的消息。

“我和唐河结婚，当然不关你的事，我只是害怕你还对我们家唐河余情未了，我不想到时候场面搞得太难看。”

“放心，你担心的事情，不会发生。”

说完这句话，邹静森头也不回地走出临终慰问室。

翌日下午，邹静森接到电话，是云城第一人民医院的工作人员

打来的，说昨天她接待过的患了食道癌晚期的老婆婆今早凌晨在医院病发，最后抢救无效证实死亡。

唐河刚刚从手术室走出来，院长陈志涵突然出现，让他到自己的办公室去一趟。

到了陈志涵的办公室，唐河被他招呼坐下来，他没有这么做，只是拘谨地站着。

陈志涵忽然发声："唐河，听说我家小聪都主动跟你求婚了，你自己是什么想法？"

唐河没想到陈聪会和她爸爸说这样的事情，一时语塞，找不到话回答。

"你和小聪谈恋爱也有三年了吧？我看小聪对你可谓是百依百顺，我也觉得你们这个时候也该结婚了。"

"院长……"唐河无奈地叫了一声。

"怎么？难道你还不想结婚？"陈志涵忽然恼怒起来，声音不自觉地提高几度，"唐河，你是个聪明人，小聪这么喜欢你，你上哪里去找另外一个比她更适合当结婚对象的女孩子？如果你不打算结婚，你这么拖着她又是为什么？！"

唐河仍然闭着嘴巴不吭声，陈志涵不知道，这些年忙着医学和媒体两边跑，很少主动关心在国外求学的女儿，连她得过抑郁症也不知道。

现在，作为父亲，他却什么也不问，直接对唐河落个下马威。让唐河有一种感觉，不论他答不答应，他一定要娶陈聪。

"院长，实在抱歉，我仔细考虑过了，我打算和小聪分开。"

唐河知道，他这个时候不该说这样的话，但他不能拖下去，他不爱陈聪，也不会和陈聪结婚。

"你，你说什么？！"陈志涵激动地拍桌子，声音很大，一副愤怒的模样。

“嗯，我不会和陈聪结婚的，而且，我会和她说明白，我会和她分开的。”

“反了反了！”陈志涵被唐河气得语无伦次，“你到底在说什么？你和小聪不是好好的吗？为什么不结婚？为什么又要分手？还有唐河，我告诉你，你是云城第一人民医院的形象代表，你知不知道如果你娶了我的女儿，我可以给你什么东西？只要你和她结婚，你要什么，我都可以给你！”

唐河根本不想要这些物质和名誉。从小到大，他只是想做好一名医生，可是为什么，进了职场以后他才发现，医者父母心，他也有许许多多的为难和无奈？这些东西都是别人强加到他身上的！

唐河觉得压抑，压抑得透不过气来，他决心逃走。

“很抱歉，这些东西也是我不需要的。”唐河不想待下去，待下去，他只会惹陈志涵更生气。

离开陈志涵的办公室，唐河忽然无处可去。

作为临终慰问团队的一员，他有时候也会去顶楼看看这些需要临终慰问关怀的重病病人。

有时候唐河也会觉得很神奇，他明明只是一个脑外科医生，怎么也会关怀临终病人了？安静下来听他们的诉求，听他们最后的愿望，看看有没有什么地方是自己可以帮上忙的，如果帮得上忙，义不容辞去做，不会说出一句怨言。

没想到，这时他会碰到邹静森。

细细数来，他们俩已经有很长一段时间没见面了。邹静森是来看看老婆婆最后一面的，但她到底来晚了，老婆婆的遗体已经被家里人带走。其实从始至终，老婆婆和她的关系连萍水相逢也说不上，但邹静森还是觉得心里有个疙瘩，要来看一眼。

唐河站在她的面前，她一直沉浸在悲伤的情绪里，迟迟没有抬头看他。

直到唐河咳了一声，邹静森才看到他。

“你的身体完全好了吗？”唐河还是关心着她，虽然他什么也不说，但她能感受得到。

“已经完全好了，你没看到我都回来上班了吗？”

“嗯，那好吧。你今天怎么会来？”

“我昨天才见过的一个老婆婆去世了，心里有点儿不甘，便来医院看看。”

邹静森看了唐河好一会儿，她看着他，完全感觉不到他是个快要和女朋友欢喜结婚的样子，她好几次想张开嘴问，但到底没有问出来。

人家小两口的事情，关她什么事呀。可是她的心里怎么会涌上一层失落感。

“待会儿你有什么安排？要不我送你回去吧？”

唐河一刻也不想待在医院，也不是闲着没事，但总要找点事情做一下，分散一下注意力。

他很难得地提出要送邹静森离开。

邹静森很吃惊地看着他，虽然想点头，最后她只是摇摇头：“不用了，你太客气了。”她以为，他纯粹把她当病人来看待。

她完全不知道，唐河刚刚经历了什么事情。

这时，邹静森的电话响了起来。

她没想接听，唐河在旁边，她总感觉不论是谁打来，都不好意思在他面前接电话，可电话一直孜孜不倦地响着，连唐河也听不下去了，挑了挑眉毛，用眼神询问她：“你不打算接电话吗？”

邹静森拿起手机一看，竟然是杨永正打来的。

“学姐！”杨永正气急败坏地吼了一声，“我之前在国外出差，刚回来就听说你和我哥都出了大事！我的天啊，出了这么严重的事情，你怎么没跟我说一声？你现在怎么样？还好吗？”

他机关枪一样说个没完，邹静森一下子没反应过来，待她反应过来时，抬起头便看到唐河一脸冰川的模样。

她差点儿忘了，杨永正和唐河是兄弟的关系。但他们俩的关系……又是那种说不清道不明的尴尬和别扭。

“阿正，”邹静森当着唐河的面，不敢和杨永正说太多话，看他在电话里这么热切紧张，害得她以为自己之前和他是不是发生过什么不可告人的事情。

当然，她的记忆没有出现错乱，她和杨永正根本没发生过什么！

“你不要激动，也不要紧张，我和你哥都很好，我也已经出院了……”

“你现在在哪儿呢？我无论如何今天都要见到你。”杨永正在电话里头很急切地说。

“我在第一人民医院，你不要过来找我。”她来不及说我和你哥在一起。

“正好，我就在附近，我马上来找你，等我！”

电话挂断后，邹静森愕然了半分钟，唐河的脸色变得十分难看，她都不知道该怎么主动和他说话。

“看来，你跟他的关系不错。”忽然，唐河阴阳怪气地说了一句。

“他是我的大学学弟，之前也帮过我。”

“哦？他帮过你？帮过你什么？”唐河饶有兴趣地多问了一句。

邹静森一时语塞，她刚到周北川的“世外桃源”上班时，第一天就因为迟到要煮二十人分量的菜，只好求教杨永正来个远程教学，虽然后来她才发现，原来唐河更会做菜。

邹静森知道，唐河不喜欢杨永正，不论这个挂名弟弟对他有多崇拜，他就是不愿意搭理他。

这么看来，杨永正倒是显得有点儿可怜，这么些年一直追在哥哥的身后，可始终换不来他的一次青睐。

五分钟后，杨永正又打来电话，说他已经到了第一人民医院的门口，让邹静森赶紧出去见他。

他待会儿要带她去很好的餐厅吃饭，还要详细询问事发经过。

“学姐，我哥他也在吗？”忽然，杨永正小心翼翼地问了一句。

邹静森没有说谎，轻轻地“嗯”了一声。

“那他愿意和我们一起吃饭吗？”听到杨永正这么说，邹静森顿时放下心头大石，因为她不太想和杨永正两个人一起吃饭，如果加上一个人，不论这个人是谁，她会觉得舒服一些。

“唐河，你要不要和我们一起吃饭？”天知道，邹静森鼓起多大勇气才把这句话问出来。

“我不吃。”唐河的心情从高处狠狠坠落，一直往下坠，沉到谷底，再也没有反弹的机会。

直觉告诉他，杨永正这家伙假惺惺的，没有表面上那么善良，可他也知道自己对他从始至终有一种浑然天成的敌意，不随着时间的流逝而有所改变。他们俩始终不亲，归根结底，是唐河从来没有给过杨永正机会！

“我知道你很不喜欢他，但再怎么说，那件事过去那么多年，你也该放下了。”

邹静森心想，更何况，你也要和别人结婚了，将来也会生小孩，难不成要你的小孩长大后还学你这个样子吗？

她想，唐河只要稍微学会给杨永正一点儿宽恕，他们俩的关系就会变得很好。

"你知道什么？"唐河回了一句，她什么也不知道，更不知道当他用尽全力逃回家时，看到家里多了一个替代自己的男孩子，他当时觉得天都要塌下来了。他只能做到不恨，但没办法做到原谅和宽恕。

晚上，邹静森被杨永正带去一家别致、高雅的餐厅吃饭。

杨永正好像是真的很关心邹静森之前的遭遇，问了很多细节以后，才问唐河当时的情况。

邹静森怕他担心，含糊地说了一些，本来，她才是受伤比较严重的那个人。

"学姐。"忽然，杨永正很动情地叫了她一声，然后伸出手，轻轻地盖到邹静森的手背上。

邹静森来不及缩开，然后便听见他问："怎么办，我以为我已经不爱你了，纯粹当你是学姐对待就好。可当我听说你出了事后，我才发现，我还是很喜欢你……"

面对杨永正的再次表白，邹静森内心忐忑得不行。

她不是玩具，也不是木偶，也是有血有肉的一个人，自然知道一个人得鼓起多大勇气，才会对另外一个人进行第二次表白。

尤其是，杨永正已经表白过一次，得到的是邹静森的拒绝。

但那一晚，邹静森真切地感受到杨永正对自己的关心，他看上去那么紧张，听到惊险的地方眉头狠狠皱起来，仿佛也在经历着那可怕的一幕。

他的关心，他的不安，他的紧张……都是这么的真实，比起唐河的冷酷无情，或者忽冷忽然，杨永正给人的感觉更真实。

可是她又很快地甩甩头，她现在完全提不起心思谈恋爱，更何况，她也没有资格谈恋爱。

一个要和时间赛跑的人，根本没有多余的精力去做别的事情。

恋爱，是奢侈品，不是她可以触碰的。

邹静森没有回答杨永正，但也没有拒绝他。她的态度，让杨永正心里涌起小小的窃喜，最起码这也从侧面证明，邹静森没有像当年他第一次表白时那么坚定地拒绝自己。

吃过晚饭，杨永正很绅士地送邹静森回“世外桃源”。

他似乎想不明白，邹静森为什么放着百万年薪的酒店管理人员不做，偏要跑去做什么临终慰问。

尤其是，临终慰问这个职业，在中国，连个像样一点儿的职称也算不上，他们不是医生不是护士也不是康复师，换句话说，几乎什么也不是。

“你不懂……”邹静森自然不会跟他说实话，她忽然想到什么，有技巧地把话题转到别的地方上，“学弟，恕我冒昧问你一个问题。我想知道你对唐河，其实是什么感觉。”

杨永正握方向盘的双手莫名一僵。

前面是一望无际的车流，各种各样的灯光把黑绒布天空下的世界照得一片璀璨。

从邹静森的角度看，杨永正的半张侧脸忽明忽暗，更显得扑朔迷离。

不知怎的，她的心莫名一紧。

“学姐，你怎么会问这么白痴的问题？”下一秒，杨永正张开嘴，用开玩笑的口吻说了一句，“他是我的好哥哥，我对他很崇拜，也很想亲近。”

“你没有怪他吗……”邹静森小心翼翼地问。

“怪？”杨永正的一边眉毛不自然地抬了起来，“哥哥要是有一天可以原谅和接纳我，我想我一定死而无憾。”

明知道是一句略带夸张的玩笑话，可听到他说到一个“死”字，邹静森的反应很大，连忙侧过身子，拿手挡住他的嘴巴。

这一动作是无意识的，可在杨永正看来，显得过分亲昵。

他的耳后根莫名红了一片。

“学姐，你要一直捂着我的嘴巴吗？”杨永正瓮声瓮气地说，眼里染上几分笑意，明亮得过分。

邹静森后知后觉地把自己的手挪开。

自从当了临终慰问师后，她确实目睹过很多死亡，以为早就产生免疫，其实不然，心里像是有一只怪兽在沉睡着，也不知道这只怪兽什么时候会突然苏醒，叫嚣和爆发起来。

她是害怕的，到底是害怕的。

“不要轻易把‘死’这个字挂嘴边，多不吉利。”邹静森重新坐回去，后背靠上椅背，疲惫不堪地说了一句。

“嗯，知道了，你在关心我。”杨永正的心头划过一丝暖流，嘴角微微上扬，就这样笑着把邹静森送回“世外桃源”。

几天后，唐河再次被陈志涵叫去办公室。

陈聪也在，父女俩一模一样的嘴脸，动之以情晓之以理，劝唐河赶紧把这门婚事答应下来。

“唐河，只要你和小聪结婚，脑外科主任这个职衔，我也可以让你当。”唐河一听，脸色刹那变得苍白。

他怎么不知道在医院里，升官发财的事情也要通过这样的方式得到？别人都说医院里也有许多黑暗的潜规则，他一心只顾着做医学研究，从来不管这些闲事……可眼下，当陈志涵若无其事地把这句话说出来，唐河不禁后背生出一阵恶寒，没过几秒，恶寒变成强烈的厌恶！

“那如果，我还是不答应呢？”唐河的眼睛变得通红，像一只快要发作的野兽。

陈聪连忙上前扶着他的手臂，“唐河，我们的婚事不用着急办，可以稍微推后……”

他一下子挣开这个女人的手。

他甚至怀疑，她三年前是不是假装生病来骗自己，骗自己和她在一起的。

“如果你不答应，那你不能在这个医院待下去了。”陈志涵看到唐河的反应，无比生气他对自己宝贝女儿的态度。

这句话，当然是气话，唐河是脑外科的人才，他要是走了，是医院的损失。

“好，那我辞职。”安静了几秒，唐河突然十分平静地说出这句话。

谁也没有想过，唐河真的递上辞呈，要离开云城第一人民医院。

可说出去的话等于泼出去的水，陈志涵看着摆在自己桌上的辞职信，气得脸色通红，心脏骤痛。

陈聪是最伤心的那个人，她不知道唐河是什么时候递交的辞职信，他办公室里属于他的私人物品也被带走，打他手机没人接，上门去找他，也没人在家。

这一下可好了，她因为上次唐河被赵高绑架的事情心有余悸，想着用婚姻加固他们本来就没多少感情的关系，现在弄巧成拙，唐河甚至连未来和事业也置之不理，一走了之。

殊不知，唐河这样一走了之，反而是一种前所未有的解脱。

唐河知道，他一时半会儿不能留在云城，陈聪和陈志涵肯定会满世界找他，他便买了一张机票直接飞到云南，打算在那边待上一个月。

周北川等人也是过了一周以后才知道唐河闹了这么一出。

唐河走了，陈聪本来也没做过什么，周北川他们临时自发成立起来的“临终慰问团队”被迫暂停。

周北川气得不行，他直接叫上邹静森，跟他一起去云南找唐河算账。

很不凑巧的是，邹静森的脑壳疼着呢，她一脸虚弱的样子，看到周北川当着她的面订飞机票，正等着她把身份证号码报出来，有气无力地摇摇头：“老板，我不去了。”

“去吧去吧，老板请你去，云南风景好，去散散心也好。”让她意外的是，周北川竟然用像哄小孩的语气哄她。

两个人就这样默默地对视了几秒，邹静森忽然感觉不安，这种不安不知道来源于哪里，却让她疑惑，周北川是不是知道了一些什么事情。

就在她愣神的几秒钟，周北川快速地把她的身份证号报出来，让航空公司帮忙多购买一张飞机票。

“我的身份证号……”

“你来的第一天给了我一张复印件，你忘了？”周北川得逞地牵动嘴角，然后嚷了一声，“快去收拾东西，下午的飞机。”

邹静森想，比她还不按常理出牌的人，除了周北川，找不着第二个人了。

唐河都不记得，自己有多久没有好好休息过，出去旅行过。

别人都说云南商业化很严重，刚好错开旺季，他这一路走来倒没有看到太多游客，反而觉得惬意自在。

到了晚上，他便随便走进一家小酒馆，听听歌手捧着吉他唱歌，看看人来人往的画面，生活中的烦心琐事渐渐便被抛到万丈红尘之外。

直到，一颗名叫“周北川”的脑袋伸过来，居高临下地盯着他。

“我去！”唐河吓了一跳，直接从椅子上狼狈地摔到地上。

下一秒，他在地上看到邹静森的脑袋也伸了过来，他的脸色有点儿尴尬，这两个人怎么会同时在云南出现？难不成陈聪也跟着来云南了？

“放心，只有我们俩来找你。”周北川是唐河肚子里的“蛔虫”，看他这一惊一乍的脸色，顿时知道他在想什么。

唐河手脚麻利地爬起来，拍拍裤子上的灰尘，问：“你们有何贵干？”

“你问我？”周北川口气轻佻地说，“应该我来问你才对。你为什么突然辞职不干了？我们的‘临终慰问’队伍现在算怎么回事？自动拆伙了吗？”

说到最后一句，周北川咬牙切齿，看起来是真的有点生气。

唐河其实不是没有想过这个问题，但一开始他们的合作，也是因为陈志涵的要求，更像是强买强卖的一种交易，说出来也觉得不太好听。

可这段时间，他们这帮人确实做了一些事情，也一起经历过很多生死。

这么说来，唐河仿佛也能理解周北川会生气的原因。

“对不起……因为陈聪和陈志涵向我逼婚，要我跟陈聪结婚。”听到唐河说完这句话，周北川转过脸看向邹静森。

邹静森蓦地想起，前不久陈聪还像只骄傲的孔雀来到她跟前，炫耀她要和唐河结婚的消息。

她没有忘记陈聪当时的样子，骄傲得目中无人，她本来就对这样的人不抱任何好感。

当时，她心里还跃起一阵不好受的感觉，现在听说他们结婚不成，倒是有点儿意外。

“为什么？为什么不结婚？”是周北川问的。

“不为什么。”唐河懒得把前因后果都说出来，他本来就不是一个会讲故事的人。

唐河没有想过，其实邹静森也没有想过，面对拆伙，周北川是最生气的那个人。

晚上，周北川在小酒馆喝得酩酊大醉，唐河和邹静森齐心协力、几经艰难才把他弄回客栈。

唐河选了一家环境清幽的客栈居住，他帮周北川和邹静森又另外订了两个房间。把周北川安顿好后，唐河对邹静森下了逐客令，让她赶紧回她的房间睡觉。

谁知，邹静森用身体挡住房间的门。

唐河只是居高临下地看着她。

“你从云城第一人民医院辞职，以后有什么打算？”听语气，邹静森有点儿担心他，“你不愿意娶陈聪，相当于间接得罪了院长陈志涵，他未必会让其他医院接纳你，更何况，第一人民医院是云城最好的医院……”

“你不用担心我了。”唐河的语气依旧很冷，和他每次看到她总是露出一张冷冰脸一模一样，“担心好你们自己的事情就够了。”

“我们？我们有什么好担心的？”邹静森不明所以。

“经过几次合作，临终慰问队伍已经被媒体看上，你们难道没有想过，如果临终慰问队被媒体大肆报道，并不会带来太好的效果吗？”

“怎么会？”邹静森感到纳闷儿，“陈志涵最开始要医院和慰问团队一起合作，不就是为了让临终慰问这个事业被更多人知道，更多人了解吗？”

“哼，”唐河冷笑了一声，“陈志涵是个商人，他这么做，并不是为了发掘临终慰问这个事业，不过是为了提升云城第一人民医院的名声，还有他个人名声，让他得到更多的经济利益。”

邹静森愕然地后退几步，真讽刺不是吗？作为一个医学从业者，所做的一切理应为人民服务，但这个世界上有那么多从医者，并不是真的医者父母心……他们为了利益，为了地位，为了名气……会做出许许多多让人意想不到的事情。

唐河不愿意多说了，把邹静森轰走后，耳根再次变得一片清净。

从国外回到云城第一人民医院后，他见识到不少医学领域中的黑暗地带，不少从医人员都有收受贿赂的行为，如果有什么重大手术，做手术前，病患家属必须给专家医生大红包……

其实他也知道，在这个行业越久，越能看到很多不想看到的东西，他有时候也会迷茫，他是否能够一直坚持做下去。

翌日下午，周北川才慢慢酒醒过来。

邹静森跟他说担心唐河未来就业时，周北川忍不住笑了出来。

“哈哈哈，邹静森你太逗了！”周北川说，“你是真不知道还是装不清楚，唐河除了是个脑外科医生，还是个投资专家，光是几年前在房价还没炒热买下的房，现在不知道增值多少倍了……他做医生不过是为人民服务而已，根本不缺那几个钱。”

邹静森蒙了，她当然是……不知道啊。

周北川说完，感觉自己好像很了不得的样子，毕竟不是谁都能知道唐河这个秘密。

之后的一段时间，周北川仿佛不太生气拆伙的事情，在大理游山玩水去了，邹静森之前就去过云南，没心情和他一块儿玩，周北川还想拉着唐河一起去，也被唐河狠狠拒绝。

周北川便一个人去玩了。

在大理的这段时间，邹静森和唐河每天都会不期然地碰到，邹静森看得出来，唐河其实想要安安静静地休养一段时间，可天不遂人愿，周北川和邹静森一起飞过来找他，让他不得安宁。

谁也没有想到，陈聪为了找回唐河，专门从云城飞过来。

陈聪求唐河回云城第一人民医院，她不求和他结婚，也不求继续和他谈恋爱，她像是在唐河一走了之后想明白很多事情，原来失去是如此难受。

“唐河，求你回去吧，我知道你不能丢下病人不管，我也知道从医是你最大的梦想。我错了，我真的知错了。”陈聪泪如雨下，“我决定放弃你了，不再鲁莽地缠着你了。”

唐河说他会考虑一下，陈聪没有像从前那般勉强他，或者死缠烂打，而是态度很好地对他说可以慢慢考虑，考虑清楚给她一个答复。

待陈聪走后，邹静森才知道，原来唐河三年前和陈聪在一起，是因为当年陈聪得了抑郁症，他心软才会答应跟她在一起……但他们在这几年里，一直没有任何实质性的发展。

不知怎的，邹静森心里泛起一丝甜蜜。

接近凌晨，唐河住的客栈发生了骚动。

客栈不知道什么原因着了火，老板一个一个房间拍门，让住客立刻离开。

唐河迷迷糊糊地被人拍醒，后来跟着人潮跑出去，没多久他在人群中张望，没看到邹静森，又连忙跑回去找她。

“先生，火势很猛，你不要再进去了……”

“我的朋友还在里面！”

那一瞬，唐河心里一动，虽然他不太明白这种动代表着什么，但他想，他对邹静森，不会有着无缘无故的恨，也不会有无缘无故的爱。

“唐河！”唐河来不及再次闯入火海，回头便看到邹静森站在混乱的人潮之中，遥遥地看着他。

原来，她也跑出来了，是他太紧张一时看漏了。

周北川过了几天才回大理，听说唐河和邹静森住的客栈发生火灾，为自己逃过一劫感到庆幸。

唐河忽然看着他们说：“我还是决定回去医院上班了。”

他这句话说得十分平静，但邹静森还是觉得很惊喜，她记得，那一晚客栈发生火灾，事后唐河不遗余力地帮助受伤的人，也许是那一刻，唐河发现了自己还是热爱救人的。

“唐河，你还是想当医生的，对吧？”邹静森轻轻地问。

“嗯……好像除了做医生，我也没别的心思经营其他事业了。”

邹静森一听，忍不住笑了。她想问，那你的那些地产投资呢？她终究没有问，因为她也很清楚，这家伙，这辈子都会做医生，而且是一个很优秀很优秀的医生。

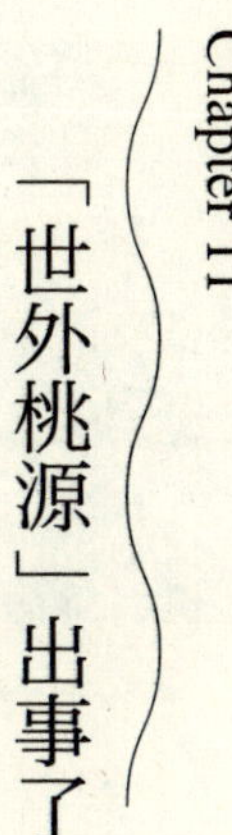

Chapter 11 「世外桃源」出事了

一周以后，他们三人告别了美丽的云南大理，一起从大理机场飞回云城。

回去以后，唐河重新回到第一人民医院上班，陈聪说到做到，不再打扰他，偶尔和他不可避免地碰面，也只是尴尬地打一声招呼就走开。

唐河从没想过陈聪可以自己走出来，可能还需要一点儿时间，他还是打从心底为她感到高兴。

至于陈志涵，碍着女儿那层面，不再找唐河的麻烦，但也不再给他任何暴露给媒体的机会。

反而，唐河很不愿意面对记者媒体，这恰恰正中他的下怀。

不知道是不是邹静森的错觉，她感觉这次从云南回来以后，“世外桃源”的气氛怪怪的。

后来她不知道听哪个多嘴的人说，陈朝阳之前跟宝琳表白过，被宝琳当众狠狠羞辱了一番。

“什么？你跟我开玩笑吧！”

邹静森觉得不可置信，陈朝阳这么木讷，就算他心里藏着爱意，应该不会把话说出来的。

但她也没想到，宝琳会当众羞辱这个男孩子，肯定很伤他的心。

那天下午，邹静森看到陈朝阳一个人在外面的院子里摆弄单反相机，邹静森从他背后悄无声息地经过，恰巧看到相机里的照片。

一张一张的照片，都是宝琳。

一个人要多喜欢另外一个人，才会把她拍得这么好看，拍得这么完美……邹静森的眼前掠过唐河那张脸，她想，她和唐河应该再也不可能了吧。

“邹姐姐？”

没想到，邹静森不小心踩到什么东西，被陈朝阳发现。

邹静森红着脸走出来，偷看被人发现，她真的觉得很没面子。然而，陈朝阳没有责怪她，只是尴尬地、腼腆地笑了笑。

邹静森在他身边坐下，大着胆子问他是什么时候喜欢宝琳的，有多喜欢宝琳。

陈朝阳说：“我是因为她才会来这里的。”

“啊？”邹静森更好奇，不知道这两个小年轻从前发生过什么事情。

陈朝阳也许是压抑了很久，看到邹静森，觉得邹静森会帮他藏起这份心事，便对她说起他和宝琳以前的故事。

原来，陈朝阳和宝琳是同学，从小学到高中都是同学。

陈朝阳从小就喜欢宝琳，像个跟屁虫总是跟在宝琳的身后，不论她去哪儿，他都会跟着一块儿去。

那段时光里，宝琳说不上有多讨厌陈朝阳这种跟屁虫行为，但肯定也不会喜欢。

后来，陈朝阳抄了宝琳的志愿表，和她一块儿上了同一所高中，然而，宝琳在高中时有了喜欢的男孩子。

陈朝阳知道后，心情低落过一段时间，但他努力调节好自己的心情。因为他知道，宝琳不喜欢他，从来都不会喜欢他，她早晚也会喜欢别的男孩子。

“谈恋爱以后，宝琳真的特别开心……”陈朝阳说起当时的情景，眼里竟然也绽放出一丝璀璨的光亮，“我认识她那么多年，从来没有见过她这么开心，笑得这么灿烂。宝琳的出身不太好，父亲是赌徒，母亲得了癌症……后来她遇到那个男孩子以后，仿佛重生过来一样，脸上有了笑容。我看得出来，她很喜欢他。”

“那后来呢？”邹静森忐忑地问。

“后来，宝琳的父亲欠了很多钱跑了，高利贷追到她那边去讨债……而她的男朋友，替她挡了十几刀，在她面前倒下，当着她的面断了气。”

什么……

“所以，宝琳一直有个心结，她无法再爱别人，也无法做回曾经的自己。”陈朝阳重重叹了一口气。

邹静森听完陈朝阳的话后，忍不住发出一阵唏嘘。

别看陈朝阳和宝琳看着年纪不大，他们俩都有个共同点——心思细腻！

“宝琳已经很努力了……”陈朝阳沉默了一会儿，忽然又再次开口说话，“她知道自己心理有事情，高考后报心理学，以为好好学习，她的心理问题早晚会解决的。我也是为了和她上同一个大学，也学了心理，但我更擅长催眠，我试过催眠很多人，但宝琳不肯被我催眠。”

“为什么啊？”邹静森不明白了，如果他可以试一下对宝琳用催眠的方法，兴许能帮上一点儿忙。

“她害怕被催眠后，她会忘了她的男朋友。”

邹静森想，宝琳是个复杂又矛盾的人，男朋友当着她的面被高利贷的人砍死，对她造成很深的阴影，但另一方面，宝琳如果不忘掉悲痛的过去，她是永远走不出来的。

“对了……”邹静森忽然又想到什么，“我总觉得周北川对宝琳特别照顾，他和宝琳是不是有什么关系？”

女人的第六感，通常准得吓人。

“嗯……”陈朝阳乖乖地点点头，“宝琳和她的男朋友出事的时候，老板刚好在附近闲逛，也看到了这一幕，是他报的警，也是他带宝琳离开那个血腥的现场。后来老板就让宝琳跟他一块儿工作，我为了照顾宝琳，也一起过来了。”

看来，周北川还是真的有意无意救了很多人的命，他这家伙，是吃饱了撑的没事干吗？怎么总是多管闲事呢？

但同样也是这个人，把那么多人“捡”了回来，让他们的人生变得和从前不一样。

谁又能指责他没做对呢。

“朝阳，你听我的意见。”邹静森看得出来，陈朝阳内心挣扎，他的性格并不适合做临终慰问师。她也笃定，其实宝琳也不适合这个工作，他们俩都不应该继续留在这里！

“你带宝琳离开吧！带她去她想去的地方，当然，你必须陪她一块儿。她要是自己一个人的话，很容易发生危险。”

“邹姐姐？”陈朝阳很意外，邹静森竟然会劝他们一起离开这里。

“是的，你们都不适合继续待在这里。”

“可是……”

邹静森看出来，陈朝阳其实也有离开的想法，但他不敢提，现在通过别人的嘴巴听到自己心里的真实想法，他是开心的吧？

“你待会儿就找宝琳，跟她说出你自己的真实想法。你既然那么喜欢她，就陪她去做她想做的事情。对了，记得不要再表白了，她心理的阴影还没消除干净的话，是没办法再放任何人进去的。

“但是说不准，你这样一直陪着她，陪了她那么多年。也许过了很久很久以后，她想起来，会慢慢明白你的好。”

“嗯。”陈朝阳感激不尽地看着邹静森，“谢谢你。”

邹静森不知道，那一晚陈朝阳和宝琳说了什么话，说了多久，最后又是怎么成功劝她离开“世外桃源”的。

而周北川，那个时间点肯定已经呼呼大睡。

邹静森并不担心这只纸老虎，如果他到时候发作骂人，她一个人顶着就好了。

说到底，她还是很心疼陈朝阳和宝琳的遭遇。

你说，这个世界到底怎么了？老天爷又是怎么了？为什么总要设计一些不好的事情来考验我们普罗大众呢？那么多人只是想要平平淡淡地过好自己的小日子而已，为什么偏偏就是不行？

第二天一早，周北川一觉醒来看到宝琳留下来的信，看完以后，他愤怒地大叫了起来，让其他人也醒了过来。

“你们给我说！知不知道宝琳和陈朝阳去哪里了？！”

周北川气得要撕碎手上的信，邹静森不怕死地夺过来看，看到是宝琳写的，说她决定和陈朝阳离开临终慰问团队，至于他们去哪里，他们自己也不知道呢。

邹静森主动承认错误：“我……不知道，但是我劝陈朝阳带宝琳走的。”

“什么？！”周北川气得快要晕过去。

十五分钟后，周北川把其他人弄走，只让邹静森留在他的办公室里。

邹静森把昨天对陈朝阳说过的话，一五一十又说了一遍，说完后，她舔了舔发干的嘴唇，用余光偷偷打量周北川的脸色。

可想而知，周北川觉得邹静森的脑子生了锈，才会劝他们俩离开这里的。

“你才认识他们俩多久？你怎么就知道他们不适合这里呢？我宁愿他们俩啥也不会做，我花钱养着他们也好啊！但他们现在走了，你能保证他们不会发生什么意外吗？！你能保证吗？！”

邹静森被吼了一耳朵，脚步踉跄后退了几步。

原来，周北川用心良苦啊。

“宝琳从前遇到的那件事情，比你能想象的，还要严重一百倍！我当时也在案发现场，之后的三个月我都吃不下一块肉！你想想，宝琳她花了几年走不出来，也很正常吧！可如果她在我这里待着，我有信心她早晚有一天会慢慢走出来的。”

“那你试着相信一下陈朝阳可以吗？”

“他……也只是个毛头小子！”

“我相信，他们俩在外面走了一圈，看过一些风景，走过一些路后，要是还喜欢这里，最后兜兜转转，还是会一起回来的。”

有时候，周北川搞不明白，邹静森的脑回路是拿什么东西做的，奇奇怪怪，不按正常人出牌，而且总是对一些模棱两可的事情有着极大的信心……

到底，是谁给她的信心啊！

陈朝阳带着宝琳一起离开“世外桃源”后，邹静森莫名感觉“世外桃源”开始不太平。

“世外桃源”的地理位置很隐秘，平时要人带着走一遍，才能勉强记得怎么走。但邹静森发现，不知道具体是从哪天开始，“世外桃源”开始隔三岔五出现陌生人，没多久，邹静森发现这些人都是记者。记者找上门来做什么？

那些记者很实诚，说要采访一下在这里工作的员工。

有一次，有一个记者刚好逮到邹静森，邹静森一句话也不肯回答，那个记者看着很着急，要拍点儿什么东西拿回去交差，直接举起相机对着她一通乱拍，邹静森根本来不及躲，也来不及推开她。

后来那个记者跑走了，邹静森才反应过来，糟糕，她被拍了！到时候真的被登报纸，那怎么办？

最开始的时候，邹静森还以为周北川对有记者上门采访的事情是知道的。以她对他的理解，他应该很愿意接受采访，把风头都暴露在外。然而她猜错了，周北川遇到记者时，凶得厉害，如果那些记者死缠烂打一定要采访的话，他甚至会挥舞拳头，作势要教训他们。

“我以为……”邹静森忍不住冒出心中的疑问。

“我还以为是你叫人过来做采访呢！”周北川的气没消，喝平时最爱的爱尔兰咖啡，也像灌白开水一样往嘴巴里灌。

然而，让邹静森最不愿意看到的事情，还是发生了。

那个偷拍成功的记者，真的把邹静森的照片刊登到报纸上，然后邹静森的爸妈还有读报的习惯，他们不是第一个看见的，是有朋友告诉他们，他们才发现原来邹静森早就没在酒店上班了。

“女儿，这是怎么一回事？”

爸妈的电话立刻打过来，质问邹静森报纸上报道的是怎么回事，邹静森才知道，原来那些记者把“世外桃源”说成是邪教组织一样的存在，还说这里的老板，也就是周北川，是个精神不太正常的疯子！

邹静森不是不知道现在普遍的纸媒都很难做，报刊记者的薪水也缩了一大截，可是他们不是本着公正、公义、公开的本心去采访和报道吗？怎么会不分青红皂白就把这里说成是邪教组织了？

而且，最过分的是，这些人说周北川是疯子，已经变成人身攻击了！

邹静森忍不下这口气。

她出门前明明把报纸藏起来了，可没想到，周北川还是看到了……

但那时候，她在去纸媒的路上，辗转了一段路，还遇到心烦的堵车后，她才终于到那个公司，找他们的主编，问为什么要写出这样不实的新闻来！

那天偷拍邹静森的女孩子也在，看到邹静森气势匆匆地杀过来，她连忙躲起来了。

邹静森直接杀进主编办公室，所有人都在看着她。

办公室里也就那么三两个人，看来纸媒行业越来越难做。

但是，也不能随便捏造事实吧！

“我是来讨个公道的！”邹静森努力让自己在几秒内冷静下来，然后说出特意上门的目的，主编看上去也像个刚毕业的大学生，一点儿气势都没有。

他听完邹静森的话，很沉吟地应对：“我们是收到人家的爆料，说你们那边是个非法的聚居组织，专门搞些不好的勾当，所以才派人去拍照和报道的。”

“你在胡说八道些什么啊？”

“还有，你们那个组织的发起人，他的母亲和外公都是精神病患者……这我们是私下查过的。”

听到这句话，邹静森明显说不上话来，目瞪口呆地看着这个年轻的主编。

这个人也露出爱莫能助的表情，用眼神明明白白地写着："姑娘，回头是岸吧，赶紧离开这个莫名其妙的组织，重新做人不好吗？"

"邹静森！"这时，门外响起一个最熟悉不过的声音……

邹静森缓慢地转过脸，看到周北川不知何时也赶了过来，他二话不说闯进来，气场太大，没有人敢靠近他半步。

邹静森的表情犹如石化了一样，她似乎不能相信那个主编刚刚说出口的话，但她看到周北川的那张脸——她从没看过周北川这么紧张过！

所以，他也听到主编说的话了？他这是……心虚的表情吗？

邹静森不敢想下去。她和他认识这么久，虽然算不上他的知心好友，但她清楚，周北川的表面再闹再风骚，其实骨子里很善良的。

"你来这种鬼地方做什么？"周北川伸出手，握着她的手腕，把她从众多目光中拉出去，"有什么话，等到外面再说！"

周北川真的把邹静森拽出去了。

到了外面，邹静森悬着的一颗心才沉沉坠落，她侧过头看着身旁的周北川，不知道他在想什么。

"走吧。"突然，周北川悠悠地说了一句。

"去哪儿？"

"回'世外桃源'。"

"周北川，你怎么不进去教训这帮人一顿？我以为你跑过来是要替'世外桃源'出气的！哪想到你只是把我拉出来……"说着说着，邹静森心有不甘地说，"他们怎么可以这么随便乱写？他们什么都不知道，听了别人的小道消息，收了一点钱，就昧着自己的良心写出这么不实的报道！他们还配做什么记者啊？”

周北川愕然，回头愣愣地看着她。

“最过分的是，他们还上升到人身攻击了！他们竟然刚刚还对我说，对我说，说你是……”

“够了！”周北川仿佛很痛苦地吸了一口气，然后沉重地别过脸，不去看邹静森的脸。

说她脑回路奇怪，就是奇怪，她怎么那么爱拿别人的事情当回事呢！她怎么不先想想自己呢！

“不要说了。”他无比痛苦地说。

邹静森的心莫名一紧，她刚刚以为，主编都是乱说的，她不是好奇八卦别人私事的那种人，但她曾经在酒店待过那么多年，没少见识过各种各样的人，所以当她看到周北川给出这样的反应时，有点儿诧异——难不成，那个主编说的话是真的？

周北川……他家里真的有精神病患者？

“我其实刚刚都听到了，所以我才会拉着你的手，把你给拉出来的。”周北川抬头看着碧蓝如洗的天空，重重地吐出一口气，“邹静森，你怎么不好好管一下自己的事呢？你怎么就爱多管闲事呢！”

这个转折实在太突兀，邹静森蒙了，没反应过来周北川指的是什么事情。

他也没多说，只是抬起手，指了指邹静森的脑袋。

邹静森一看，整个人僵了下来。

他，他知道她生病的事情？他是什么时候知道的？知道多久了？为什么他一直都不说，要到今天才说？！

“你在说什么？”

“你知道的，你的脑子里，有一颗肿瘤。”

像是平地响过一声惊雷，邹静森吓得退后几步，嘴巴微微半张着，却一句话也说不上来。

“所以，管好你自己的事情吧！不要再管别人的事情了，你知不知道，你有时候……真的好烦！”

说完，周北川头也不回地、大步流星地走掉。邹静森没有看到，他走的时候双手握成拳头，捏紧又松开，松开又捏紧。

邹静森没有再去“世外桃源”，而是直接回了家。

回到家里，爸妈铁青着一张脸，看来是一直坐在这里等她回来，等她回来亲自跟两个老人解释清楚这件事。

餐桌上，还是那份报纸在静静地躺着。

邹静森强颜欢笑地打了一声招呼，看二老没有理会自己，便不乐意地撒起娇来：“喂，你们的宝贝女儿难得回家一趟，你们怎么板着一张脸，给谁看呢？”

“阿静，你赶紧给我们说说，你是什么时候辞的职？又是什么时候进的这个非法组织啊？”

邹静森觉得很不舒服，她住了那么久，帮忙做了那么多事情，被自己最亲的人理解成非法组织。

从小到大，在她的记忆中，非法组织都是犯罪行为啊，里面的人也是犯罪分子，“世外桃源”那个地方怎么可以相提并论？！

但她又转念一想，等她把事情的来龙去脉说个明白，她的爸爸妈妈就会理解她的想法吧？

于是，她坐下来，和爸妈说了很久，除了有一件事情她至今说不出口，其他能说的，她统统都说出来了。

然而，邹静森的爸妈还是无法理解她做的临终慰问工作。

“你去给要死的人工作？我的天啊！这是多么晦气的工作啊！女儿，你又不愁找不到更好的工作，干吗要逼自己去做这样的事情？”

“妈，我没有逼自己！也没有别人强迫我，是我自愿要去做的。”

“不行不行，你从今天开始就住家里，以后别再回去那个地方！”爸爸痛心疾首地说，他以为女儿真的被类似传销组织的人教唆了，才会在“世外桃源”那个地方工作，而且做了那么长时间。

“过几天你回酒店看看，问问人事的同事，看能不能通融一下让你回去上班啊……”

在父母眼中，怎么会有人放弃好好的年薪百万的工作不干，去干那种吃力不讨好的工作呢。

邹静森觉得很失落，她的爸妈怎么就这么不理解自己呢！

邹静森没想到，爸爸和妈妈真的没有让她出门的打算。

她的爸爸，去她曾经上班的酒店，找了人事找了经理，不断地帮她求情，希望经理可以让她回去上班。

所以，邹静森之前才没和爸爸妈妈说实话，她知道要是说了，就会像现在这个场面，尴尬得下不了台。

但她也没想到，爸妈不让她出门啊。

“爸，妈！我又不是小孩子，我二十七岁了，你们俩还把我关在家里算怎么回事啊？”

邹静森愤怒地拍着房门，她的房间有卫生间，倒没有太大的麻烦，只是房间的门被爸妈用钥匙从外面锁上，她不能出去。

她爸忙着去酒店求情，她妈妈站在门外对她说：“小静，你乖乖在家休息两天，等你爸把你工作的事情处理好，我们就会放你出去的。”

“不是，妈！您什么意思？”

“我们也是为你好啊，你做那样的工作有什么意思？每天和要死的人打交道，多晦气！还有，我听说你们的老板，是个精神病呀！”

邹静森听完妈妈的话，感觉很不对劲儿。

临终慰问是个很有意义的事情，是谁故意散布谣言，把他们的临终慰问说得这么不堪?

还有，又是谁把周北川造谣成精神病传出去的？周北川是不是得罪了什么人！邹静森越想越不对劲，她总觉得一定是有什么人从中作梗，才会让这件事变得那么莫名其妙，并且一发不可收拾。

等到了晚上，邹静森的爸爸从外面回来了，但酒店的经理没同意他的请求，所以爸爸的心情很不好，自然也暂时不会把邹静森放出来。

等了一天，晚上仍然不能出门，邹静森的脾气越发暴躁。

她知道爸爸和妈妈是为了她好，可是她一点儿也不觉得好！她四处张望，看到底哪里可以逃出去。

从窗户上跳下去吗？又不是演电视剧，她不至于这样做……装不舒服让爸爸开门吗？她的演技不怎么好，何况爸妈太了解她，很容易就被看穿……就在邹静森一筹莫展的时候，她的手机响了。

对，她的手机没有被没收！她怎么这么傻地一直在房间里傻等呢！

她暗骂自己笨，然后拿起手机按下接听键。

意外的是，是闫安安打来的。

“安安姐，怎么了？”闫安安还没说话，但邹静森感觉她会主动打来，肯定是“世外桃源”发生什么不得了的事情。

果然，闫安安下一秒就说：“邹静森，我们这边出事了，你在哪儿？怎么今天都不见人？”

“我……我被爸妈关在家里了。”邹静森不愿意撒谎，简单地把她的爸妈看到不实报道后，把她关在家里不让出门的事情告诉给闫安安听。

闫安安那边停顿了好几秒钟。

邹静森的心情越发沉重，闫安安说出事了，有什么事情是周北川亲自出面也解决不了的吗？她感觉一定发生了什么很严重的事情。可是她现在着急也没用，因为她根本出不去啊！

“团队里有人开始罢工，也有人质疑老板是不是……精神病患者，总之，现在这里一团乱。”闫安安的声音听上去格外凄凉、心酸，“老板他也不解释，不论别人怎么问就是不肯解释一句……还有从不同地方来的记者和媒体，把这里弄得一团乱，我实在没办法了，只能找你。”

邹静森心想，她不过是走开一天，“世外桃源”怎么一下子发生这么多事了？！

还有，周北川他……到底又是怎么了？

邹静森想了很久，觉得自己不能坐以待毙。

她必须离开家里，迅速赶回“世外桃源”。她认识闫安安这么长时间，从来没听见她用这么心酸的语气说话，“世外桃源”是真的出大事了！

如果她能现在就赶过去，兴许能帮上什么忙。

幸好，手机还在自己的手上。

邹静森找了一圈，先打电话给周北川，毫无意外，周北川那边没有回应。然后她又在通讯录里到处找，很快看到“唐河”的名字。

说起来，她似乎很久没有见过唐河了。她不知道他最近在忙什么，更不知道，唐河知不知道“世外桃源”出事了。

说时迟那时快，邹静森不知怎的，已经按下唐河的电话。她想挂掉时，那边已经传来唐河的声音。

“喂？”

邹静森听见唐河的声音，鼻子一酸，有点儿想哭的冲动。

她自己也明白，她和他其实什么关系也不算，但两人自从重遇以后，确实一起经历过大大小小的事情。

很多时候，邹静森都很感激唐河，感激他的出现，感激他的帮助，感激他的解救……原来有些人，你与他之间无需太多言语，只要一个眼神一个表情，也可以解开很多话语也说不清楚的遗憾。

她和唐河，算是这样的关系吗？

“邹静森，怎么了？”电话接通了一会儿，邹静森一直没说话，唐河按捺不住问了一句。

“你最近看新闻了吗？”

“嗯……”唐河只是沉吟地应了一声，没有过多的言语。

“我去上班的事情被我爸妈知道了，他们把我关在家里，不准我出门……”邹静森急切地说着，“但我听说周北川那边出事了，我想过去看看。”

唐河很快反应过来，她打给他电话的意义是为了求助。

“你能来我家里，救我出去吗？”

“好，你等我！”

邹静森以为按她对唐河的了解，唐河是不会答应的，但她没想到，唐河挂完电话后，十五分钟就把车子开到她家楼下。

他竟然还记得她家住在哪里，这么顺利地找过来了。

没多久，邹静森在自己房间里听到唐河摁下门铃，然后妈妈跑去开门的动静。她不清楚唐河对邹静森父母说了什么，她只看到，妈妈很快用钥匙打开门，然后唐河站在妈妈的身后，礼貌地看着自己。

那一瞬间，邹静森听见自己心跳莫名变快的声音。

“小静，你怎么谈了男朋友也不跟爸爸和妈妈说一声呢！”

邹静森愕然地愣在那里，邹爸和邹妈反而笑意盈盈地看着她，又回头看看一表人才的唐河。

缓了几秒，邹静森才反应过来。敢情唐河用“男朋友”这一层身份来介绍他自己的吧！

等等，这不是唐河一贯的套路啊！邹静森心里欢喜，甜蜜，然后又涌上一层淡淡的悲哀。

可事情危急，邹静森也管不了那么多，既然唐河肯这么给面子假扮她的男朋友，她连忙堆起灿烂的笑脸，走到唐河身边，主动热情地挽起他的手。

“爸，妈，你们这几天不是不让我出门吗？看来是我男朋友担心我了，才会主动来找我。”

“哦……呵呵！”邹爸尴尬地笑了笑，“你如果早点儿告诉爸妈，我们怎么会把你关在家里呢！”邹妈怕邹爸说多错多，很用力地往他身后掐了他一把，让邹爸立刻掉转话锋，“好了好了，你们两个年轻人出去约会吧！记得早点儿回来！”

邹静森松了一口气，然后拖着唐河离开家里。

一直坐上唐河的车子，唐河猛踩油门往“世外桃源”的方向开过去，邹静森仍然有点儿回不过神来。

唐河的侧脸清俊冷静，像一块白玉，静静地发着光，温和得没有一点儿杀伤力。

“唐河，谢谢你。”

“你不用跟我道谢。第一，周北川是我的朋友，他出事了，我也应该伸出援手去帮他；第二，我也是‘临终慰问团队’的一员，我也想了解现在事情变成什么样子。”

“我们……之前不是已经被逼解散了吗？”邹静森声音很小，几乎听不见。

“可我又反悔了，我想继续和你们一起奋斗。”

听到唐河这么说，邹静森的心情激动得澎湃起来。

夜更深了，他们终于回到“世外桃源”。

他们都不知道这里到底发生了什么事，好好的一个花园，在短短时间里变得鸡飞狗跳的。

邹静森连忙冲进去，找了一圈看到在帮忙收拾残局的闫安安。

“安安姐！”

邹静森莫名地想起，自己第一天来到“世外桃源”时的情景。那时候，她对这里的一切都觉得陌生，也没有想过，有一天她在看到这里被人恶意破坏后，会感觉这么难过。

就像是看到自己的家被恶意的陌生人破坏了一样，她手足无措，不知道怎么做才好。

“周北川呢？”她问闫安安。

“在自己房间里面呢。”

邹静森回头去看，唐河已经先她一步去找周北川。

邹静森加快脚步赶了过去，首先映入眼帘的，是周北川背对着门口，落寞地站在窗前的身影。

她听到唐河叫了一声他的名字，可他明明听见了，又没有回头给他任何的回应。

“到底发生什么事了？为什么有那么多人要攻击这个地方，攻击你？”唐河大胆地问出邹静森疑惑了几天的问题。

她也有感觉，其实那些人不是为了攻击“世外桃源”，更不可能是为了攻击“临终慰问”这个职业，他们最主要的目的，是冲着周北川来的。

但是，为什么他们要冲周北川来呢。

这是最让人疑惑和想不通的问题。

周北川是不是得罪什么人了？他是不是做错了什么，被人设了这么大的一个圈套，害得他身败名裂呢？

邹静森的想象力不够丰富，最多也只是想到这一点。不然，他好好的一个人，为什么会弄成这种地步？

周北川以为自己出现幻听，他没想到，看上去酷酷的没空搭理闲事的唐河会突然过来找自己。

他没发现邹静森也站在门口。

周北川重重地吐了一口气，才慢慢说道："嗯，这些人主要是冲着我来的，他们希望我不要做无用功，不要在这里晃荡，他们觉得我不应该在这个地方。"

唐河和邹静森都听得云里雾里的，不知道他在表达什么。

过了半分钟，唐河说："周北川，你可以把话说清楚一点儿吗？我没听明白。"

"我有家族遗传性的精神病……我的意思是，我现在还没病发，也许将来某一天会病发，也许一辈子都不会病发。谁知道呢，但家族的人觉得我太危险了，所以他们想方设法找到我，想提早把我送到治疗精神病的地方，不让我有朝一日发作起来造成祸害，败坏整个家族的名声。"

周北川的话一说完，唐河的身影僵住，邹静森抬起手捂住嘴巴，才不让自己发出任何的声音来。

周北川还是背对着他们，不知道他在想什么。

邹静森不能相信，这个救过那么多人，自发组织成立临终慰问团队，让很多将死之人得到慰藉，并且帮他们把遗憾降到最少的人，竟然得了家族遗传性的精神疾病。

周北川看上去和普通人一样，长得过分妖孽，说话没个正经，但做起事情来，又是不管不顾、认真执着的。他怎么看，也不像是会发作的人啊！

什么害怕会败坏家族的名声？他那个所谓的家族的人，到底是有多自私啊！

"周北川。"听到邹静森的声音，周北川才不可置信地回头看过去。

他怎么不知道，原来邹静森也在这里呢？！

“你……”周北川震惊不已地盯着她，仿佛她不是什么人，不是他的员工，更不是他的手下，而是一只可怕的具有很大杀伤力的怪物。

“你刚刚说的话，是真的吗？”邹静森颤抖着问。

周北川心想，糟糕了，不会邹静森也当他是个可怕的怪物了吧？！

这时，唐河开口说道：“我要找你的亲人讨个说法！我没见过这么可怕的家族，我要看看这些是什么人！”

“够了！”周北川忍耐着大声喝止，“你们都不要管我的事情好不好？你们为什么要帮助我？不过就是看我可怜罢了！”

“你说什么呢？我们把你当朋友！”唐河几步上前，把周北川按倒在桌子上，冰凉的触感让他一下子清醒了过来。

是啊，他们是把他当朋友对待，所以才会为他的遭遇打抱不平，换作是别人，以唐河的性子，可能只是唏嘘一下就算了，怎么还会想要对他伸出援手呢。

周北川的眼角滑下一行清泪。

他活了这么多年，第一次当着外人的面流下眼泪。很多年前，大概是七岁还是八岁的时候，他目睹过自己的母亲精神病发作的样子，当时他还那么小，就已经知道什么叫“怪物”。

后来，他的母亲被其他人送到治疗精神病的地方去，没过几年，听说在那个可怕的地方自杀身亡了。

他的母亲得到解脱了，可是他并没有。

仿佛是被人强硬地安装了一个定时炸弹在他的身体里，之后的二十年来，周北川没有一天不担心他也会发作，只是他到底抱着一丝侥幸，觉得他也许是幸运的那个人。

可是，他真的是幸运的那个人吗？

将近天亮的时候，周北川才蜷缩成一团，悄无声息地睡过去了。

唐河和邹静森轮流寸步不离地守着他，就是怕他会做什么傻事。但其实这个担心是多余的，他们俩彼此也知道，周北川能一个人坚强地活到今天，他吃过不少的苦，心里也有过巨大的恐惧和不安，可都被他努力克服了。

现在这些在外面乱传的是非，能吓跑和他共事的其他人，但不会轻易把他击败的。

“他睡着了，你要不要也去休息一下？”天亮时，邹静森出去洗了一把脸，“世外桃源”还是一片凌乱，她待会儿还要好好收拾一下，毕竟，这里也是她的家。

在她最走投无路的时候，是周北川英勇地跳下海，把她从冰冷的海水里捞回来的。

她的命，是他救回来的。她永远不会忘记。

“不用。”唐河站了起来，随意活动了一下筋骨，“其实这么看来，我和他也算是同病相怜。”他近乎呢喃地补了一句。

“同病相怜？”

“我们都有不太好的童年记忆，当然，他比我惨一些。”

“唐河……”

就在这时，一个声音从外面传来，是他们俩都意想不到的人找过来了。

“学姐！你怎么样了？！”

杨永正？唐河双眸一紧，虎视眈眈地看着他。

“学弟，你怎么会来找我？”邹静森吃惊地问。

“学姐，你们这个临终慰问出了事，我当然那要第一时间赶来看你！”杨永正看上去很紧张的模样，刚说完，便不由分说地拉起她的手，上下打量她，怕她受了什么委屈，或者是不好的伤害。

等他发现邹静森一点儿事情也没有时，才重重吐了一口气。

“万幸，你没事！”

“傻瓜，我能有什么事？外面的报道都是乱说的，你不要相信就好了。”唐河在一边不发一语地看着他们，听着他们的对话，不知怎的，不论何时何地，杨永正永远像个正人君子，看上去也很关心邹静森，但唐河就是觉得，这个人心术不正，肚子里藏着许多坏的想法。

“学姐，你要不，不要继续干下去了，你回来酒店上班不好吗？”

邹静森倒是从来没有想过这个问题。

她从大学毕业以后就进酒店这一行工作，从底层开始做起，一步一步往上爬，一点一点努力打拼，凭借着自己的努力，好不容易升上管理层，薪酬也让人无比羡慕。

但她在糊里糊涂进了临终慰问这一行以后，遇到挫折和失败了，却从没想过要离开这一行，还有这个地方。

她也说不上来是为什么。

“大哥，你和学姐的关系这么好，你帮忙劝一下可以吗？”这时，杨永正又把求救目光看向抿着嘴角若有所思的唐河。

唐河最烦杨永正叫自己“大哥”，他跟他明明没有任何的血缘关系。

“她有自己的决定，你在这里瞎搅和做什么？”唐河没好脸色地回了一句。

被冷漠对待，杨永正仍然端着一张笑脸，说：“因为我喜欢学姐，所以我希望学姐的人生可以过得平安喜顺。”

没有人料到，杨永正会莫名其妙地说出这样的话。

唐河回头看向邹静森，他没有回应杨永正，但眼神冷冽如冰，似乎在用眼神询问："你们俩什么时候好上的？"

邹静森立刻摆手："唐河，你别误会……"

杨永正伸出手，把邹静森拉进自己的怀抱里："学姐，你没忘记我之前又一次跟你表白的事情吧？"

气氛忽然冷却了下来。

"如果大哥是喜欢你的，他不会让我这么胡闹……我其实是在帮你，学姐。"下一秒，邹静森看到杨永正把头扭过来，贴着她的耳朵飞快地耳语了一句。

唐河站得远，从他那个角度看过去，他们俩就像是甜蜜的恋人那般，眼里只容得下彼此的身影，说的话也不会让第三人听见。

他身影一僵，寒冰的气场更甚。

邹静森有点儿期待地抬头看过去，希望唐河真像杨永正所说的，会给出什么不一样的反应。

然而，并没有。

"我要回去工作了，你们自便。"说完这句话，唐河头也不回地走出"世外桃源"。

杨永正留了下来，帮邹静森一起把这里的残局收拾干净。

让杨永正觉得奇怪的是，现在的邹静森看起来，和几年前的邹静森是不一样的。

眼前的女孩子，身上多了几分沉淀，也有着因为这份沉淀升华而成的气质。

他感觉自己变得有点儿看不懂她，他无法想象短短几个月的时间，她经历了什么事情，可以变得跟以前不一样。

他怀疑是自己看错了，可是感觉从来不会欺骗人。

"学姐，你是不是觉得现在这样的生活，是你比较开心的？"两人忙活到中午，才终于把这里收拾好了，很多慰问队员陆陆续续拿着行李、拖着箱子离开，邹静森一开始强忍着苦涩，到后来会觉得心疼，最后这样的心疼变成麻木。

“与其说是开心，不如说是充实。”邹静森若有所思地说，“眼睁睁地看着我的同事、我的战友都离开，我觉得很难过，难过他们误信外面的谣言和报道，也难过我现在什么也做不了。但我不会放弃的，等过两天，我要一个个上门拜访，让他们重新回来。”

“什么？”杨永正觉得太不可思议，“你做这一切有什么用吗？你只会辛苦自己，到头来得不偿失！”

“学弟，你把话说得严重了。”

“那你看看，你一直念念不忘的唐河，你和他一起经历了那么多的事情，他不也是没有把你放在眼里吗？”

他有的。邹静森想说，他只是表现得不明显。

杨永正情绪激动：“学姐，你给我一次机会好不好？给我一次照顾你的机会！”他不甘心，好不甘心，为什么他就是赢不了唐河？

邹静森可以拒绝他，和别的男孩子在一起，但为什么偏偏喜欢唐河！

杨永正觉得愤怒，心头燃起一场大火。

“对不起。”良久，邹静森又一次拒绝杨永正，“学弟，你要是当我是学姐，以后不要再提这种话了。不然，我感觉和你连朋友也做不成。”

杨永正紧紧捏着双手，手背上泛起一根根青色血管。

他实在觉得讽刺。

Chapter 12 我想变成你

时间拨回到三天前。

杨永正提着新鲜食材和水果来到唐河爸妈家里时，无意中却听到唐河爸爸跟唐河妈妈说的一段话。

“老婆，要不这样吧，你待会儿出去跟小正说，让他以后不要经常过来给我们做饭了。小河今晚想回家吃饭的，听说他也在家，就不肯回来了。”

“老头子，你怎么不自己跟小正说？”唐河妈妈愤愤不平地说，“当初是谁说小河肯定丢了，再也找不回来的？还不是你说的！也是你怂恿我去福利机构把小正带回家的，说家里不能没有一个男孩……”

“好了好了，你现在怪我又有什么用？”唐河爸爸的情绪也激动了起来，“是我怂恿你的，但是你拉着我去福利机构的！你看看，我跟你的年纪也不小了，不能一直跟唐河的关系这么恶劣，他毕竟才是我们的亲生儿子啊！”

那一刻，杨永正感觉浑身上下的血管都凝固了，结了冰。

他努力了这么多年，到头来只换来这么一句冷冷的“他毕竟才是我们的亲生儿子啊！”，那他呢？他是什么东西？他也是个有血有肉的人啊！这两个老人怎么会越活越糊涂呢？怎么会忘了他被他们带进来唐家时，那几年的时光也是过得很开心的。

唐河，唐河！说到底，一切都是因为他！杨永正离开唐河父母家后，在深夜寂静无人的马路上疯狂飙车，他的速度太快，差点儿就要撞伤栏杆……幸好他及时踩下刹车，避免悲剧发生。

他整个人趴在方向盘上，狼狈地大口大口地喘着气。

他刚刚要是真撞伤栏杆了，会怎么样？他会死吗？会有人伤心吗？

他究竟是为什么活在这个世界上？为什么他的亲生父母要把他生下来，然后又无情地把他遗弃？又是为什么，他好不容易得到了家庭的温暖，有了新的家人，有了一个新的家庭，但几年以后，唐河的回归，又要把他好不容易盼来的幸福统统给掠夺？！

为什么，为什么？他有一万个为什么！谁能解答这一切？

杨永正的记忆莫名地回到大学的那段时期，他那时候之所以会注意到邹静森，是因为他有一次上选修课的时候，无意中在自己坐的位子上看到邹静森不小心留下来的笔记，笔记的封面写着邹静森的名字，可笔记的内容，却莫名地出现了“唐河”这两个字。

杨永正当时犹如被什么东西击到，他当然知道这个世界上同名同姓的人何其多，加上“唐河”这个名字，算不上生僻，但他就是有一种笃定的感觉，这本笔记的女主人，是认识他也认识的那个唐河，他的挂名“大哥”。

杨永正因为唐河这个名字，心里存了一份说不出意味的心思。

于是，杨永正千方百计要找到邹静森，本来学校就不是很大，要找到一个人并不难。但两人还是隔了半个月以后才真的第一次见到彼此。

“啊，我的笔记本，真的太谢谢你了！”

那一天，杨永正也不会忘记，邹静森跟别的大四学姐不太一样，别的大四学生，一张脸写满疲惫和困乏，对大学校园的生活早就热情减退，但邹静森的脸色看上去反而像大一新生，脸上都是笑容，眼角眉梢都是喜悦。

杨永正的心跳，莫名地慢了一拍。

“你好，我叫杨永正。”

过去了很多年后，杨永正都会记得那样的场景，他约邹静森在学校附近的麦当劳见面，两人一人一杯巧克力新地和冰可乐，还有一人一包中等份的薯条，那个下午他们聊了很多，明明是第一次见面，像是无话不谈的好朋友……

虽然两人相处时间不多，但杨永正对邹静森的关怀无微不至，只要一有空，他就会跑去找邹静森。久而久之，邹静森自己也感觉到什么，但只要杨永正一天不把关系挑破，她也就把他当学弟那样对待。

可后来，杨永正还是对邹静森表白了。

就算邹静森从学校毕业，出来工作，杨永正也是隔三差五跑来她工作的酒店找她，两人一起吃饭，一起看电影，在旁人眼中，他们俩怎么可能没有产生爱火花呢？但邹静森就是没有对他来电的感觉。

她清楚自己喜欢的是谁，要和什么样的人交往，但她也没明确和杨永正断绝来往，因为她觉得杨永正是个好男孩，她只是不想失去这个好朋友。

回忆像是一个个电影镜头飞速闪过。

他想着想着就哭了，哭着哭着又忍不住笑了。因为很多时候，他回忆和邹静森在一起的画面，都是美好的。

可是他觉得太痛苦了……

爱而不得的滋味，是这么难受。

如果，如果这个世界上不存在唐河这个人，该多好呀！

和邹静森分别以后，杨永正开车回到自己的住处。

这几年他没少赚钱，但他一直没有买房的打算。也许，他觉得买房的人，都是要过稳定生活的人，可他呢，不论多晚回家，没有一个人会等他，他虽然长大成人，其实跟小时候过的孤儿生活没有太大的区别。

他给自己煮了一碗方便面，加点火腿片和榨菜，将就着吃了一顿，算是解决晚饭。

睡觉之前，他会回复一下微信。他在酒店当健身顾问，有很多阔太喜欢找他说话，可没有用，他一点儿也不喜欢那些女人。

跟以往很多个晚上一样，杨永正不论怎么努力，始终没有半分睡意。

因为长时间缺失足够的睡眠，只要每晚到了后半夜，他的脑袋疼得快要爆炸一样。

他不知怎的，摸出手机，给唐河拨了一个电话。

“大哥。”

唐河也是一个很浅眠的人，电话铃声一响就会自动醒来。

“你这么晚不睡觉，找我有什么事？”唐河没有保存过杨永正的电话，但寻遍世间只有他会这么叫自己，所以不难猜出是他。

他觉得意外，这家伙，不像是会随便打扰他的人。

“我身体有点儿不舒服，我明天可以来你们医院做个全身检查吗？”杨永正说得很小声，给人一种病得不轻的感觉。

“你要先预约。”唐河的语气还是冰冷，但在杨永正那边听来，好像温柔了一点儿。

“跟你预约不行吗？”

“不行，我不是负责体检的。”

“那我明天一早过来……”

杨永正还是没有睡得着，他一直睁着眼直到外面天色大亮。很快，他动作利索地爬起来，从床头柜中拿出一包早早放好、仿佛随时等着他拿来使用的东西，然后他又打开衣柜取出一套最昂贵合适的西装，一丝不苟地穿上，才开车出发去云城第一人民医院。

他以为，唐河会在门口等着他，看来是他多想了，唐河没有在。

他又拿起电话，拨通唐河的号码。

这些年来，他心里都藏着一只可怕的魔鬼，这只魔鬼时时刻刻都在告诉他，要想办法把唐河弄走，这样他就能名正言顺地当上父母的儿子，这样邹静森才会正眼看到他。

可是他一直不敢有所动作，他怕，虽然不知道怕什么，但一旦犯法，就等于走上一条不归路。

一直以来，他努力孝顺唐河父母，把他们当自己的亲父母一样对待，可换来的，不过是他偷听到他们不敢当着他的面商量着要怎么跟唐河搞好关系的话语。

还有，邹静森最后一次拒绝他的表白，相当于给了他最致命的一击。

他在这个世界上，已经一无所有了，可一直渴望的亲情还有盼不到头的爱情，都是因为唐河才失去的。

他真的好不甘心。

“喂。”思忖间，唐河已经接过杨永正的电话。

“大哥，你在哪里？我已经到你们医院门口了，爸爸忽然在家里晕过去了，你赶紧上车，我带你回去看他！”

说完这句话后，杨永正的心跳变得好快。如果唐河仔细一想，不难发现这句话充满漏洞，并且破绽百出。

爸爸晕倒了，应该立刻打120叫救护车啊，为什么杨永正还要赶来医院把他接回去呢？这么做不仅多此一举，并且在浪费时间吗？退而求其次还有一个办法，就是直接把他爸送到云城第一人民医院就好了，不是吗……

让杨永正意外的是，唐河很快地赶到门口，然后紧张地上了他的车。

看来，他对自己的爸妈不是完全没有感情的。

“你还发什么愣呢？赶紧开车吧！”唐河本来冰冷的一双眼，染上几分复杂的情绪。

换作是平常人，说起自己的父母，脸上总会充满笑容，或者是感恩养育之情。然而说起自己的父母，唐河虽然不能强迫自己露出所谓的笑颜，但也不能完全做到忘怀过去。

他对父母的感情仿佛只有复杂，没有更多的情绪。

然而当他在之前经历过那么多生死的事情后，这一刻突然听说自己爸爸晕倒了，他又没办法做到熟视无睹，等到杨永正听他说的把车子开上马路，他才缓慢反应过来，自己这一次，真的担心爸爸了？

杨永正把早就准备好的饮料递过来：“大哥，看你着急的，爸爸要是醒过来看到你这么担心他，一定很开心的……你先喝一口水吧，我把车子开得最快，很快就能到家，到你们家的。”

唐河心里一跳，但没有多说，只是若有所思地把饮料打开，一口喝了三分之一。

杨永正一边一脸平常地开车一边拿眼角余光偷偷看唐河，看到他真的把自己准备好的饮料给喝了，脸上开始出了一层一层的冷汗。

“你要是觉得热，可以开一点儿空调。”唐河发现杨永正的不对劲，看似无意地说了一句。

杨永正拘谨地点点头，然后不动声色地吞了吞口水。车子继续往前开了一段路。

突然，杨永正听到轻微一声响动，他回头看过去，发现唐河歪过脑袋靠在车上的真皮椅子上，昏迷过去了。

时间一分一秒地溜走。

杨永正握着方向盘的手密布黏稠的汗水。他知道的，他现在还能回头，一切都是来得及的，可是回头以后又怎么样，他仍然过着这样一种一眼看到头、并且做不了任何改变的生活啊。

如果一切都是注定的，都是更改不了的，为什么要做妥协的那个人？凭什么？

他觉得这个世界真的太不公平了，活到今天，杨永正感觉他从一出生就是一个错误，被亲父母遗弃，在福利机构像野草一样顽强地长大，后来被唐河父母收养，好日子没过几年，唐河就回来了……

等到他好不容易长大了，遇到了心爱的女孩，可是这个女孩，爱着的人却是唐河。

杨永正不能再想了！他知道要是继续想下去，他就会心软，就会把这件秘密想了几年的事情给搁置的。

一旦搁置，他这辈子应该没有勇气再做了。

他直接把车子开往郊区，他其实不能确定这个迷魂药的药效有多久，但应付这一段路应该是绰绰有余的。

他没想到的是，这个时候邹静森打电话过来了。

“学弟，你在哪里呢？”

“学姐，早啊，我在开车呢，准备上班。”杨永正睁着眼睛说瞎话。

然而，邹静森也在曾经上过班的酒店，她是被她父母硬逼着过来的，邹爸和邹妈想让她复职，幸运的是酒店的HR并不同意。

邹静森看她也来到这个地方了，就想着约杨永正一起吃个早餐什么的，没想到他竟然会对自己撒谎。

她愣了好一会儿，因为她认识他这么几年，杨永正从来没有对自己撒过谎。

而且，他今天不上班就说不上班好了，干吗说自己来上班啊！

邹静森疑惑得不行，索性又追问了一句："哦，我现在在酒店附近，要不一起吃个早餐？"

"不不不！"杨永正说话也不利索了，舌头打了结，胸口起伏得厉害，"我……待会又有点儿事要出去，我们还是下次再约吧！"

这真的很不寻常……因为以邹静森对他的理解，她都主动开口说要一起吃早餐，按照平时，杨永正肯定是求之不得的。

他到底在做什么？

"学弟，你今天很奇怪，你是不是做了什么对不起我的事？"邹静森无意中开下的玩笑，没想到杨永正没有给她任何回应，并且快准狠地挂了电话。

听着电话里传来的忙音，邹静森愈发感觉不安。

邹静森只好打电话给唐河求助，她以为是不是唐河父母发生什么事情了，哪想到，唐河的手机一直没有人接听。

唐河已经昏迷了，杨永正看着唐河手机屏幕上闪烁着"邹静森"的名字，额头的汗流得更多了。

过了一会儿，杨永正把心一横，直接摸出唐河的手机，把他的手机给关掉了。

他猛踩油门，车子在荒凉的路段上肆无忌惮地极速狂奔。

邹静森以最快的速度赶去云城第一人民医院，顺利无阻地找到脑外科，然后询问唐河的同事，他今天有没有来上班。

不知道是谁说了一句："我今天上班的时候，看到唐医生上了一个男孩子的车。”

“男孩子的车？是不是黑色本田？”如果她没记错，杨永正的车子是黑色本田。

“对啊！是本田！就是黑色本田！”

怎么回事，杨永正把唐河接走了？接去哪里？如果是做正常的事，他刚才在电话里干吗要支支吾吾的？

她不能坐视不管！但她要上哪里找唐河和杨永正去？这时候，她又想到一个人——陈聪！

她又用最快的速度满医院去找陈聪，陈聪快要进手术室了，突然被猛扑上来的邹静森吓着。

两人大眼瞪小眼地看着彼此。

邹静森心急地问：“陈聪，你的手机是不是有跟踪唐河手机的定位？”

还有其他人在场，陈聪的脸色一阵红一阵白，嘴巴微微半张着，说不上一个字来。

“你赶紧把手机交给我！唐河现在可能有危险了！”

“你说什么？”陈聪的眉毛挑高，不可思议地反问一句。

“我没跟你开玩笑。”

陈聪一听说唐河有事，顾不上那么多，立刻把手机塞到邹静森的手上，然后解锁，划拉，打开定位APP。

“我之前和唐河正式分手以后，答应过他会删掉这个软件的，可是我没有做到。”

谢天谢地，就是因为陈聪始终对唐河念念不忘，反而救了他一命！

虽然邹静森还没弄明白杨永正到底对唐河做了什么，但根据她认识他这么久以来，第一次察觉他的不安和失态，她就能猜想，这件事情肯定不简单。

邹静森连忙拿出手机，打了报警电话。

然后她翻开陈聪定位唐河手机的那个软件，弹出来一个地图，上面有显示手机的具体位置……是在郊区！

又是这个时候，邹静森忽觉脑袋开始没命地疼起来。

她真希望这该死的头疼能消停一会儿，等她顺利找到唐河以后再疼也可以啊！

唐河，你千万不能有事！邹静森默默祈求着。

杨永正一口气把车子开到那一片无人使用的废弃停车场。

他的胸口传来一阵闷痛，他努力调整呼吸，不至于大口大口地喘着气。但没有办法，他的心跳还是很快，胸口还是在剧烈地喘息着。

他之所以开车带唐河来到这个地方，是因为他小时候住过的福利机构，就是在这里。

后来，这个地方变成停车场，再后来，没有人继续使用它，它变得完全荒废了，可是他总是时不时就开车过来，他也不知道为什么要这样做。

他知道自己是痛恨这里的，但他又是从这里离开的，所以他对这个地方有着很复杂、说不明白的一种感情。

“大哥，我是一个很悲苦的人，我只是想稍微得到一些关爱……为什么你要阻拦我呢？”

杨永正真的不理解，他和唐河本来就是互不相干的两个人，为什么要认识，为什么要以这种对立的身份活在这个世界上？天知道他有爸爸妈妈还有一个哥哥是一件多么开心的事情！然而那些所谓的美好，原来都只是一场泡沫，泡沫碎了，什么也没有用了。

把昏迷的唐河弄下车以后，杨永正从车子的后备厢里取出很多工具。

他用胶纸封住唐河的嘴巴，用黑色的布蒙住唐河的眼睛，还有拿出粗厚的绳子，把他给五花大绑起来。

他明明是第一次干这种事，没有来由的得心应手，异常成功。

也许，是他这几年总是在心里反反复复演练的原因，他等这一天真的等得太久了。

他还是需要酝酿一点儿情绪，才敢对唐河下手。

很简单，只要唐河从这个世界上消失了，他就是唐河父母唯一的儿子，也是邹静森身边最值得信赖和托付终身的男人！

没想到的是，唐河在这个时候醒了。

“呜呜，呜呜！”他胡乱挣扎，用尽全身力气把刚刚还扬扬得意、沉浸在自己世界中的杨永正给撂倒在地。

杨永正心中涌上一层无名火，他之前一路上的担忧和不安，仿佛在一瞬间消失得无影无踪。

“敢撞我？你不要命了是不是？！”他疯狂地怒吼一声，唐河一听是他的声音，更着急了。

杨永正到底要做什么？要对他做什么？他难道是疯了不成？！

杨永正一点儿要客气的意思也没有，直接一拳头打下去，把唐河打得晕头转向。

他整个人像是爆发了一样，这么多年压抑在心里的苦闷、懊恼、悲情在这个瞬间找到可以发泄的地方，统统一股脑地发泄出来。

“如果不是他……就是我了……”杨永正像是魔怔了一般，一边对唐河毫不留情地下手，一边在脑海里疯狂地念着这句话。

直到他隐隐约约听到自己的手机铃声响起。

不对，他不是把手机给关掉了吗？怎么可能还听到手机铃声！

难道是见鬼了？

杨永正忽然停下手上的动作，茫然不安地回顾四周，但除了倒在他脚边的唐河，现场没有看到第二个人！何来的手机铃声？！

是太兴奋了所以导致出现幻觉！一定是这样……

杨永正更愤怒了，他活脱脱地变成第二个人，杀红了眼，看不见任何人，也仿佛忘记，他从前是个善良正直的人。

“杨永正！住手！！”

这一下，杨永正真的听到别人的声音。而且，这个别人是他最喜欢的邹静森。

不可能的，邹静森怎么会出现在这里？

邹静森脸庞红润，发丝飞扬，恍惚间，杨永正像是看见几年前，第一次见到的邹静森时，她精神饱满，神采飞扬。他就这样对她一见钟情。自此以后，再也不能忘怀，也不能爱上别人。

他这时候才反应过来，他到底在做什么？他为什么会把唐河绑到这个地方来？又是为什么要对唐河拳打脚踢？他真的……真的想要把他给杀了吗？

可是，如果杨永正把唐河给杀了，邹静森也不想活下去了吧？她是那么喜欢唐河，杨永正觉得自己看得出来这件事。

“学弟……”邹静森飞奔到他们俩面前，发现唐河受了伤晕厥在地，而杨永正露出脸色枯败、手足无措的样子。

她认识的杨永正，不该是这个样子啊！她想要把捆绑唐河的东西给解开来，没想到杨永正大步上前，直接粗鲁地把她给推开，推得远远的。

“你到底要干什么？”

“我要把唐河杀了！”杨永正口齿不清地叫起来，“只要把他给杀了，爸爸妈妈就会看得见我，我就可以重新回到他们身边，照顾他们，孝顺他们！还有你！”他伸出手指指着邹静森的鼻子，大言不惭地说，“你也会像爱上他那样爱上我的！我相信一定会这样的！”

“你疯了……”邹静森吃惊得不行，杨永正怎么会在短短几天之内变成一个可怕的魔鬼？

她当然不知道，杨永正的心理扭曲，不是简单几天就形成的，是十几年来，一天一天，一点一点积累下来的。

而她，认识他这么久，竟然什么也不知道。

“学姐，你乖乖地坐在旁边可以吗？”这时，杨永正欺压上来，一把把邹静森压倒在地，然后用剩余的绳子捆绑她的手脚四肢。

邹静森大声呼喊救命，可在这么一个废弃的地方，叫天天不应，叫地地不灵。

邹静森的眼睛很快蓄满了泪水，眼泪沿着眼角不停滑落。她以为杨永正看到她哭了，会手下留情。

可是杨永正显然已经走火入魔，他哪里还管自己心爱的女人是在哭还是在笑，只要把唐河除掉，之后的一切才能好起来。

谁也不知道，等待他们三人的，将会是什么……

杨永正重重地舒出一口气。

他没有准备多余的材料，把邹静森也绑起来。更何况，他不舍得伤害邹静森任何一寸地方，只好强硬地喂她喝完唐河没喝完的有问题的饮料。

看到邹静森软绵绵地瘫倒在地上，他累瘫地坐在一边，大口大口地喘着气，身上的衣服也被汗打湿，呈现出透明的颜色。

他的头发和脸庞都是黏稠的汗水，但他的一双眼睛很明亮，他就这样静静地看着被他捆绑得不能动弹的邹静森，嘴角弯起一道笑容。

诡异的笑容。

“学姐，不急哈，等我把唐河处理好了，我就带你离开。你喜欢什么地方？国内还是国外的？只要你喜欢，我就带你去那个地方，然后我们过上隐姓埋名的生活，你觉得我这样安排是不是很体贴？”

说着说着，杨永正疯癫地大笑起来，他幻想过太多次这样的场景，当这一刻美梦看似要成真时，他感觉到前所未有的快乐。

邹静森想爬起来，无奈没有一点儿力气，但她的意识还是清醒的。她没忍住，默默地哭了起来。

曾几何时，她认为杨永正是她很好的朋友，她可以心安理得地跟他分享所有的喜怒哀乐，后来听到他的表白后，她虽然对他有所回避，但不至于形同陌路，因为她认为他心眼不坏，人也真诚，是个善良正直的大男孩……

却不知道，她当初没有明确拒绝他，会为今天酿成一场大祸。

杨永正，我求求你了，你收手吧……邹静森一直在心里面默默地说着这句话。

时间一分一秒地溜走，她眼睁睁地看着杨永正化身成一只恶魔，走向万劫不复的道路。

她知道他不是这样的人，可是现在，她却没有办法……

这时，杨永正又变成大力士，直接把昏迷不醒的唐河扛在肩上，走到一个邹静森看不见的地方。他完全不害怕邹静森会揭发自己，因为他不知哪里来的自信，肯定邹静森早晚也会爱上自己。

杨永正定定地看着唐河，看着看着就笑了。

“唐河，相信我，你可以解脱了……”

说完这句话，他抽出一把随身携带的小刀，小刀的刀锋泛着冰冷的光，映衬着这变得狰狞的笑脸。

下一秒，警车的鸣笛声从远及近地传来。

邹静森听到这个声音的瞬间，一双原本死水一样绝望的眼睛顿时闪出惊喜。她刚刚打电话报警是正确的！

最不可置信的人，恐怕是杨永正。他刚刚太得意忘形了，完全没有想过，邹静森在来找到他和唐河之前，已经聪明地报了警。

"学姐！你做什么了？你为什么要把警察喊来？！"

"我，我报警了。"邹静森想要大声喊叫，让杨永正放下一切，好好跟警察自首。

他要是真的杀了人，他这辈子也算是完了。

是的，完了……可邹静森不知道的是，对杨永正来说，他的人生，从生下来被自己亲父母狠心抛弃的那一刻开始算起，已经算是完了。

他这么多年，平安没事地长大，不过是苟且偷生罢了。

警车很快来到。

杨永正是真的慌了，他第一次犯事，也是冲动误事，谁也不知道他刚刚在做那些事情时心里到底在想什么，也无从考究。他在面对警察围堵着自己时，他头脑一热，做出同归于尽的事情。

是的，同归于尽。

药效过了，加上之前被打的疼痛，唐河再一次悠悠地醒过来。

看到瘫软地倒在一边的邹静森时，唐河没有多大的意外。

也许，他早就习惯了，习惯邹静森总是不按常理出牌，哪里危险就往哪里奔去的个性。

而且，他莫名有一种感觉，这一次他能侥幸脱险，肯定和邹静森脱不了干系。想到这里，在这么危险的关头里，唐河的嘴角牵强地扯了一下。

"唐河，你别动！"

杨永正真的疯了，他的眼睛如怪兽一样血红，身体震颤得不行，他的右手害拿着那把泛着冰冷光泽的小刀。

这把小刀虽然小，但威力可是无穷的，只要找准血管的位置，在白嫩的皮肤上轻轻划上一刀，真的可以做到致命。

杨永正把刀架在唐河的颈动脉上，然后腾出一只手往前方做了一个禁止前进的动作，吼：“你们别过来！要是过来的话，我一刀把他给弄死！”

杨永正知道，他今天是逃不掉了，既然不能逃了，最起码，也要带着邹静森离开……只是，他想跟她一块儿离开，可能吗？

“杨永正，你现在就向警察自首吧！你要做错到什么时候？你知不知道你自己在做什么啊？！”

邹静森用尽最后一丝力气，软绵绵地说道。

杨永正一听到“自首”二字，整个人震颤得不行。

为什么？他为什么要自首？他做错了什么？他哪里都没有做错！

“唐河，今天不是你死，就是我亡。只要这个世界上没有你这个人存在，所有的好事情都会发生在我身上，我也会有父母都关爱，和得到心爱的女人！”杨永正一下子扯掉封住唐河嘴巴都胶纸。

“杨永正，”唐河听完他都话，嘴角一咧，露出一个疲惫且虚弱都笑容，“我觉得你真悲哀，你太悲哀了。”

“你什么意思？！”

“就算你今天真的拿这把刀把我给捅死了，你难道就会得到幸福吗？我的父母这辈子都不会原谅你，邹静森她……”说着，唐河看了看一脸紧张的邹静森，“她更会恨你一辈子。”

“不，我之所以活得这么悲哀，都是因为你的存在！”

“你之所以活得悲哀，是因为你是个不幸的人。你的不幸，不是别人强加给你的，是你心里认为自己不幸，才会变得这么不幸！”

不……杨永正懒得继续跟唐河废话了，他恨不得这家伙立刻从他眼皮底下消失。

他抬起手，高高地举起那把小刀，然后对准唐河的颈动脉刺下去……

“不要！！”邹静森激动又无奈地脱口而出一句。

"砰——"一声巨响，擦破了所有人头顶上方沉默的天空。

是子弹打出去的声音。

仿佛是电影慢镜头，邹静森一眨眼的瞬间，杨永正的身影狠狠一顿，然后他垂下头，看向自己右边胸口的位置。

他今天穿的白色衬衫，右边胸口的位置很快溢出鲜红的液体，如一朵曼陀罗花，无声无息地绽放，悄然却虚张声势，让所有人震惊不已。

不远处，一名警察镇定地手持手枪，眼神锐利如鹰。

刚才那一发子弹是从他的黑色手枪上打出去的，然后他沉吟地开口说道："上去，抓人！"

其他警察听从指示，纷纷出动，很容易把因为枪伤跪倒在地的杨永正按倒在地，然后其他人把唐河和邹静森迅速拉开，和杨永正保持安全距离。

邹静森感觉自己忽然有了力气，然后她不听警察的指令，飞快地奔向杨永正的身边。

"为什么……你到底为什么要这样做……"

今天发生的一切太不可思议，虽然邹静森之前也遇到过各种各样的、类似电影剧一样的事情，可她从没像现在这般希望刚刚发生的一切都是噩梦，只要醒来，一切就都不复存在。

然而当她的手指抚上还在不停涌出鲜血的伤口时，那温热的触感，那钻进鼻孔的血腥味道，无不提醒着她，眼前的这一切都是真实的。

"学姐……对不起……对不起！"杨永正用尽力气挤牙膏一样地在说话，他虽然嘴巴上说痛苦，可被警察开枪打中自己的瞬间，他仿佛又得到了释然。好奇怪不是吗？虽然痛苦，可是他的嘴角竟然扬起一抹纯真的笑意，"学姐，我是不是要死了？"

“你不要说话了，你再说话，你的血会流得更多。”邹静森哭着说。

“我是一个可悲的人，我真的觉得很不公平！”在杨永正还在努力说着话的同时，警察们动手把他扶起来，准备以最快速度送他去医院，然后再送去警察局依法处置。

邹静森仿佛已经看到，杨永正穿着狱服、剃光头发的模样。

那不是他，那样的犯人不是他啊！

“不！不要拉我！”杨永正忽然咧开嘴角大吼了一声，刚刚还在拖拽他手臂的警察都被他的气势唬住了，“学姐，邹静森，我现在只想和你说说话，我应该撑不到医院了……你不是临终慰问师吗？我的临终慰问，可以交给你来做吗？”

邹静森直到这一刻才明白，杨永正也许不是真的有心要杀死唐河，他只是太绝望了，做出这辈子都不敢做的事情来，然后，假借别人的手，把他痛苦又悲哀的短短一生给结掉。

是这样吗？邹静森不敢问。

两人的脸上充满着晶莹纷飞的眼泪。

“其实我一直不喜欢大哥，”杨永正用只有她和自己才能听到的声音说道，“我就算努力对他好，对他的家人好，都没有用，因为没有人珍惜我的好，也没有人在意我的存在……大学的时候我遇到你，我喜欢上你，我跟你成为好朋友，我那时候以为我还有救，可是你不喜欢我。我知道，你不喜欢我是应该的，我这种人，只配活在黑暗的地狱里。”

“你说什么呢？你为什么要这样说自己？”邹静森不可置信地问。

“因为自从唐河回到家的那天起，他就剥夺了我应该拥有的一切，这些年来，我无时无刻不想着除掉他，除掉他，我控制不了自己心里的心魔……”

杨永正还想继续说，突然顿了一下，仿佛一口气堵在胸口的位置上，久久说不上话来。

其他警察看不下去，连忙把虚弱的他扶起来，带到车上去。

邹静森却没想到，“我控制不了自己心里的心魔”竟然是杨永正最后一句话。

杨永正，他在送往医院的路上停止了呼吸。

当时，邹静森和唐河坐在另外一部警车上，坐在他们俩旁边的警察接了一个电话，然后用很遗憾的语气告诉他们俩，刚刚那个想要绑架并且杀人的男孩子，断了气。

可是，事情还没完。

唐河和邹静森被警察带到警察局录口供，他们俩已经疲惫得不行，还要把刚刚像做噩梦一样的经过一字一句地复述出来，等他们俩都分别录完口供后，他们才能去医院的太平间见杨永正的最后一面。

唐河犹豫了一下，还是给自己的爸妈打了电话，告诉他们杨永正的死讯。

晚上，唐河的父母从家里赶过来，虽然杨永正不是他们的亲儿子，他们也只是抚养了那么几年，可两个老人听闻杨永正的死讯后，还是觉得很悲伤。

唐河跟警察说了，希望他们不要告诉父母杨永正白天所做的一切，当父母哭着问他到底是怎么回事的时候，唐河平静地思考了一下，然后告诉他们，杨永正当时跟他在一起，无意中遇到抢劫犯，对方开了一枪，杨永正的右胸中了一枪，在送去医院的路上失血过多死亡。

把父母送回家以后，唐河又开车折返医院。

直觉告诉他，邹静森还在医院里面。果然，他走到太平间那边，看到邹静森坐在外面的走廊上，神情悲伤，眼角红润。

医院的白炽灯照着她落寞的身影，让她看上去特别脆弱。

唐河心里一跳，他和邹静森，好像真的经历了很多很多意想不到的事情。

他只是也没想过，杨永正会做出这样的事情来。

“邹静森。”

就像是一束光突然冲破厚重的黑暗，打在一个几近绝望的人身上。

邹静森抬头看过去，看到唐河一脸悲伤地站在不远处，在他头顶上方，雪白的光亮盈盈打落在他的身上，让他的脸色看上去更惨白。

“唐河，你恨杨永正吗？”杨永正已经死去，邹静森其实也知道，她问这个问题没有任何意义。更何况，唐河和杨永正的关系一直以来都不好。

“我不恨他，我虽然不喜欢他，但说不上恨。我只是没想到，他会这么恨我。”

“也许，他更恨的，是他自己吧。”

唐河几步上来，坐在邹静森身旁，问：“他临死之前……跟你说什么了？”

邹静森微微侧过脸，微妙地看着唐河，感觉他是真诚地想要知道这个问题的答案。邹静森沉默了一会儿，最后只是悠悠地叹了一口气，“他说，他是一个生活在黑暗的地狱里的人。所以我才说，他更恨的人，其实是他自己，这样一种极端的方式，对他来说未必不是一种最好的解脱的方法。”

“当时杨永正拿刀指着我的时候，你心里在想什么？”忽然，唐河没头没脑地问了一句。

邹静森像是受到很大的触动，直直地看着唐河的侧脸。

有时候缘分是这么奇妙，原本以为这辈子再也不会遇到的两个人，被命运这一条线再次缠上，不仅仅如此，不知道是不是命运弄人，他们重遇以后发生过那么多的事情，大大小小的事，不止一次在生死之间互相徘徊，最后都侥幸地活了下来。

有很多时候，唐河都会怀疑，是不是老天爷伸出一条看不见的红线，让他们俩重新在一起呢。

虽然这些日子以来，唐河对邹静森没有表现过过多的情绪，但只要她有难，出现任何危险，他愿意当那个第一个赶到她面前的人！

他不知道，他是否心里还爱着她。但这些日子以来，他们俩一次次的重遇，又互相扶持走过那么多的路，经历过那么多的磨难，如果这是老天爷的旨意，那么在这个时刻，他是否应该大胆且主动地问邹静森，他们俩能不能重新在一起。

虽然，这个问题太冒险，也不像是唐河的作风。

“邹静森，你为什么一直没有再谈恋爱？”

“因为……”因为什么，邹静森回答不上来。

这时，唐河的手慢慢覆了下来，搭在她的手背上。

“你心里，是不是一直都有我？”问出这句话后，两个人都愣了。

“唐河……”邹静森的声音震了一下。

“我不是为了安慰你才这么问你的，我是想，我们一起经历过那么多事情以后，有没有重新在一起的可能。在这之前，我先坦白跟你说一件事，我之前之所以会和陈聪在一起，是因为陈聪得了抑郁症，我怕她一时想不开会做傻事，心软答应做她名义上的男朋友，就这样，做了三年时间。”

邹静森不知道，原来唐河和陈聪在一起的原因是因为这个。

“谢谢你告诉我这个事情，但我要跟你说的是……”邹静森莫名停顿了一下，然后深呼吸一口气，尽量让声音听起来平静且礼貌，“我已经有喜欢的人了，那个人，不是你唐河。”

唐河神色一震，似乎不可置信从她嘴巴里跳出来的这句话。

偏偏，明眼人都看得出来邹静森对唐河念念不忘，可是邹静森却亲口否认这个事情。

唐河也无可奈何。

“所以，我想多了？”

“嗯，你想多了。”

“那你喜欢的人是……”

邹静森看着唐河那双黑漆漆的眼，不愿意欺骗他，但她清楚明白，自己没有机会和他再续前缘。

虽然，她也很想有这样的机会。

“那个人，你是认识的……是周北川。”

Chapter 13 周北川，不要怕

电视剧好像都是这样演的，女主角很容易就爱上救过她性命的那个人，然后对他动了以身相许的念头。

唐河像是被人狠狠敲了一棍子，耳旁回荡着久久不散的回声，眼睛也变得双目无神，仿佛变得看不见，也听不见了。

谁知道，邹静森轻轻一笑，模样动情："呼，我竟然跟你说出这个秘密，真想不到呀！"

唐河仍然保持着呆愣的状态。

"你，你是从什么时候开始喜欢周北川的？他知道了吗？他不知道吧？"唐河犹犹豫豫，还是选择把话都问出来，痛快一点儿，"你之所以做临终慰问师，就是因为他？"

"不全都因为周北川，我也觉得这份工作很有意义，能给我带来不一样的体验。"

"哦……"

"唐河啊，"邹静森抬起脸庞，眼神平静无波，唐河摸不透她心中所想，但他想，她已经爱上了别人，此时此刻说起别人的名字，应该觉得很甜蜜吧？"我已经往前走得很远了，我没有留恋过

去。虽然，在最开始重新遇到你的时候，我是有点儿尴尬，不知道应该怎么跟你相处，但你不也对我冷冷的吗？”

是啊，他从始至终都表现得对她毫无好感和兴趣的，他现在莫名其妙地跟她表白，算是什么意思呢。

“我知道你和陈聪在一起的原因，也替你觉得可惜，因为你为了帮她才愿意跟她在一起，这一点很让我感动，也让我觉得你是个很伟大的人。但你要相信，你错过了一个陈聪，你将来还会遇到别人，你就算外表再冷漠，作为认识你多年的老同学，我知道的，你在遇到那个对的人的时候，内心会变得温暖。”

唐河紧紧咬着唇角，一张脸绷紧起来，双手攥成拳头，他在极力掩饰自己的情绪。

过了一会儿，他松开拳头，重重地吐出一口气。

“对不起，你就当我刚刚说的话，是胡说吧。”

“你呀！”邹静森笑着，伸出手指，弹了弹他的鼻子。她的眼底划过一抹疼痛，一闪而过便再无迹可寻。她其实好想告诉他，他的伪装他的冷漠他的一切一切，她统统都明了。

在这个世界上，也许连唐河都搞不懂的自己，其实邹静森是能懂他的。

可是，她没有办法和他在一起。

一个快要死的人，哪里还有什么资格去谈情说爱……

他们俩在医院待了整整一晚上，将近天亮，唐河说要开车送她去世外桃源——他认为那才是她现在最想去的地方。

看着唐河布满红血丝的双眼，她想，唐河应该还要跟爸妈一起处理杨永正的后事，他难得向医院请了假不去上班，但他又不是铁人，不可能面面俱到，便不想麻烦他了。

“我自己过去就好了，你留下来陪陪自己的爸爸和妈妈吧。”

唐河的喉结上下滚动了一圈，没有说什么，只是愣愣地点了一下头:“好吧，你自己小心。”

唐河目送邹静森的背影走远，心里苦涩，喉咙也像是被什么东西堵住一般，发不出一个音节来。

他竟然忘了，谢谢她在杨永正要对他做出坏事之前，不管不顾地赶过来救他。

他是否就要从此失去她了?

然而，邹静森没有撑到世外桃源，她在车子刚转入附近区域的时候晕倒在出租车上，开车的司机吓得不轻，连忙踩下刹车，问她怎么了，要不要送去医院。

在邹静森失去意识彻底晕倒之前，她挣扎着举起手机，让司机帮忙叫周北川这个人来。

等到她再次醒来，已经是晚上。

邹静森发现自己已经不知道用什么办法回到世外桃源，她躺在和闫安安一起合住的寝室里，床旁边分别站着闫安安、周北川还有周北川特意找来的私人医生。

看到邹静森醒来，闫安安先开口说话：“老板，邹静森醒了。”

邹静森竟然发现，周北川的一双眼睛也布满红血丝，看着十分可怕骇人。

“安安，你带医生出去吧，我有话要单独跟邹静森谈。”邹静森一听，心下一紧，仿佛猜到这家伙要跟自己说什么了。

“好。”闫安安很听老板的话，连忙带着私人医生出去。

小小的二人寝室里，虽然有两个人存在，但仍然安安静静的，安静得诡异。

“其实你的病，我以前就知道了。”过了一会儿，周北川沉吟地开口，说了第一句话。

邹静森的眼眸微微一闪。

“我之前一直不说，是因为这是你自己的私事，我没有权力去干预。而且我还以为，你应该会重视自己的命，我哪里想到……”说着说着，周北川的声音泛起几分哽咽，“你明知道自己有病，也从来不去医院做治疗，你到底在想什么？！”

邹静森听到他这么说，只是沉默地合上眼睛，眼角滑下一颗眼泪。

邹静森的记忆回到了一年前。

在她被周北川救起之前，她去医院做了一场彻底的身体检查，尤其是做了两遍脑CT，但结果都是一样的。

医生说，她的脑袋里长了一颗肿瘤，他们做过切片分析，证实肿瘤是恶性的。

当电视剧里演烂的情节莫名其妙地发生到她身上时，邹静森除了惊慌和不安外，再也体会不到别样的感觉。

怎么办？她是不是要死了？

“医生，我还能活吗？”

情急之下，她只能问出这么一句话来。她能活吗？能活多久呢？她的不安慢慢渗透出来，她紧张得腿肚子都打战，原来人在生老病死面前是这么渺小和脆弱，病魔不会理会她曾经是个什么样的人，做着什么样的工作，拿着十万年薪还是百万年薪，是打工族还是大老板……

病魔从来不会好心地放过任何人。

如果这个世界上还有什么是命运不能摆脱的，那么生病这件事情上，真的很讲究“运气”。

就像是鼻咽癌病患者，他们得这个病，未必是因为他们抽烟很多，甚至很多鼻咽癌病患者从来不抽烟，饮食也算规律正常，偏偏就被病魔“惦记”上了。

这一刻，邹静森的大脑一片空白，她甚至不敢想象，那颗肿瘤长什么样子，长在她的脑袋里什么地方。她不敢摇晃自己的脑袋，仿佛里面装的是炸弹一样。

她是真的害怕，害怕这颗肿瘤会不会突然爆炸呢。

后来，医生给她讲述了一大堆专业术语，她挑选了一些重要的记下来。大概就是，如果动手术，她能活下来的概率是百分之五十，但如果手术当场失败，她会面临变成植物人还有当场死亡的风险……

“如果我不动手术呢？”邹静森但颤心惊地问，问出这句话后，她也觉得自己问出来的问题很白痴。她不动手术，当然也是得死啊！

“你最多能撑一年时间吧。”医生很明白地告诉她，“一般我们是不建议老年人动这样的手术，因为老人年纪大，身体也特别脆弱，可是年轻人来说，这个手术还是可以尝试做一下的。要么，你回家跟父母商量一下，再来告诉我你的想法？”

邹静森吞了吞口水，安静了几秒钟后，突然大声地说：“我不做手术了！”

“邹小姐，你做好决定了？但你要不要再考虑一下……”

“对不起医生，我知道你肯定很希望我能动手术，能继续健健康康活着，一直活到七老八十。但我不愿意承担手术失败的风险，我爸妈也老了，本来我生病这件事对他们俩是第一重打击，如果我躺在手术台上因为手术失败死掉，对他们更是第二重打击！我不能一次次地伤害我的双亲。但是我也想过了，我还有一年的时间，那就是说我可以再这一年的时间里做所有我想做的事情，包括曾经想过，但又不敢做的事情。”

医生被她的一番言论惊到。

邹静森无法想象，她就算侥幸不死，却落了个植物人的样子，就算只有百分之一的机会变成植物人，她也害怕自己真的变成那样！她清楚自己的父母，清楚他们只要自己一天不死，肯定也不会放弃她。可是她做不到，真的做不到。

既然只有百分之五十的存活机会，她不如干脆不要好了。

跟医生说明白自己的想法以后，邹静森的心情虽然沉重，但还是有点儿豁然开朗。起码，她明确自己有一年的活命时间，这一年中，她可以去哪里哪里玩。

然而，她只是回酒店跟高管递了辞职信，却没有任何冲动要去什么国家和城市旅游的打算。

夜晚，她买了一打啤酒到河边闲坐着。河的对岸张灯结彩，特别好看。吃完饭后附近的人都走到这里来散步，聊天，人影绰绰，特别热闹。

随着时间慢慢往前推移，灯光慢慢都熄灭了，人们陆陆续续地走了，只有邹静森还坐在那里，手边放着几个喝完的啤酒罐，醉眼迷离地看着变得黑沉沉的河岸。

在她掉下河水里的瞬间，她的头脑仍然一片空白。她是自己跳下去的吗？还是河岸的风把她吹到河里去的？她至今也想不明白。

直到一双手把她从冰冷的河水里捞起来。

周北川的那一双眼，亮如晨星。不管她是自愿还是不小心掉下去，她知道，她又活了一次。

可能，老天爷不舍得她这么快就死去，所以等她醒来以后，她命令自己，一定要好好珍惜最后一年的时间。

“周北川，你是什么时候知道我生病这件事的？”

回忆突然中断，邹静森愕然地问了一句，她感到疑惑，如果周北川从很久以前就知道她生病了，那么唐河是不是也知道。

大概是会读心术，周北川知道邹静森心里面在想什么，他的嘴角跃起一抹苦涩的笑容："放心，我猜应该只有我一个人知道这件事……你难道忘了有一次你晕倒，是我送你去医院的吗？"

邹静森吓得呼吸停顿，周北川一早就知道，却帮着她瞒过所有人，包括她最爱的唐河。

"谢谢你，一直帮我保守秘密，没有告诉其他人，尤其是唐河。"

"每个人心里面都有不想给别人知道的秘密，我不也有吗？"周北川闭上嘴，他上次对唐河说出真相时，完全不知道邹静森也在旁边听着，如果知道她当时在那里，他肯定打死也不会多说一个字！

幸好，在得知这一切以后，这个一向不按常理出牌的女孩子，并没有丢下他不管，反而跑回来找他。

周北川也曾泄气过，也曾沮丧过，当他众叛亲离时，也曾经想过不如死了一了百了。

但他终究没有这样做，他救过那么多自寻短见的人，不愿意用这么极端和残忍的方式结束自己的生命。

就算这个世界的人都不理解他，不谅解他，觉得他是怪物，是神经病，他也要努力活着，活一天赚一天，只要他的遗传精神病基因不复发，他就要做对这个世界、这个社会有所贡献的事情。

"周北川，我有件事情，恳请你帮我个忙。"

"嗯？"周北川本来还想着什么，突然被邹静森的一句话给拉回来现实。

"你先说说看，我不一定愿意帮你的。"听到周北川又用从前调笑的口吻说话，邹静森知道他的心情应该平复了许多。

她也跟着微微一笑。

“我觉得你肯定会帮我这个忙，因为我之前跟唐河说了，我喜欢的人是你。”

“什么？！”周北川一听，差点儿一口老血要喷出来。

两个人就这样大眼瞪小眼地看着彼此，周北川率先败下阵来：“你……没跟我开玩笑吗？”

话是这么问，但周北川的心里划过一丝暖流。他不敢表露出来。

“老板，你看看我真诚的眼睛。”说着，邹静森使劲地眨眼，“你觉得我像在跟你开玩笑？”

“也就是说，唐河真的还喜欢你？”

邹静森摇摇头，说：“我希望他只是一时意气才说出希望我们重新在一起的话，一想到我脑袋里这颗肿瘤不知道什么时候会爆炸，我就只好使出撒手锏，说我喜欢别人了。”

“那你也不用扯到我身上啊。”

“我感觉把你的名字说出来，唐河才会死心啊。”

让邹静森意外的是，她原本以为周北川听到她拿他当挡箭牌后，一定会暴跳如雷。

难得的是，周北川没多大表情，一下午都在整理递交了辞职申请的人的名单。

偌大一个世外桃源，走的走，散的散，原本是二十几人的团队，一下子只剩下七八个人。

就连号称是周北川的头号忠实粉丝闫安安，也主动跟周北川提出辞职，说要离开这里。

“为什么……为什么你也要走？”邹静森一把抓住闫安安的

手，闫安安吃惊地回头看向她，眼里写满不可置信。

闫安安一直以来都知道，她虽然是这里资历最老的，但从来不受别人的待见，也没有几个人愿意跟她说话。

她的眼里心里，从来都只有周北川一个人。

“邹静森，我跟你，或者跟其他女孩都不一样的。我知道自己很平庸，长得也普通，我不会成为什么有用的人，年龄到了，我就要嫁人，结婚、生子，过上那种平庸忙碌、一眼看到头的生活。”

闫安安难得主动跟邹静森说起自己的事情，邹静森既感到意外，又觉得内心触动。

谁愿意一辈子做平庸无能的人呢，道理其实谁都懂，命运是可以凭借着自己的双手去改变，但不是每个人都有改变的能力。

有些人，她已经很努力了，在她能够努力的范围内默默付出，默默耕耘，可是敌不过残忍的现实。

闫安安默默地收拾着自己的行李，她虽然来得最久，但行李并不多，简简单单的两三个箱子，衣服也就那么几套。

邹静森看得出来，她其实是个很节俭的女孩子。

“安安，你为什么会来到世外桃源？”

其实这个问题，邹静森从很早开始就想问了，但因为她和闫安安的关系并不熟络，闫安安也不喜欢她，所以她从来没有问过。

可到了这一刻，她忽然发现自己对闫安安有一种惺惺相惜的错觉。

邹静森觉得，每个到世外桃源的人，身上都有着不一样的故事。只是有些人隐忍沉默选择不说，但他们就算不说，旁人也能看出来，他或者她是一个有故事的人。

邹静森认为闫安安很有故事。

关于闫安安的记忆。

自打有记忆以来，闫安安就知道，她和别人家的小孩不一样，她的爸爸和妈妈长年累月地吵架和打架，每次说话还不超过三句，一言不发就会动手，很多时候还是当着她的面打起来。

那时候，闫安安只有七岁还是八岁的样子，虽然她后来长大以后身形高大魁梧，其实她小的时候长得很瘦小，一副严重营养发育不良的样子。

父母在家的话就打架，不在家的时候她也不知道两个大人跑哪里去了，她放学以后回到家只看见冷冰冰的空房子，当时她年纪那么小，只能自己搬个小凳子站在上面学习烧菜做饭，有一次她不小心差点儿把厨房烧起来了，幸好邻居及时发现，把她送到医院去。

她的父母将近半夜才分别从不同地方赶过来，她爸赌钱去了，她妈约会情人去了，两个大人就在医院的急诊室那里当着很多医生和护士的面大吵起来，甚至把许多不该说的话也一股脑地骂出来了。

她爸骂她妈不知检点；她妈骂她爸只会赌钱，从来不顾女儿死活。

好像就是从那个时候开始，闫安安感觉这个世界的人都很虚伪，每个大人都活在自己的世界里，以为自己才是最厉害的，然而他们其实什么作为也没有，只会逞强和吹牛，根本啥也不会！

后来过去很多年，闫安安的父母终于忍受不住签了离婚协议，然而两个大人都没打算要闫安安，闫安安得知这个真相时，眼泪差点儿流下来。

她明明不是累赘，她年纪还小也会照顾自己，洗衣做饭，她还可以照顾大人！为什么她的至亲却选择狠心抛弃？

当闫安安回忆起这些时，她心里不是没有难过的，但她又觉得，岁月待她不薄，起码她想起这些痛苦的回忆时，已经不像小时候那么疼痛和难受。

她当时已经十四五岁了，她在心里告诉自己，既然这个世界上没有一个人爱她，对她好，那么她就胡作非为，任意活着！爱干吗就干吗去！用自己的态度活出自己的精彩来。

后来又过去了几年，闫安安不再念书，到处流浪，她在路上遇到了各种各样、千奇百怪的人，更多的是认识不少的狐朋狗友。

这些人只会带她玩乐，不会教她应该怎么有意义地活着，但闫安安也不介意，她只觉得痛快和恣意，愿意就这样过着自己的人生。

就这样，她一路闯荡，结交了不少来自五湖四海的朋友，她甚至一度认为自己很拉风，如果有出版商愿意找她写书，她肯定要把这些年游走的经历写下来，指不定会发一笔呢。

然后，闫安安听从一个男网友的建议，来到云城。

她刚来到云城时，迎面便感受到清新的空气，头顶的天空像明镜一样透明湛蓝，明明是初来乍到，她却莫名喜欢上这个地方。

而且，“云城”二字充满诗意，她也很喜欢。

闫安安来云城还有一个重要的原因，她认识的这个网友叫“枫”，也是她认识多年的朋友，当时在她看来，她和枫虽然从来没曾见过面，但两人早已有一种跨越距离和友情的感情。

然而，看到枫的那个瞬间，闫安安呼吸一窒。

因为枫的真人和他在网络上发给她的照片完全不同！确切点儿来说，枫的真人又壮硕又肥胖，有着一张很典型的圆脸，可那双眼睛却又小又透着色眯眯的光，让闫安安觉得梦想破灭。

可她哪里知道，枫在看到闫安安本人时，心里也响起了破碎的声音。枫没想到自己货不对板，对方也是货不对板的，当即有点愤怒，口不择言地说：“肥婆，你网骗啊！”

“你，你说什么？”闫安安以为自己幻听，她信任并且爱慕的枫，竟然会这么骂她。

“我说你呢，肥婆！”

愤怒与屈辱同时占据着她的身体，闫安安在心里面挣扎了一会儿，艰难地转过身，头也不回地走掉。

意外的是，翌日一早，闫安安准备买车票离开云城时，却收到枫发来的道歉短信。

他写道：“安安，昨天是我不对，不该出言侮辱你。你和网上给我的感觉差别很多，可我仔细反思，我自己何尝不是呢？念在我们认识几年一场的份上，能让我请你吃饭作为赔罪吗？”

那一刻，闫安安想起从前无数个日夜，她内心苦闷无处排解时，都是枫在网络上整夜整夜地安慰她、开导她的，她怎么可以以貌取人，因为他的口不择言从此和他断绝关系呢？

枫约的是夜晚一起吃饭，白天，闫安安难得逛了一天的百货商场，她身上的钱不是很多，只能买一件新衣服。

她想要以自己最好的形象跟枫一起吃饭，她更希望枫在跟她吃完饭以后，可以对她有所改观。

晚上七点整，闫安安穿着一身新衣来到跟枫约定好的餐厅。餐厅气氛优雅，环境宜人，枫也特别打扮过，头发梳得一丝不苟。

看到枫精心打扮出现在自己的面前，闫安安昨晚被骂的坏心情瞬间变得烟消云散。

更何况，她相信枫不是有心说那样的话。人都是冲动的动物，她爸妈在她小时候经常打架不也是一种冲动且幼稚的行为吗？

枫很会点菜，点的都是闫安安喜欢吃的菜，他还破费点了一瓶红酒。闫安安不会喝酒，但枫跟她说，这个酒不会醉的，喝一两杯没有什么事的。

闫安安信了他的话，眉头微蹙，还是把他递过来的酒水给喝进肚子里。

吃饱喝醉后，枫在带闫安安离开餐厅时，很温柔地把手牵过来，闫安安吓得想把手缩回去，却又不敢。

等到到了外面，闫安安感觉脑袋开始晕乎乎的，她以为她喝醉了，刚想对枫说点儿什么，眼前一黑，整个人不受控制地跌在他的身上。

后来发生什么，她完全不记得。

待她醒来时，已经是两个小时后，闫安安只看到一张陌生的脸，那是周北川。

月光洒在他的头上、身上，他看上去就像一个王子，从另外一个世界穿越而来。

“我，我怎么在这里？枫……我的朋友呢？”闫安安虚弱地开口，轻声询问。

“你还好意思说，你差点儿被你那个朋友带去什么地方……我偷听到他讲电话，说叫了几个人，开了一间房，准备把你……”

不会的！闫安安不能相信周北川的话。她立刻打电话给枫，结果被枫劈头盖脸的一顿臭骂。

“臭三八！你竟然找人把我打了？你还有脸打电话给我？如果不是看在你身材不错，我怎么会请你吃饭？！我都跟几个朋友说好要玩一玩你！你照照镜子，看看你自己长的什么尊容好吗……”

挂了电话以后，闫安安泪如雨下。

周北川看自己没什么事了，正准备走的时候，闫安安却没头没脑地跟上去，他去哪里，她便往哪个方向去。

“喂……”周北川回头，赫然看到这个粗犷魁梧的女孩，脸上满满都是泪水。

“先生，我知道你是好人，你可以收留我吗？”她是一个无家可归的人，也是一个没有归宿的人，连认识几年的网友也是骗子，闫安安觉得自己的身世很悲哀，很可怜。

周北川犹豫了很久，但最后，他还是同意带她走。

之后，他给了她一个新的人生，新的使命，闫安安无比感激周北川，在日渐一日的相处中，慢慢喜欢上他。

如果闫安安不愿意主动跟邹静森说起这些，也许，她这辈子都不会跟别人提起吧。

而现在，闫安安的父母都老了，两人不知道从几年前开始又重新走到一块儿了，二老也放下从前的怨怼，有点儿相依为命的感觉。虽然闫安安做不到完全的原谅，但这两个老人，始终是她的亲生父母。

“我爸爸的身体一年不如一年，我妈妈打电话求我，让我回家，尽快找个好人结婚，好圆了我爸的心愿。”

“什么？”邹静森觉得不可理喻，闫安安的父母在很多年前对她造成过这么大的伤害，凭什么他们现在老了，就规定她要回家结婚去？凭什么他们说什么就是什么？他们怎么就没问过闫安安到底心里是怎么想的？

“安安，我知道亲情很重要，可是你这样回去，他们俩是高兴了，但你呢？你会高兴吗？”

“我高兴不高兴，有很重要吗？”然而，闫安安一句反问，堵住了邹静森还未说出口的话。

闫安安毕竟是这里的临终慰问师中年龄最大，也是跟着周北川做事最久的，她比任何人都要成熟，思考得也很多。可是谁又能想到，这样成熟的人，从前也是个过一天算一天的流浪少女？

“我说过，我跟你们是不一样的。”闫安安凄苦地笑了笑，“还有，邹静森，我在这里要郑重跟你说一声‘对不起’。对不起，我最开始不喜欢你，是因为我觉得最老板对你比对别人要好，我还以为你和他的关系非同寻常……但你的身上确实有某些特质，让人很愿意跟你亲近，很抱歉，你在这里这么久，一直被我欺负。”

说着说着，闫安安的眼圈红了起来。

邹静森知道，其实她也不是故意针对自己的，只能换个角度说，是她对周北川的爱慕太盛大了，所以才会草木皆兵，从邹静森进世外桃源的第一天，就看她不顺眼。

但其实，闫安安本性不坏，每次做临终慰问都很积极，做得也不错。而且，她打从心底也佩服邹静森的，她只是嘴巴上从来没有明说过而已。

她不知道邹静森生病，但邹静森也不打算告诉她。少一个人知道这件事，就少了一分顾虑。这个道理很浅显，三岁小孩也懂得。

闫安安离开世外桃源的那一天，周北川亲自开车送她去汽车站。

邹静森也跟着一块儿去。

狭窄的车厢里，空气闷热，三个人都安安静静的，谁也没有要主动开口说话的打算。

车行至半路，闫安安开口说几个笑话，邹静森捧场地笑了笑，周北川很不客气地打击她：“这么烂的笑话，拜托你不要拿出来讲。”

闫安安仍然笑着，眼睛闪着水灵灵的光泽。

“老板，以后我回到老家去了，我仍然会关注临终慰问的事情。”

“嗯。”

“谢谢你，这些年来对我的关照和……”

“得了，打住！”周北川拧起眉毛，从后视镜里瞪了闫安安一眼，“你再说下去，我就感觉煽情了。我最不喜欢煽情。”

于是，一路无话，车子顺利来到汽车站。

邹静森原本以为，闫安安走之前会拉着周北川到一边去说悄悄话，兴许还会把她这么多年的爱慕统统说出来。可是并没有，闫安安只是主动地问了一句：“老板，我可以抱抱你吗？”

毫无意外的，只换来周北川的一记白眼，以及他会说出来的话：“当然不可以！”

邹静森主动跟闫安安抱了一下，她察觉到闫安安落在自己肩膀上的眼泪，很有重量。

“安安姐，再见。”

“再见，你也保重。”

送走闫安安以后，回程的路上，周北川意外地沉默。

邹静森能察觉到他的背影有点儿悲伤，她从后面的角度看不见他的表情，但感觉还是很准确的。

其实，他也有点儿舍不得闫安安吧？

闫安安走后，周北川再次把自己关在房间里足不出户，最多也就是发微信让邹静森帮忙冲一杯爱尔兰咖啡进来，其余时间统统不见人。

他把许多还在进行着的临终慰问单子都暂停了，因为他的名字已经被媒体报道得跟传销组织一样，云城第一人民医院为了名声，也暂停跟他们团队的合作。

顿时，周北川一手创办的临终慰问的事业陷入前所未有的低谷。

世外桃源虽然还有六七个慰问师，但大家都人心惶惶，能留下来的，都是暂时还没找好下家的，并不是有多舍不得这个地方、这份工作。

邹静森明白。

至于周北川，他把自己关起来，并没有做什么秘密的事情，他除了睡觉就是发呆、喝咖啡，然后又继续睡觉。

邹静森见不得他这样，想了好几天的方法，决定要帮他一把。

唐河没想到会在医院碰到邹静森。

自从知道邹静森心有所属，并且她喜欢的人是周北川以后，唐河没有再主动找过他们。

何况，他们和周北川的团队已经不能再在一起合作，仿佛没有要见面的必要。

但云城第一人民医院的临终慰问室还在，所以邹静森以个人的名义过来，看看临终的病人是否需要她的帮助。

因为她是以个人的名义来的，并不影响医院的名声，所以也没有人会把她撵出去。

本来，临终慰问在大陆还没有普遍开展起来，这段时间里，邹静森上网看了很多咨询，知道台湾的许多医院都开展了临终慰问，可是她没有时间飞去台湾看看人家是怎么做的。

她现在只有一个心愿，希望自己离开这个世界以前，能够看到临终慰问在大陆慢慢发展起来。

不知道，有没有这个可能呢。

邹静森连续来了几天。她发现，在自己生命的倒计时里，她也遇到越来越多的将死之人，如果可以利用自己微薄的力量，把他们引渡到死亡的彼岸，也算是对这个世界做出一点儿贡献吧！

每天能来临终慰问室的病人其实并不多，但来到这里的人，身上都藏着不一样的故事。

邹静森主动地靠近他们，聆听他们的意愿和遗憾。

这些天来，她也接触到不同层次不同身份的人，有为了梦想来到云城最后染上毒品的青年，这个青年的实际年龄只有二十几岁，但因为染上毒品，把自己大好的一生也给赔进去了，他哭着跟邹静森说，如果他的生命可以重来一次，他肯定不会碰毒品，也不会结交让他染上毒品的狐朋狗友……然后，这个人毒瘾发作，口吐白沫，浑身痉挛，被赶来的护士送去急救，却回天乏力。

也有的人，白手起家变成身家千万的富翁，后来被朋友陷害还被冤枉沦为阶下囚，他好不容易坐了十几年的牢逃出来了，却患上重病命不久矣，他告诉邹静森，他这辈子过得大起大落，最觉得亏欠的就是陪他白手起家然后等他出狱的妻子，所以他在得知自己患了重病时，狠狠地把妻子赶走，让她彻底对自己死心……

邹静森每天都面对着不一样的将死之人。临终慰问室终日弥漫着一股死气沉沉的气息，但她深刻知道，这里的人，其实都很想好好活着，活着走下去，他们多么渴望看到明天的太阳！只要有一线希望，也不想要轻易放弃啊。

就这样，她做了一场场临终慰问，目送这些人一个个离开这个世界。

这个温柔又残酷的世界。

邹静森渐渐明白到，人们拼命想要得到的幸福，往往都是一场虚空。

晚上，邹静森累得睡过去了，她不知道唐河下了班以后来到临终慰问室，看到她睡着，他思考了一会儿，还是决定轻手轻脚地走进来，默默地注视了一会儿。

十年前，他们还在学校的时候，唐河也曾这样静静地、温柔地注视过邹静森睡觉的样子。

那时候，摆在他们眼前的世界没有现在这么复杂和残酷，他们的脑袋里装着的除了学习，就只有彼此而已。

如果当时没有放开彼此的手，他们是不是也能走到最后呢。

唐河黯然，他太了解自己和邹静森的个性，就算当时他们俩没有分开，也会因为日常的琐碎或者意见不统一而分开。

说到底，他们俩还是不合适吧？不然为什么总是走不到一块儿去呢。

唐河给周北川打了一个电话，让他这个正牌男友赶来医院把她接走。

周北川来到时，唐河已经离开了。

慰问室也没有其他人，一盏白色的灯孤零零地照着。周北川莫名心头一暖，然后轻轻拍了拍邹静森的肩，把她拍醒。

“你在这里做什么？”周北川不客气地问。

“我只是来看看，我能帮上别人什么忙。”

“你自己的事情不顾好，却总是操心别人的事情，我真没见过你这样的……”周北川微微皱着眉。

“我觉得，临终慰问还是要进行下去。”忽然，邹静森的一双眼睛绽放出巨大的耀眼的光芒，“周北川，我们不要放弃，可以吗？”

放弃……周北川的字典里，就从来没有这个词语！

他这段时间的失落和不安，完全是因为他的家族在外面诋毁他，要抓他去精神病院！可转念一想，他现在还是普通的正常人一个啊，他们也不能强行把他送去精神病院！

所以，他干吗要害怕他们？

退一万步来说，他有手有脚的，大不了离开云城，去别的地方重新组织队伍，开展临终慰问团队不是吗？

“我从没想过要放弃……我只是……”周北川尴尬地别过脸，轻轻吸了吸鼻子。

“我知道，你在养精蓄锐，准备再打一场硬仗，我说得没错吧？”邹静森调皮地吐了吐舌头，故意给他一个台阶下。

周北川也笑了，重重点头。

“我决定好了，我要重新招兵买马，我要和这个医院的院长重新谈合作！邹静森，你愿意跟我一起奋战到底吗？”

“当然！”

邹静森主动伸出手，周北川见状，也伸出手来，和她狠狠地击了一下掌。

而临终慰问室的门外，唐河去而复返，他看到这一幕，眼睛涌上一片潮湿，然后放心地走了。

周北川重新振作了起来。

他把之前临终慰问团队从成立到出事之前拍下的项目，弄成一个长长的片段，然后亲自剪辑和整理，把视频发到网络上，引起许多网友的转发和围观。

视频发布后不到一天的时间，点击播放量已经超过一亿。

随后，周北川亲自录了一个小视频，视频里他对着镜头剖白了这段时间各种负面新闻对自己的影响，还有他之所以一手创办临终慰问团队的想法和信念。

邹静森看得出来，他是真心想要重新建立临终慰问团队，才会强迫自己去视频这种玩意，以她对他的了解，他根本不屑这种操作。

可见他多用心良苦。

“……我一直记得，我的妈妈精神病发被人送走之前，我感觉她似乎想对我说很多很多的话，可那个时候的我，年纪还小，也像其他人那样当她是怪物，眼睁睁地看着她被家里的人带走。我没想到，那会是我最后一次亲眼见到她。后来过去很多年，我一直很后悔，也很遗憾，我希望时光可以逆转，让我回到最后一次见到妈妈的那一天，我一定会把我的耳朵伸过去，听听她想对我说的话。”说着说着，周北川的眼睛变得红润，“这大概也是我创办临终慰问团队的最初的想法。人活着，只有短短一生，当某一刻，我们知道自己将要离开这个世界，我们是否有什么话想对别人说。尽管说出来不会有多大的用处，但起码，可以让这个死去的人走得安心，减少所谓的遗憾。我叫周北川，是云城临终慰问团队的总负责人，我现在需要你们加入我的团队，如果你有意愿要加入我们，请联系我们的工作邮箱……”

录制这么一个只有两分钟的视频，已经耗尽了周北川所有的力气，把视频成功发布到网络上以后，他手忙脚乱地把页面关掉，表示再也不想看网友们的评论。

他本来就不是明星，只是一个很普通的男孩子，心里藏着对这个世界，对这个社会做点儿事情的愿望，就是这么简单而已。

然而，视频上周北川留的工作邮箱，是邹静森的私人邮箱。

视频发布以后还不到二十分钟，邹静森的手机快要瘫痪了！

她的手机不断地提示进来了新邮件，来自世界各地的网友看完视频以后，都给她的邮箱发来邮件。

有的询问临终慰问是什么东西，有的问应征的要求具体有哪些（周北川刚刚录制视频没有说明白应征要求），还有的只是抒发看完视频以后的感想……各种各样的邮件像雪花一样覆盖而来，邹静森应接不暇。

她刚想喊周北川帮忙看一些，哪里想到这家伙心满意足地睡过去了，嘴角弯了一道——她已经很久没有见过他睡得这么好了。

算了，她熬几个通宵应该看得完这些邮件吧。

接下来的一个月时间，世外桃源重新变得热闹起来，有许多年轻人亲自找到这里来面试，人数太多，邹静森一个个亲自面试然后审核，她这边过关了，筛选掉一部分认为还不够好的，剩下的才再约时间，让他们亲自跟周北川面试。

周北川也很严格，亲自出题，印成一份份考试题目，让能够参加第二轮面试的年轻人做笔试，等笔试通过了，再经过最后一轮他本人的面试……

可以说，这帮人过五关斩六将，最后能留下来的，都是精英中的精英。

邹静森心想，幸好她当初入行的时候没有经历过这些，不然她可能承受不住这一轮轮面试带来的压力。

这段时间，他们所有人都忙得不行。周北川很意外“临终慰问”能够掀起一场风暴，引起这么大的关注度。

最后，周北川挑选了十个人留下来，让他们成为新的临终慰问师。

“老板，是不是要给新人安排培训，要不我来吧？”忙完这一轮后，邹静森感觉还不能闲下来，来了新人，也就是说她作为老前辈，得负责带这些新人入行。

周北川只是若有所思地看了她一会儿。

“不用了，你今晚早点休息，明天一早我带你出去一趟。”周北川没有把话说明白，让邹静森困惑不已。

“什么？你要带我去哪里？”

“等明天你睡醒了，就知道啦。快去睡觉吧！晚安！”

也许是这段时间真的太累了，邹静森懒得追究深问，一躺床上就睡着了。

第二天一早，她被周北川拍门叫醒，整个人迷迷糊糊地，被他拉着上了车，然后车子一路飞奔，从马路直接开上高速公路。

等周北川把车子开到机场大楼时，邹静森整个人激灵了一下，彻底醒了。

“机场？这是要去哪里？”

“美国，纽约。”

说时迟那时快，周北川迅速下了车，然后从车尾箱里取出两件很大的行李。

什么，什么？纽约？她无端端的去纽约做什么？！

在邹静森还没搞清楚发生什么事情的时候，他把邹静森的机票和护照塞到她手心里：“你不要害怕，我会陪你去纽约的。世外桃源那边，我找了人带新人，完全没问题的。”

周北川瞅了一眼时间，一手一个大行李箱，面向机场入口小跑过去，然后示意邹静森跟上自己。

“等等！你先把话说清楚啊！”

“老板看你最近太辛苦了，请你出趟国旅个游还不行吗？你废话这么多！我又不会卖了你！”

“这……”

“你再不跟上来，我立刻炒你鱿鱼！”

周北川用到恐吓的口吻，吓得邹静森不敢吭声。

然后他们俩拖运行李，过安检，刚好在登机时间上了飞机。邹静森还是晕乎乎的，心跳得很快，像打仗一样。

她还想问什么，只看到周北川伸了个懒腰，打了个很大的哈欠，把她的疑惑都给堵回去了。

趁着她不留意自己的时候，周北川赶紧给唐河发了一个微信："唐河，我带邹静森去纽约一趟，不要担心，我会让她平安回来的。"

然后，他利落地关掉手机，飞机准备起飞……

Chapter 14 邹静森，有我在

十几个小时的飞行时间，邹静森在飞机上做了一个噩梦。

梦里面，她看到自己徒手把她脑袋里那颗肿瘤取出来，她的手沾满鲜血和脑浆，她平静地看着摊在手心上的肿瘤，看了二十分钟还是三十分钟，然后，她很迅疾地合上手指，一下子就把那颗血肉模糊的肿瘤给捏爆了……

再然后，她惊呼了一声，从这个噩梦中醒过来。

“你怎么样？做噩梦了吗？”身旁的周北川很快反应过来，细心询问了一句。

邹静森的脸色很不好看，飞机上安安静静的，旁人的说话声也很小，她仿佛听见自己剧烈心跳的声音。

就像是一颗心快要从胸腔内跳出来一样。

“你突然带我去纽约，不会只是想让我去旅行这么简单吧？”邹静森一边问着一边错愕地摇头，“你是要带我去看医生？”

周北川看自己的计划被识破，反正他已经把她弄到飞机上，也不怕她下了飞机以后逃跑。

到了国外，她肯定只能跟着他一起走啊。

他沉吟地点点头："嗯，我在纽约认识一个脑外科专家，我希望带你去看看，说不定有什么办法……"

邹静森认为，最好的办法，就是什么也不做。她虽然也害怕死亡的到来，可每个人都要面临死亡，谁都逃不过，而她又比其他人幸运，起码她知道自己什么时候会离开这个世界，她已经随时做好准备。

"谢谢你的好意，但我不想去看。"

"邹静森！"周北川低吼了一声，怕打扰到别人，他尴尬地看了看四周，发现其他乘客并没有被他们这边的动静影响到，"你还这么年轻，你的人生还有那么长！你不能就这样放弃自己的生命！"

邹静森知道周北川很担心自己，很替她着想，他有这样的心意，她已经觉得感动。

"我不想冒险，就算手术的成功概率达到百分之九十九点九，我也不要冒险。你能理解我的感受吗？"

周北川错愕地摇头。

"我觉得我现在这样也挺好的，到时候下了飞机以后，你不要带我去找你认识的那个人，我们既然来了，你就请我玩几天，然后我们回去云城好吗？"

"你确定？"

"嗯，比起我脑子里的那颗肿瘤，比起我从没去过的纽约，我认为眼下最重要的，是我们可以用最快的速度重新建立起临终慰问团队。"

周北川心想，邹静森这人，决定了的事情，谁也劝不住。

十几个小时后，他们终于抵达纽约。

邹静森从前没有来过美国，以前健康没事的时候，她也有过环游世界这种不切实际的梦想。这一刻，当她真的来到一个完全陌生的国度时，她忽然无比怀念云城的一切。

她这个月都太忙了，没有怎么回家跟爸妈吃过一顿饭，她也很想念爸爸和妈妈。

她知道自己不能逃避了，她的剩余时间已经不多，她得尽快找个时间跟爸爸和妈妈说，她生病的事情。

周北川叫了出租车然后让司机载他和邹静森去到预定好的酒店，他们俩一人一间房，他刚回到房间后，才看到唐河发了几十条微信信息过来。

唐河大概也知道他还在飞行，不能开机，一开始发的是文字信息，后来压抑不住情绪，发来十几个语音信息。

这在从前，几乎是不可能发生的事情。

面冷心热的唐河，只对邹静森一个人面冷心热！

其实唐河发来这么多信息，无非都是围绕着一个问题：你干吗带邹静森去纽约？发生了什么事？你为什么要这样做？

就在周北川愣神的空档，唐河又继续发了六七条语音信息过来。

“周北川，飞机落地的时候记得回复我！”

周北川的手指一滑，无意点开其中一条语音，听到唐河焦急得不行的声音，他忽然觉得很崩溃。

这一刻，有一种似曾相识的无助和绝望的感觉，犹如黑色汹涌的海水那样蔓延上来，覆盖他全身。

他仿佛回到小时候，看到自己的妈妈精神病发作，然后被人强硬地带走，然后徒然地生出一层绝望。

过了一会儿，他难过地倒在柔软洁白的大床上，不知道怎么回复唐河，他不知道要怎么告诉远在云城的他，邹静森要死了，她快死了，你想想办法帮帮她可以吗？

周北川的眼泪就在瞬间掉落。

就像是不小心打开的水龙头，也像是打开以后才发现关不上的水龙头，他的眼泪源源不断，止也止不住。

他已经多少年没有像今天觉得这样无望和无助，连个可以倾诉的人也没有！这些年来，他努力长大成人，自以为做出一些对社会有贡献的事情，但当他最在意的人得了绝症并且亲口拒绝他的帮助时，他犹如一个溺水的人，救了那么多人的命，偏偏救不了她……

他根本不知道，自己是从什么时候开始喜欢上邹静森的。

不，他其实不喜欢她，但对她的感情，早已超过所谓的友情和爱情。

他无比希望她可以好好活着，跟她一起共事，还要做很多很多年的好朋友，虽然他嘴巴很损，经常打击她，让她做各种各样的杂事杂活，但他一点儿都不讨厌她，以前看到闫安安欺负她，还会私下把闫安安叫过去，让她以后不要再做伤害邹静森的事情。

所有人都看得出来周北川对邹静森特别偏心，世外桃源的人都能感受到，邹静森却浑然不知似的。

说到底，他周北川也是一个不知道能正常地活多久的人啊！他也是个没有资格考虑爱情和幸福这样的事情的人。

纽约时间凌晨三点后，周北川才终于收拾好自己的情绪，给唐河回了一个很简单的微笑脸。

唐河立刻拨打语音电话过来。

那一晚上，周北川说了很多很多的话。

他最开始想要跟唐河坦白邹静森生病的事情，可他沉默了一会儿以后，决定还是帮她继续隐瞒。

“周北川，你真的和邹静森在一起了吗？”

"……嗯。"

"你是认真的吗？"

"你这句话什么意思？我怎么就不可以认真了？"周北川故意装出一副凶狠的样子，电话另一头的唐河沉默了下来。

"对不起，是我失控了。"

"唐河，你给我听好了，你和邹静森是初恋，这个事情我不可否认，但她现在爱着的人是我，你不要再对她有任何非分之想了。"

"只要你认真对待她，我绝对不会来破坏你们的感情。"唐河重新冷静下来，语气有几分寒冰。

"我是比较好奇，你怎么会突然跟她表白了？"

"她跟你说了这件事？"

"嗯。"

"当时杨永正刚去世，我可能一时神志不清吧。"唐河不愿多说，"就这样了，既然你们俩已经在一起，我也没什么可以说的，祝福你们。"

周北川作为唐河的朋友，很能理解他这个时候语气的失落和心底深处泛起的巨大难过。

他好多次微微张着嘴，想要开口对唐河说出实话。可他又知道，如果说了，邹静森一定会恨死他的。

他既然帮不了她，那也不能做出让她感到痛心的事情。他也知道，她越是在意的人，越是不愿意他们知道自己的病，不愿意他们担心她的身体！

她总是先想到别人，往往没有好好想过自己。

挂了电话以后，周北川毫无睡意，直接睁眼到天亮。

翌日一早，还是邹静森过来他的房间叫醒他的，仿佛他们俩真的是结伴来纽约玩的，邹静森绝口不提脑袋里那颗肿瘤的事情，周北川也没有提过。

两个人都强颜欢笑的，跟其他从中国来玩的游客一样，在人来人往的马路上商量着去哪里玩，去哪个店子吃好吃的，然后怎么安排路线可以逛完更多的景点……

在纽约市区玩了三天以后，邹静森真的跟周北川提出，他们回去云城吧。

其实这三天来，他们俩也没有很大的游玩的心思，但既然来了，邹静森宁愿心不在焉、走马观花地看一些景点，也不给周北川任何的机会带她去看病。

周北川虽然也是一副心事重重的模样，到底没有勉强她去做她不喜欢的事情。

当邹静森提出要走的时候，周北川也一口答应。

同样都是十几个小时的长途飞行，但回程的时间似乎变得不那么难熬，邹静森一心期待早点回去云城，回去“世外桃源”，而周北川思考的却是，他既然跟唐河说自己和邹静森在谈恋爱，是不是回去以后，也要在其他人面前做戏做全套？

周北川的嘴角忍不住跃起一抹浅淡的笑意。

十几个小时以后，飞机再次顺利降落在云城国际机场上。

邹静森一刻不停地拉着周北川回去世外桃源，她甚至在路上都想好了各种各样混乱无比的画面，她认为，在一个群龙无首的状态下，世外桃源肯定变得一团乱，也人心涣散。

然而出乎她的意料，她想象过的画面，统统都没有发生。

世外桃源被周北川吩咐的、有经验的临终慰问师打理得井井有条，之前被精挑细算才能选进来的十个新人也表现得不错。她和周北川回来时，刚好看到这些新人在上模拟练习课。

只是，邹静森怎么感觉她的左前方有一个熟悉的背影呢？她使劲地揉了揉眼睛，才发现没有认错人——唐河竟然也在这里。

不仅仅是唐河在这里，很久不见的陈聪也在这里。

他们俩不知道为什么会来，但看上去，他们来了很长一段时间，起码这里的新人都认识他们。

邹静森没想到今天会再次见到唐河，下意识地咽了咽口水，周北川看得出来她很紧张。

下一秒，他伸出手轻轻捏着她的手腕，带她走到众人面前。

“大家好，我和邹小姐从纽约度假回来了。”

唐河的背影一顿，久久没有转过身来。反而是陈聪，面带微笑，很有礼貌地冲邹静森他们俩挥了挥手：“嗨，好久不见。”

“今天是吹的什么风？你们俩怎么会一起过来？”周北川看着唐河迟疑不动的背影问。

唐河终于缓慢地转过身来。

邹静森不经意地看了唐河一眼，只一眼，便迅速调转目光，装作看向别处。而唐河，却无比清楚地看到她被周北川捏着的手腕。

“北川，我和小聪一起过来，是想要重新和你们谈临终慰问合作的事情。”唐河开口说。

“哦？你已经搞定了院长大人？他同意我们再次合作？”

唐河若有所思地摇头：“是我自己的决定，小聪也很支持我。我觉得，如果我们努力把临终慰问发展起来，将来一定会成为医学史上的重大奇迹，就像是跟人类创造出康复学一样伟大……”

接下来的时间，唐河拉着陈聪和周北川谈以后的合作方向，虽然他们并没有得到院长陈志涵的同意，但唐河相信，精诚所至金石为开。

如果他们以这么单薄微弱的力量也能做出点儿成绩来，将来肯定会有更多人相信，临终慰问的事业可以蓬勃发展起来的。

整个过程里，邹静森始终紧抿着唇角，不发一言地坐在角落的位子里。

大家热火朝天地讨论着，谁也没有注意到，她的脸色变得越来越惨白。

直到有人听到一声厚重的“砰——”，大家停止了言论，纷纷回头看过去。

周北川率先站了起来，一边冲过去一边大喊：“邹静森！”

邹静森失去意识地晕倒在地！

关于邹静森的回忆。

从小到大，她的人生可以说是一帆风顺。

在邹静森的印象里，爸爸和妈妈一直都很恩爱，他们俩似乎没怎么吵过架。在长大以前，她虽然不至于活得像千金小姐那样招摇，但起码吃穿不愁，想要什么东西，爸爸和妈妈都会尽量满足她。

升了高中以后，她遇到了唐河。

一开始，班上的同学，尤其是女同学都对唐河充满兴趣，年轻的女孩子大多都是羞涩的，只敢躲在暗处默默地观察着唐河的一举一动。

个别热情主动的，总是隔三差五打着“请教问题”的幌子去找唐河，但唐河每次解答完问题，气场会彻底冷下来，逼着那些女孩自讨没趣地走开。

那时候，邹静森觉得这些女孩子都很可笑。唐河看上去冷冰冰的，怎么可能会喜欢这些女孩呢。

后来，班主任调了一次座位，所有人的座位都打乱了，邹静森竟然被调到唐河身后的那个位子。

她刚把东西搬过去时，很容易感受到来自四面八方的独属于女孩的醋意！

当时，邹静森对唐河真的没有什么非分之想。

因为在她眼中看来，唐河除了长得好看一点儿外，没有其他更吸引人的优点。他个高腿长的，偏偏不热爱运动，体育课上男孩子总是抱着篮球追打着，玩得不亦乐乎，他就喜欢坐在树荫下乘凉；他这个人平时也不爱说话，就连他的同桌（男孩子）跟他坐在一起上课两个月后也觉得受不了，主动跟班主任申请要换同桌；他总是独来独往的，可又总是考得很好的成绩，邹静森有一次不怕死地问他复习有什么窍门，结果这人冷冷地回了一句“没有窍门”，顿时，她觉得这人不是天才，是怪咖！

就这样过了几个月，邹静森莫名发现，唐河这家伙每天中午和下午放学时候总消失得飞快，仿佛有人等着他一样。

对哦，他对其他女孩子都这么冰冷，是不是说明，他在校外谈了女朋友？邹静森当时就觉得心里酸酸的，可恶！她难道是吃醋了？她又不喜欢他，吃的哪门子的醋！

但邹静森还是想跟上去，看看这家伙到底喜欢什么样的女孩子。如果她成功打探情报回来，也好在其他女孩子面前炫耀一下。起码，她发现了这个秘密。

结果到了第二天，天空下着滂沱大雨。

中午的下课铃声响起，其他同学看到外面雨势那么多，都不愿意离开学校，想着等雨变小一点儿再回去。然而，唐河拿起一把伞，还是脚步匆匆地往外面跑。

邹静森虽然也带了伞，但这么大雨，她即便是撑伞也会湿透！可她咬了咬牙，还是偷偷尾随唐河出了校门。

唐河在前面走得飞快，感觉身子已经湿透了。邹静森很纳闷，到底是什么样的女孩子，值得他这么紧张？

一定是很漂亮的女孩子吧？

一定是个性很好的女孩子吧？

唐河这么优秀这么高冷，看上眼的女孩子，也不会差到哪里去吧？

他喜欢的，不会是像他一样的发冷机类型吧？但她又听同学说，外表越冷的人，他们谈起恋爱来的时候，才会特别暖心。

就在邹静森胡思乱想的时候，她差点儿就要跟丢唐河了。

眼看着唐河脚步匆匆地拐进一个小巷子口，邹静森知道走过这条路，是附近的一个很小的公园。他们俩一前一后通过小巷子，果然，她看到唐河的脚步停了下来。

滂沱大雨中，奶声奶气的“喵~喵~”声没有特别明显，邹静森愣了好一会儿才听见这些声音。

在个高腿长的唐河面前，十几只颜色各异的流浪小猫，纷纷围绕着唐河的脚边打转。唐河撑着伞蹲下去，把准备好的猫食拿出来，一点儿一点儿地分给它们吃。

那样的画面，直直地击中邹静森的心脏。

她看到的那一幕，好像加了特效的效果，而画面中的男主角，唐河本人，身上不知何时散发出耀眼夺目的光芒，让站在远处的邹静森移不开目光。

她被定住了一般。

因为她没有见过这样子的唐河，他的侧脸很温柔，眼神很温柔，嘴角都是笑容。

他一笑，滂沱大雨停下，眼前变成一个春暖花开的世界。

对十几岁的孩子来说，爱情到底是什么。

对当时的邹静森来说，喜欢上唐河这件事，只是变成一个她上学时候的动力。然而，她不想让它变成永远的秘密，秘密从来都是不为人知的，她也不屑跟那些躲在背后偷看唐河的女孩子一样。

从那天开始，邹静森借着自己坐在唐河身后的这个便利条件，一开始也采取“请教问题”的政策，可没几天，她就发现这个方法不太妥当。没办法，她决定用别的招式——她找来一张纸，写上“我喜欢你”几个字，然后拍拍唐河的肩，把纸条塞到他手心。

唐河摊开手心一看，整个人都蒙了。

那时候，邹静森不懂得爱情，唐河也不懂得啊。他也才只有十几岁，虽然也知道之前的女孩子对他有好感，可没有谁会像邹静森直接把话说出来……不对，是写下来，当面塞给他。

“我喜欢你”这几个字，犹如一枚重磅炸弹，把唐河整个人给炸飞了。

但邹静森告白完后，没有在意唐河怎么想自己，她反而觉得松了一口气，然后照样每天有事没事地“骚扰”唐河，唐河明明应该觉得厌烦的，但又没有办法真的讨厌她。

还有一件事，就是邹静森仍然每天中午和下午放学后，仍然偷偷尾随唐河去小公园，站在远处看他给流浪小猫喂食。每到这个时候，邹静森都会特别喜欢唐河，觉得他神圣得像个从天上来的神仙一样。

直到有一天，邹静森请了病假，她一整天不在，坐在前面的唐河，应该觉得舒服的，却始终舒服不起来。

下午放学后，唐河给流浪猫喂完食物后，他没有立刻回家，反而朝另外一个方向走——是邹静森家的方向。

等唐河真的站在她家门口时，他才后知后觉地发现，自己早已在不知不觉中，慢慢喜欢上这个不按常理出牌的女孩子吧。

当时，唐河转身想走，邹静森刚好出门丢垃圾，两个人就这样看见彼此。是邹静森先反应过来的，一步一跳来到唐河身边，然后使劲地揉自己的眼睛，问："唐河，我不是在做梦吧？你是特意来我家找我吗？"

唐河愣愣地看着她，半晌说不出一个字。

"我知道了，你喜欢上了我，我说对了吗？"邹静森哈哈地笑了起来，她就是觉得今天不太舒服就请假没去学校，睡了一觉整个人都精神了，没想到出门丢个垃圾会遇到前来找她的唐河。

然后，邹静森第一次做了很大胆的行为——她几步上前，一把抓住唐河的手，两只手就这样牵上了。

每次想起这些，邹静森都觉得自己当时真的太不要脸了。是她死皮赖脸地追上唐河的，可也是她，高考一结束，得知唐河将来会出国深造后，邹静森忽然觉得自卑，因为她只能在国内念书。而且她也觉得，唐河将来会更优秀，喜欢他的人会更多，她害怕将来的某一天他们还是要分手，倒不如现在就断了这份感情。

分手的那一天，唐河苦苦追问："邹静森，你想清楚了吗？你真的要跟我分手吗？"

"我想好了，想得很清楚了。"邹静森坦然地看着他，"唐河，对不起，我不想跟你谈异地恋、异国恋。"

"如果我们彼此是真心相爱，距离再远，我们都可以克服的。"

"那谁能保证我们以后都不会变心呢？你可以跟我保证吗？"

唐河愕然不已。

"其实现在分开也好……"邹静森继续说，"现在分开了，将来分开的痛楚就可以没那么深刻。我们终究都要各自往前走的……只是不能再在一起而已……"

邹静森不知道，她当时对唐河提出分手，对他造成多么严重的伤害。是她先动的心，又是她先分的手。

可这么多年过去了，他们俩的心里从来没有住进别人。

唐河……唐河……

回忆到这里，邹静森的眼角涌出许多眼泪。

邹静森醒来时，已经是第二天一早。

她没在医院，还是在世外桃源，只有周北川一个人在旁边。

“其他人呢？”

“都被我轰走了，放心，他们不知道你的事情，唐河更不知道。”

邹静森松了一口气，她能感觉到最近头疼的情况越来越严重，她勉强地坐了起来，然后跟周北川请了半天假。

“我得回家，跟我爸爸和妈妈说一下这个病。”

周北川长久地看着她，轻声询问：“要我陪你过去吗？”

“不用，”她连忙拒绝，“我一个人可以的。”

邹静森回到家时是中午，邹爸和邹妈没有想到女儿又一次不提前说一声就回家，妈妈赶爸爸出去加点菜回来，邹静森嘴巴上说“不用不用”，然后笑嘻嘻的，扬了扬手里提着的沉重的菜。

她去厨房简单炒了两个菜，两个老人都笑了。

“阿静，今天怎么突然回家了？”

“我肚子饿啦，我们先吃饭吧！”

邹静森强颜欢笑地吃饭，可她看得出来，爸爸和妈妈是真的高兴。她不知道待会儿吃完饭后，她要怎么跟两个老人说出自己得了脑癌的事情，父母奋斗了大半辈子，现在该是享受天伦之乐的时候，但他们的唯一的女儿却出事了……

有眼泪沿着眼角，一滴一滴地掉落在雪白喷香的米饭上，邹妈最先发现邹静森的不妥，连忙放下手上的碗筷，问女儿：“阿静，你怎么哭了？是不是有人在外面欺负你了？”

邹静森再也忍不住，一下子扑入妈妈的怀抱里。身旁的邹爸也跟着紧张起来：“到底发生什么事了？谁欺负你了？我带上你妈帮你一起讨个公道去!”

“不，没有人欺负我……爸爸，妈妈，对不起，我今天回来，是想告诉你们一件事……我可能活不久了。”

那天下午，邹家三口人坐在饭桌上，都异常沉默、压抑。

邹静森不知道她花了多长时间把事情的前因后果笼统地说了一遍，当她说到一年前查出脑子里长了一颗恶性肿瘤的时候，她一遍遍地跟父母说“对不起”。

对不起，我没有和你们商量过，就自作主张地拒绝医生提议开颅的建议。我怕的是手术失败了，你们俩会当场失去我。我不愿意冒这个风险，对不起，爸爸，对不起，妈妈。

“阿静啊，我们是一家人啊，你当时为什么不肯告诉我们？”

“对不起，我错了，我应该早点说的。”

“孩子，你回家吧，不要在外面漂了，让爸爸和妈妈照顾你吧。”

“妈，爸，我暂时还不能回家。”邹静森语气坚定地说，“我还想帮我老板，把临终慰问团队建立起来。等事情差不多好了，我就回来好吗？”

“傻孩子，有什么事情比你的命重要啊？！”邹爸痛心疾首地反问一句。

是啊，为什么帮助周北川重新建立团队这件事，竟然比她自己的命还要重要？

后来，邹静森自己想明白了。

一年前，在得知自己得了绝症以前，她并没觉得自己普普通通地活着有什么不好：工作几年，积蓄不少，工作能力也很强，拿着年薪百万的高薪，过着风光明媚、人人羡慕的生活……

可当她积极参与另外一种的人生以后，她才真的明白到，她也想自己可以做一些什么事情来帮助这个社会、这个世界。

尽管，她知道自己能活着的时间不多了，也尽管，她一个人的力量是多么的渺小和微弱。

但看看周北川，他最开始做这件事的时候，没有一个人站在他背后支持他，他不也一样熬过来了吗？

她只想要关怀更多将死的人，她也是一个将死的人了，她知道人在临死之前，又害怕，又惊惧。

既然她的时间已经不多了，她就要好好利用有限的时间，做自己最想做的事情。

把爸妈劝成功以后，邹静森回到世外桃源已经是深夜。

所有人都回去睡觉了，正当邹静森也打算洗洗睡时，她忽然听到一阵轻微的脚步声从远及近而来。

周北川捧着一只点了蜡烛的生日蛋糕款款走来。唐河紧紧跟随其后。

邹静森再眨眼，才发现他们俩身后还有许多人也跟着慢慢走出来。不知道是谁带头唱起“生日快乐歌”，其他人跟着附和，又因为没有事先彩排过，所以唱得不太好听。

但邹静森还是觉得很感动。

很多城市里的孩子都习惯过阳历生日，她爸妈也以为她喜欢过阳历生日，其实她更喜欢过农历生日。

今天，刚好是她的农历生日。

她二十八岁了。

“邹静森，生日快乐！！！”

有人跑去把灯打开，一众说“生日快乐”的人当中，唐河的眼最明亮，像一盏灯，深深地吸引住邹静森。

如果时间能够从此停驻，那该多好。

邹静森其实没有一点儿的胃口。

但她还是努力地维持着笑脸，给所有人一种很开心很喜庆的感觉。吃完蛋糕，大伙儿这才真的要散了。

唐河把她叫住了。

“邹静森，我想单独和你说点儿话。”

邹静森的心情有点儿复杂，虽然周北川和她说了，唐河不知道她生病的事情，但她又觉得今晚的唐河特别温柔，被她当面拒绝后还能这么温柔，真的不像是唐河的作风。

然而唐河开口说的话，却和邹静森预想的完全不一样。

“你不要紧张，我叫你出来说话，不是要说什么你不愿意听的。”唐河的嘴角一弯，微微笑着，“我决定和小聪结婚了，我想邀请你参加我们俩的结婚典礼。”

什么……什么？！

邹静森顿觉脑袋里的那颗肿瘤快要爆炸了，她也被这个消息气得不轻。

哪有人刚被一个女生当面拒绝后不久，就要娶另外一个女生？而且，唐河不是说过，他之前和陈聪在一起，完全是因为害怕她抑郁症病发才会同意假扮她的男朋友吗？

所以说到底，唐河是渣男吗？！

唐河探究地看着邹静森，感觉她的脸快要炸开了，眼底滑过一抹奸计得逞的笑意，但旋即又恢复如常。

“我知道你可能想问我为什么要这样做，如果我说，我年纪不小了，我爸妈经过杨永正那件事后……希望我早点结婚生子，好圆了他们两个老人最大的心愿。我想了很久，既然我爱的人不再爱我，那么我和谁在一起，也无所谓了吧。”他云淡风轻地说。

邹静森狠狠一跺脚，吼：“唐河，你疯了？！”顿了几秒，她又开口说道，“和一个自己不爱的人在一起，你会把陈聪也害得很惨！”

“我只要努力对她好就可以了。她也答应要嫁给我了。”

“我要找她说清楚……你们俩不能这样结婚！”邹静森气呼呼地说。

唐河顺势一把捏住她的手腕，唐河的体温一向比较低，手指也冷冷的。

邹静森仿佛被冰块激到，整个人清醒了回来。

“你为什么要这样紧张？”

唐河口口声声地问。

“我没有紧张你的事情，我只是不想你们俩将来某一天会后悔。”

“邹静森，我最放不下的人，是你。但既然你已经心有所属，那么麻烦你，不要再管我做什么决定，可以吗？”

唐河的眼睛炽热，像着了火一般。邹静森被这抹火焰刺激，也被逼得退无可退，只好躲闪开他的眼神：“好，不管了，你放开我。”

唐河立刻松开手，然后头也不回地离开。

那天以后，新的临终慰问团队开始走访云城各大医院。

周北川也不再偷懒，亲自带着所有人一家医院一家医院地去商量合作临终慰问的事情。

这也是周北川决定东山再起时，想出来的一个办法。

他们不再局限云城第一人民医院，他们也不一定只在云城的医院做临终慰问，等将来一切都上轨道了，他们会跑访更多的城市，和更多的医院谈临终慰问的合作……

生活，好像有了新的盼头。

然而，邹静森的身体却一日不如一日。

她每天一早醒来，都需要吃下止痛药才能勉强工作。周北川原本还不知道这件事，有一次无意中看到她背着大家吃止痛药，然后严厉地命令她赶紧回家去，不要再跟着他们到处跑了。

“我不走！我还可以撑下去的……”

“你给我听着，想想你的爸妈，想想他们还在担心你，想想那些爱着你的人！”周北川恨铁不成钢地说。

邹静森当着周北川的面，忍不住地流下眼泪。

“回家去吧，如果撑不住，让父母送你去医院……临终慰问的事情，完全交给我来处理，你始终是我的好朋友、好帮手，将来团队发展得更好，我会让所有人都记得你。”

邹静森不再勉强。

回家以后，邹爸和邹妈每天二十四小时轮流守着她，期间父母带着她去了一趟医院，询问她的身体情况还适不适合动手术。

答案还是和一年前听到的一样，动手术成功的概率仍然只有百分之五十，加上肿瘤长大了不少，和很多重要血管都无比接近，医生已经不建议动手术了。

两个老人都心灰意懒，可邹静森还是在笑着。

“我之前不是跟你们说了吗？所以才不敢告诉你们呀，你们看，我没有说错吧？”

两个老人心里想：老天，为什么生病的人不是我，偏偏是我们最疼爱的女儿啊？

不再管工作的事情后，邹静森慢慢感受到她的生命进入了倒计时。

日子一天天地过去，某天一早她才想起来，唐河和陈聪的婚期要来了。

最爱的人要结婚，新娘却不是我。

唐河也是够意思的，把结婚的请帖快递了过来，他仿佛真的不知道邹静森生病的事情，虽然被她拒绝过，还是希望她亲自参加自己的婚礼。

邹静森咬牙切齿地想，她肯定要去，还要穿得漂漂亮亮地去。

唐河婚礼当天，邹静森起了个大早，坐在化妆台前梳妆打扮，上了一个很高贵精致的妆，嘴唇也涂得很红，努力不让别人看到她丝毫病态。

女人啊，就算是生病的时候，也是极爱美的。谁也不可以否认这个事实。

当她准备妥当时，周北川来到她家门口，说要接她一起过去。

也许是好朋友今天要结婚了，周北川也难得穿上崭新的西装，打着领带，不过怎么看，他都不太合适这样的打扮。

“最近还好吗？”周北川开口先问邹静森。

“还行，被爸爸和妈妈陪着，觉得很幸福。”

“那你今天……其实也可以不去的！”周北川的眼底划过一抹尴尬。然后，他看到邹静森不厚道地笑了。

“怎么？你还怕我到时候会像个小孩子那样哭出来吗？放心，我不会的。因为我知道，这也许是对我对唐河，最好的选择。”

周北川没有多说什么。然后两人一起打车去云城的教堂。

邹静森疑惑周北川是不是有什么事情瞒着她，她感觉这家伙今天特别奇怪，心事重重的样子。

到了教堂门口，她再一次听到周北川开口劝：“邹静森，虽然我们已经到了，但你还是可以选择离开。”

邹静森主动握起周北川的手：“我准备好了，我们下车吧。”

后来，邹静森很快反应过来，为什么周北川一直劝她不要过来。

如果她当时足够细心的话，不难发现周北川的眼眸藏着星星点点，那样的星光，不是看向普通的朋友或者下属该表现出来的，而是他藏了太久的爱慕，不经意地倾洒了出来。

他希望她今天不要来，她要是没有来的话，她就永远不会知道——其实在今天，唐河要娶的人不是陈聪。

进去教堂后，邹静森觉得奇怪，怎么里面空空的，一个人也没有呢。她这时才发现，周北川并没有跟上来。

她站在中央，仿佛在可怜地演独角戏一样。

直到，她听见身后传来唐河的声音，她立刻回头看去——唐河一身雪白西装，像个王子一样从遥远的视线尽头慢慢走来。

他的一只手捧着一束红玫瑰，另外一只手捏着一个小小的绒盒子。

“唐河，你……”邹静森吃惊得不行，今天不是他和陈聪的婚礼吗？他怎么会……

蓦地，邹静森想到了什么，很惊讶地瞪大眼睛。

“阿静，我想要娶的人不是别人，而是你。”唐河单膝跪地，扬起脑袋，深情款款地对邹静森说道。

这到底是怎么一回事？

时间拨回到那一晚，在世外桃源，所有人都热火朝天地讨论着临终慰问团队的发展和未来走向时，邹静森莫名其妙地晕倒在地。

周北川是第一个扑过去，把她抱起来的人。

唐河紧跟着跑过去，仔细看了看邹静森，然后毫不迟疑地说：“送她去医院！”

“她不去医院！”周北川恶狠狠地回了一句。

“你说什么？”唐河不可置信地反问。

“阿静……阿静她活不久了……”除了周北川本人外，其他人听到这么一句话，都被震慑得不能呼吸。

尤其是唐河，他双手紧紧捏着周北川的手臂，着急地问：“你说什么？你给我说清楚！”

然后，周北川就把邹静森生病的事情简单说了出来。

“我是之前才知道这件事的，她没有跟其他人提起过，连她爸妈也不知道她得了重病。可她却一直坚持着，为我、为这个团队做了那么多的事情……”

唐河快要崩溃了，他自己就是脑外科权威医生，可邹静森从得知自己生病到现在，从没想过要向他求救。

大概是看懂唐河的表情，周北川轻声地说：“她之所以宁愿找别的医生也不来找你，就是怕被你知道，她不要任何人的同情和可怜，她坚信自己只剩一年时间的活命，也可以做出很多有用的事情来。”

“你们都先回去吧，不要告诉她，你们都知道她生病的事情。”

知道真相以后，唐河是有恨过邹静森的，但所谓的恨意，只维持了短短几秒钟，还不到半分钟。

将心比心，如果他得了绝症，他肯定也不会让邹静森知道这件事。

他们俩，说句大实话，其实都是死要面子的人啊！

后来到了那一天，是邹静森的农历生日，唐河一时意气说要娶陈聪做妻子，并且邀请邹静森参加婚礼，不过是要气她一下，看她肯不肯对自己说出生病的事情。

可是她仍然嘴硬不说。

那好吧，他只好将计就计，等到“大婚”这天，当着所有亲朋好友的面，好好地跟她下跪求婚。

就在这时，其他人也陆陆续续从教堂外面走进来，围观着眼前的这一对主角。

“阿静，我们已经错过了十年时间，我不想再错过你。我知道你是有苦衷才不肯和我在一起，可对我来说，你是我唯一想要爱的人。”

邹静森动容地看着跟她下跪求婚的男人，十年时间里，他从一个面冷内热的少年长成成熟稳重的男人，他看上去仍然是孤独的、不合群的，可也只有邹静森知道，唐河是独一无二的，错过了他，再也找不到第二个可以取代的人。

“唐河，你要想清楚，我随时都会死……”

“我不准你说‘死’这个字！”

“你，你不会后悔吗？”

“只要你答应嫁给我，我永远不会觉得后悔。”

另外一边，周北川和陈聪的眼睛都很红，他们俩既不想看到悲剧收场，又不太乐意邹静森真的点头答应。

邹静森还在犹豫时，唐河大胆地把戒指套入她的小指上。

“你看，戒指都这么合适，注定你要成为我的妻子！”唐河孩子气地大叫了一声。

邹静森被他这句话逗笑，笑着哭了。

在神父和所有亲朋好友的见证下，邹静森和唐河仓促地完成了结婚仪式。

邹静森听到唐河当着上帝的面，说出自己的誓言：“在上帝以及今天来到这里的众位见证人面前，我，唐河，愿意娶你——邹静森作为我的妻子。从今时直到永远，无论是顺境或逆境、富裕或贫穷、健康或疾病、快乐或忧愁，我将爱着你、珍惜你，对你忠实，直到永远。”

邹静森哭得更凶了。

唐河做下要娶她的这个决定时，她就已经得了重病。试问，一般的男孩子哪里有这么大的勇气，去娶一个快要死的女孩子？

这个过程耗时不久，也就三十分钟而已，但邹静森却感觉用尽了自己一生的力气。

她的爸爸和妈妈也被周北川请人带过来了，坐在台下哭得收不住声。

她还是觉得糊里糊涂的，原来今天不是参加最爱的人和别的女人的婚礼，而是唐河和自己的婚礼……她光是想想都觉得很滑稽，她怎么就莫名其妙地答应了唐河的求婚呢？

哦，她又自己想明白了，唐河是存心这样做的。

如果是在别的正常场合下，他不论怎么求婚，她肯定不会答应，但换成今天这样的场合下，她要是不答应，就真的说不过去了。

这么看来，唐河其实也是很了解邹静森的。

唐河其实特别紧张，他不敢想象如果邹静森不肯答应自己的话，到时候他要怎么收场。结婚仪式完成了以后，他仍然不敢相信邹静森刚刚真的答应了，他的手始终牢牢地抓住她，不肯撒手，就怕一松手，美梦就会猛地破灭掉。

但唐河看着自己的新婚妻子，还是觉得很感慨：“如果你早点告诉我，我们是否就有多点时间在一起……”

“唐河，我之前一直不肯告诉你，就是怕你会因为我的病同情我。”

“对不起，我说错话了。但我要告诉你，我一点儿也没有同情你。我之前一直对你冷漠，是害怕……你其实已经不爱我了。”

爱情，容易让人感到患得患失。

“我今天还是很高兴，高兴你跟我求婚，高兴我自己嫁给了你。”

婚礼完成以后，所有认识的或者不认识的人，都纷纷上前来给这一对新人最真挚的祝福。

许多张脸被放大了好几倍，邹静森礼貌地一一答谢。

就在这时，她莫名感觉到晕眩。

一开始只是晕眩，很快眩晕的感觉消失，取而代之是剧烈无比的疼痛。她感觉整个脑袋都要炸掉了。

她徒劳地伸出手，让唐河扶着自己。

“阿静，你怎么了？！”

邹静森最后看向唐河的那一眼，饱含各种各样的感情，可她到底来不及对他说最后的一句话，她整个人便晕过去了。

谁也没有想过，一对今天刚结婚的新人，在顷刻之间会面临生离死别的大抉择。

所有亲近的人都陪着昏迷不醒的邹静森一起来到云城第一人民医院。

“阿静，有我在，我不会让你有事的！你绝对不能死！！”唐河的叫唤充满悲情，旁边听到的人都觉得感动。

到达医院以后，唐河立刻召集所有脑外科专家和教授一起开会。开会讨论出来的最可能实施的方案是，要立刻给邹静森动开颅手术。

邹静森已经不会自己醒过来了，情况非常紧急。

唐河走出会议室，和邹静森父母说明白情况，两个老人都同意签手术保证书，让邹静森做这一台手术。

“这一台手术，我想自己来。”唐河的资质不错，但第一人民医院还有年纪更大、经验更丰富的教授，如果让其他人来做，可能胜算更大一点。

但似乎，鉴于病患和唐河的关系，没有任何人比唐河更适合。

这时，陈聪忍不住插了一句：“唐河，你要考虑清楚！这关乎邹静森的性命！”

“我想得很清楚了。”唐河面有难色地说。

因为手术室都被排满，邹静森的手术只能排在三天以后。这三天里，唐河心急如焚，每一秒都感觉是煎熬。

除非动手术还有一线生机，否则邹静森已经没有再次醒来的可能性，他无比痛恨自己，为什么一点儿也看不出来她生病了？又想要狠狠责怪她，为什么演技这么好，演技好得可以去当演员了！

可是他又不舍得真的责备她……那是她自己的意愿，那是她自己的选择！他作为医生，难道还没少见坚持己见的病人吗？

这几天时间，所有关心邹静森的人都在等待着。

除了唐河，周北川也是其中一个紧张得不行的人。他几乎没有睡过觉，熬得眼睛红红，他就这样坐在医院走廊的长椅上，不时陷入遥远的回忆中，以此打发难熬的时间。

终于等到第三天，邹静森被送去手术台之前，周北川找到唐河。

“唐河，你一定要救活邹静森。”

“你放心，我会的。”

“我喜欢她……”周北川顿了一秒，又改口说，“不对，我爱她。我希望她可以活下去。”

唐河震惊地转过身，目瞪口呆地看着周北川。

他们虽然认识几年，也算是不错的朋友，但周北川从没对别人说起过自己的感情问题。

自从唐河知道周北川的故事以后，他也许能理解，为什么周北川从来没有谈恋爱的打算。

但在这一刻，他从周北川的口中听到了他最真实的想法。

“我希望她长命百岁，希望她一辈子幸福，更希望，她可以和她心爱的男人携手余下的人生。”

唐河轻轻抽了抽鼻子，答应：“放心，我会的。”

说完这句话后，唐河头也不回地走近手术室。

手术室内，所有大灯都被打开。

唐河是最后一个走进来的，作为主刀医生，他一脸紧绷，脸上的表情写得很明白，他其实无比紧张。

在他的示意下，麻醉师做好了注射麻醉药的准备，几个有经验的护士也准备好所需，陈聪也在一旁，随时准备着协助主刀医生。

唐河深呼吸了一口气，然后拿起一把很轻也很薄的手术刀……

他的右手竟然开始控制不了的颤抖。

“唐河，你怎么了？”陈聪伸出手，紧紧握着他颤抖的手，但没有用，唐河的手还在颤抖。

“我，我不知道。”唐河的额头很快渗出细密的汗珠，他的声音也变得颤抖，他吃惊地看着自己的右手，手术室里的温度被控制得很好，他却感觉到铺天盖地的冷。

“你自己知道的，你现在这个样子，不能动手术的。”陈聪善意地提醒道。

“不行，我一定要给阿静做这个手术。”唐河还是在坚持。

“我知道你压力很大，如果你信得过我，让我去跟院长申请一下，把主刀医生的位子让给我，我来给她开刀。”

“你？”唐河感到诧异，陈聪怎么会自动请缨做主刀医生？但他很快想到，他的手一直颤个不停，也没有办法给邹静森开刀。

手术室的名额十分难得，她要是错过这一台手术，又得往后推延动手术的时间。

“唐河，难道你忘了吗？我也是跟你一起留学回来的，我学到的东西，并不比你少。我也是个有经验的脑外科医生。唐河，你现在立刻跟我去跟院长说明白，我们要争取时间，不然手术要做不完了。”

手术要做不完了……邹静森会连最后的机会也没有了。

时间一分一秒地流逝，护士和麻醉师都认真看着他，唐河知道，真的不能等了。最后，他艰难地吞了一下口水，沉重地点头。

跟院长提出换主刀医生的说法后，很快便得到批准。他们俩迅速赶回去手术室。

陈聪变成主刀医生，唐河在旁边负责协助。

陈聪一脸镇定，刀法娴熟，没用多少时间就成功给邹静森开颅……

负责这一台手术的所有人都有经验，他们合作无间，工作配合得很好，所有人都专心致志地做好一切工作，预料中的手术风险并没有出现。

终于，到了最关键的一步……

陈聪的手术刀准备切除那一颗烦人的肿瘤。

“陈聪……”唐河小声地叫了她一声，然后缓慢又沉重地转过脸去，不敢看下去。

他的冷汗早就湿透了手术服，他整个人快要虚脱了。

陈聪知道他无比难熬，但只差最后这一步了，她还是希望他可以在场。

“阿静，你会活下去的。”唐河在心里面默默地说了一声。

“放心，你要对我有信心。”说完这句话，陈聪的手术刀轻轻落下……

邹静森的手术结束以后，唐河在家里面睡了三天三夜。

无数次，他想要从睡梦中醒来，可像是有个梦魇抓住他一样，让他每一次都无法真的醒来。

唐河大汗淋漓地醒过来，他抬头看了一眼时间，距离邹静森的手术结束，已经过去三天三夜了。

他勉强地爬起来，下了床，摇摇晃晃地倒了一杯水来喝。手机有很多人发来的信息，有陈聪的：“手术很顺利，但邹静森还是没有醒过来。”也有周北川发来的：“听说你在手术结束以后晕过去了，你的同事把你送回家了，让你好好睡一觉……你现在醒了吗？”

还有许多认识的人发来的关心慰问：“听说嫂子的手术很成功，我们都去医院看她了，就等你了。”

直到傍晚，唐河才收拾了一下，急匆匆地赶去医院。

整个医院上下都传遍了，说唐河的前女友陈聪大度地给邹静森主刀做手术，她的气量让人觉得值得敬佩。

可是，邹静森没有醒过来。

没有医生可以准确地说出她为什么没有醒，什么时候才会醒……唐河只知道，她要是继续昏迷下去，很有可能会真的变成一个植物人。

周北川满心期待邹静森在手术结束后，过几个小时就会醒过来，当他从陈聪那边听说邹静森未必能醒过来后，他整个人都抓狂了，他不是医生，不懂医术，更何况，有时候有些人的情况，不是可以简单用医学或者科学的理论来解释的。

唐河来到医院时，邹静森的病房已经没多少人，连她的父母也下去吃饭了。

窗外，斜阳夕照，暖红色的光缓缓地洒了进来，把邹静森的半边身体照得血红，却像电影镜头那般唯美。

周北川立刻上前，紧紧揪住他的衣领。

“你不是答应过我，你会亲自做这台手术，你会让她活下去的吗？”周北川怒吼，“你竟然临阵脱逃，让你的前女友负责这个手术，现在也是你们医院的人告诉我们手术成功了，为什么她还不醒过来？！”

大概，这也是唐河昏睡了三天三夜的原因。他想要逃避现实。

他在手术结束的那一刻，有一种强烈的预感，预感邹静森不会醒过来，他后来因为巨大的疲惫所以倒下去，又一直醒不过来。因为他知道，他醒来以后，邹静森还是不会醒过来。

之后的一天一天，邹静森仍然没有要苏醒的迹象。

邹爸和邹妈早早就做好心理准备，他们每天都会来看她，但除了坐在她的旁边跟她说点儿话，帮她擦擦身体，他们两个老人似乎也做不了什么。

周北川并不是每天都来，因为他在以前答应过邹静森，会努力发展临终慰问的事业。他也确实说到做到，带着团队离开云城，走访更多的城市，走访更多的医院。

每一次，周北川向别人介绍自己的团队时，他都不会漏掉邹静森的名字，如果不是她，他可能早就放弃这个事业了。

而唐河，他已经无心工作，每天恨不得二十四小时都待在邹静森的身边。

他思考了很多天，最后还是决定再次跟院长陈志涵提出辞职的申请，他也当面跟邹爸和邹妈说了自己的用意：他想带着邹静森出院，带着她一路去旅行，这一生还有那么漫长，邹静森要是一直醒不过来，他就一直照顾她，直到她的生命终止的那一刻。

邹妈劝他："唐河，你何必这样做……女儿交给我们两个来照顾就好了。"

"阿姨，我只是想带她出去看看。我相信，她一定会醒过来的。"

然后，唐河的辞职得到了医院的批准，把自己的工作都交接好，再给邹静森办理了出院手续。

他买了一部性能不错的房旅车，没有事先准备好要去的路线，只是准备了一些现金、干粮还有一张中国地图。他决定随心所欲，开到哪就到哪。

听说他带着邹静森"私奔"，周北川愤怒无比地打电话过来。

"唐河，你疯了？"

"我没疯，好着呢。"周北川打来时，唐河已经带着邹静森，开着新车走在路上了。

眼下的社会男女，一直忙碌工作，操心家庭，很少有人有勇气和时间出去看看风景。

他太了解邹静森，知道她一定不想一直待在死气沉沉的病房里，熬过一天一天枯燥无味的日子。

"邹静森要是再出什么事……"

"她要是出什么事，我也不会苟且活下去的。"唐河坚定地看了看身侧的邹静森，回应周北川，"你放心，我会好好照顾她。"

春去秋来。

唐河开着车，从云城往南边出发，一路经过湖南、湖北，再往西北开过去。有网友看到他带着昏迷妻子出发旅行，被他们的故事感动，便偷偷拍下他们的照片，上传到网络上。

渐渐地，唐河和邹静森的故事被更多人知道。

这本不是他的本意，但也有一些别扭的吃瓜群众觉得唐河这么做是为了博出位，想要当个另类网红……

在大西北看完沙漠后，唐河也觉得累了，他本来就不喜欢自己的人生被人窥视的感觉。看了一下地图后，他决定从另外一个方向，开车回去云城。

连续开了一天一晚的汽车后，他直接累得在车上睡着了。

他做了一个梦，梦里面，是年轻的他和邹静森，两人在学校的林荫道上随意地溜达着，邹静森走在他的前面，他在后面看着她的背影。

时间过得很慢，又很悠长。

“唐河……”

突然，他听到有人叫他。他迷迷糊糊地睁开眼。车窗外，月亮温温吞吞地照着他的房旅车，而邹静森一脸懵懂地看着他，声音很轻地问：“我们这是在哪里？我们怎么会睡在车上？我们……不是才刚刚结过婚吗？”

唐河一开始以为自己还是在做梦。

缓了半分钟后，他颤巍巍地伸出手，一把拥住邹静森。那真实的触感，彼此的呼吸，都不是梦。

邹静森，在陪唐河一起走过许多山川河流以后，终于奇迹般地醒过来了。

“阿静，我爱你。”说完，唐河狠狠地抱着邹静森，眼泪滑落到她的脖颈上。邹静森觉得很奇怪啊，她不过就是睡了一个觉，怎么唐河变得这么热情?

不过，变得热情的唐河，好像更迷人呢。

唐河决定在开车回去云城的路上，慢慢跟她说这几个月以来发生过的事情。

“唐河，你是说……”邹静森直呼不可思议，她单纯地以为只是短暂地睡了一觉，原来已经过去了几个月的时间，而且，她的脑袋已经动了手术，那颗烦人的差点儿要害死她的肿瘤，也被陈聪拿出来了。

不仅如此，她发现最大的改变是唐河——现在的唐河，变得温和柔软，看上去更迷人了。

而这个更迷人的男人，是她的丈夫，是她的初恋，是她失而复得的爱人，也是她错过了十年，后悔得想要撞墙的真爱。

邹静森又一次，忍不住地哭鼻子了。

“别哭，我现在马上带你去医院，检查一下脑袋……”唐河温柔深情地说，“既然醒了，以后不能再跟我说分手了。”

“好，不说了，不说了。”大难不死过一次，邹静森怎么还敢把他推开。

“那就乖了，老婆。”听到唐河亲口叫自己老婆，邹静森的脸红得要爆炸了。

唐河一只手牵着邹静森的手，一只手稳稳地开车。这一次，他决定不会再给她任何提出分手的机会。

他这辈子都要赖上她了。

图书在版编目（CIP）数据

临终慰问师 / 云爱著. — 南京：江苏凤凰文艺出版社，2018.4

ISBN 978-7-5594-0878-5

Ⅰ. ①临… Ⅱ. ①云… Ⅲ. ①长篇小说 - 中国 - 当代 Ⅳ. ①I247.5

中国版本图书馆CIP数据核字（2018）第000317号

书　　名　临终慰问师

作　　者　云　爱
责任编辑　丁小卉　姚　丽
选题策划　李　娟
封面设计　将格格Atomic
版式设计　新兴工作室
出版发行　江苏凤凰文艺出版社
出版社地址　南京市中央路165号，邮编：210009
出版社网址　www.jswenyi.com
印　　刷　三河市中晟雅豪印务有限公司
开　　本　870毫米×1280毫米　1/32
字　　数　264千字
印　　张　10
版　　次　2018年4月第1版　2018年4月第1次印刷
标准书号　ISBN 978-7-5594-0878-5
定　　价　39.80元